陈义海

著

从老欧洲到新英格兰

中国书籍出版社
China Book Press

图书在版编目（CIP）数据

从老欧洲到新英格兰/陈义海著.—北京：中国书籍出版社,2019.10

ISBN 978-7-5068-7486-1

Ⅰ.①从… Ⅱ.①陈… Ⅲ.①游记—作品集—中国—当代 Ⅳ.①I267.4

中国版本图书馆 CIP 数据核字（2019）第 234325 号

从老欧洲到新英格兰

陈义海　著

图书策划	成晓春　崔付建
责任编辑	宋　然
责任印制	孙马飞　马　芝
出版发行	中国书籍出版社
地　　址	北京市丰台区三路居路 97 号（邮编：100073）
电　　话	（010）52257143（总编室）（010）52257140（发行部）
电子邮箱	eo@chinabp.com.cn
经　　销	全国新华书店
印　　刷	三河市华东印刷有限公司
开　　本	650 毫米 × 940 毫米　1/16
字　　数	161 千字
印　　张	21.25
版　　次	2019 年 10 月第 1 版　2020 年 1 月第 1 次印刷
书　　号	ISBN 978-7-5068-7486-1
定　　价	72.00 元

版权所有　翻印必究

代序：
老欧洲的"老"与新英格兰的"新"

所谓"老欧洲"也就是我们所知道的欧洲，加了一个"老"字，似乎就有了情调。"老欧洲"三个字，会让你联想到那些古老得快掉渣但又倒不下来的教堂，会让你联想到那些都成了废墟但还是著名景点的城堡，会让你联想到烛光下的晚餐，红酒荡漾着玫瑰红，还会让你联想到如今成了只是摆设但依然魅力非凡的皇家礼仪。

欧洲，经过文艺复兴已经"新"过一次；在经历了启蒙运动把国王赶走或吊死后，它变得更"新"了。然而，它还是很"老"。近代科技的突飞猛进与工业革命，改变了欧洲人的思维方式，但是，欧洲人似乎特别守"旧"。旧，是一种生活方式；旧，也是一种情怀。在我们以为一机在手就是拥有天下的当下，在巴塞罗那街头，老人们还是喜欢到报亭买一份报纸，端一杯咖啡，在公园一角的椅子上消磨时光，脚边的小狗，像一堆毛茸茸的阳光。

我这里所说的"老欧洲"主要是指西欧。确切地说，是指意大利地区、伊比利亚地区（主要指西班牙、葡萄牙）、高卢地区（以法国为中心）、日耳曼和洛塔林吉亚地区（以德国为代表，包括荷兰和瑞士等）、盎格鲁-凯尔特地区（主要是英伦三岛）、斯堪的纳维亚地区（重点指丹麦、瑞典、挪威）。尽管这些地区有着各自的气息，但都有着相近的味道。

这"味道"便是狄奥尼索斯偶然"发明"的红酒的味道，从中世纪的普罗旺斯飘来的薰衣草的味道，从唱诗班里传来的柔曼，从抵抗北方蛮族的将士们的盔甲上发出的寒光……虽然火药轰塌了封建主义的城堡，经历了资本主义阶段的西欧，身上散发出来的还是封建主义的香水。我认为，"老欧洲"的情调，正是这"封建主义的香水"。

我的足迹难以遍及"老欧洲"的方方面面，但每到一处，我喜欢一个人安静地走，慢慢地看，并用我几十年来的阅读积累去验证我所看到的一切。穿行在牛津城的小巷，漫步于康河的两岸，躺在格林尼治的草坪上，流连于哥本哈根的新港，在地中海上让吹乱了海伦的头发的微风吹乱我的头发，我行走在现实中，但我的想象总要回到过去；透过眼前的一切，我感受到的，还是欧洲的"老"。

与"老欧洲"隔着大西洋相望的新英格兰往往会让人字面产生误会，因为新英格兰并不在英格兰而在美国，因为新英格兰其实并不"新"。

17世纪早期，以逃避宗教迫害的英国清教徒为主体的移民，越过大西洋到西大陆去寻找自由。他们以今天马萨诸塞州为"据点"，很快在美国东北部的广袤土地上散布开来。他们来自英格兰，于是干

从老欧洲到新英格兰

脆把他们最早占据的这个地区叫作"新英格兰"。这样，他们便有了两个英格兰，一个是"老"的，一个是"新"的。在那场儿子打败父亲的独立战争结束后，人们依然习惯把这一地区叫作"新英格兰"；它包括了美国最早独立的几个州：缅因州、佛蒙特州、新罕布什尔州、马萨诸塞州、罗得岛州、康涅狄格州。

虽然新英格兰是美国的，但由于历史的缘故，它在生活习俗、价值观、宗教观等方面，的确保留着不少老英格兰的传统。不过，新英格兰毕竟是"新"的，它比老英格兰更具有粗犷的气息，而我更喜欢它的自然：绵延的枫树林，一望无际，一直连到加拿大；星罗棋布的湖泊，瓦尔登湖成了它们的明星。我经常说，不到新英格兰，难以把握美国文学的精髓；不到瓦尔登湖，难以真的读懂《瓦尔登湖》。

从老欧洲到新英格兰，之间隔着的是大西洋，但连接它们的也是大西洋。是"老"，是"新"，还要看我们是用什么样的心情去"阅读"它们。

义海

2018年12月31日

目录

第一辑　英伦的风和雨

古老的英格兰 / 002

英国的自然 / 007

英国的城堡 / 011

英国花园 / 014

英国精神 / 018

英国的炉边文化 / 021

在英国朗诵诗歌 / 029

在英国获诗歌奖 / 033

到处都是莎士比亚 / 036

她骑着马赤身裸体地穿过了市区 / 039

当我站在东西半球之间 / 044

第二辑　从剑桥到牛津

剑桥有桥 / 050

叹息桥边说叹息 / 054

数学桥里的数学 / 061

这里曾是徐志摩寻梦的地方 / 066

轻轻的，他又来了…… / 070

小城书香 / 076

第三辑　在安徒生的家乡

想象丹麦 / 080

绿野萍踪 / 083

在一家十九世纪的餐馆用餐 / 087

幸福的丹麦人 / 090

童话国的房间 / 094

一间有收音机的客房 / 099

对着教堂喝酒 / 102

跨文化的瞬间 / 105

有苦难，有幻想 / 112

背　影 / 117

第四辑　从东海岸到西海岸

哈德逊河边的意识流 / 122

从纽瓦克到兰开斯特 / 125

安纳波利斯小镇的夕照 / 129

加尔文学院校园的清教特色 / 135

声色拉斯维加斯 / 143

戈壁也能卖出好价钱 / 147

华拉派人：科罗拉多河的守望者 / 151

遗梦廊桥 / 157

"浓"妆"重"抹的墨西哥城 / 162

第五辑　在阿米什人那里

与现代文明对峙的阿米什人 / 168

他们从哪里来？ / 171

他们将自己"分离"开来 / 174

电是"恶"的源头之一 / 178

远离汽车，远离诱惑 / 182

要电话，还是不要电话？ / 186

独特的"马文化" / 190

穿得一样 / 193

只有一间房子的学校 / 197

社区是生活的基石 / 201

家，是一件永恒的礼物 / 204
与泥土亲近最纯洁 / 208
不要照相 / 211
沉默的阿米什人 / 214

第六辑　新英格兰的木屋

新英格兰之旅 / 218
住在东山农场客栈 / 225
跨文化的诗意"连歌" / 229
诗情：莫诺山上寻梭罗 / 233
田园诗人罗杰·马丁 / 237
威士忌之夜 / 241
Zachary / 244
好兄弟罗尼 / 248
在梭罗外婆家吃晚饭 / 251
瓦尔登，瓦尔登 / 254
到处都是瓦尔登 / 259
一个 21 世纪的梭罗 / 263
在南下的火车上读梭罗 / 269

第七辑　跨越重洋的玫瑰

诗人布莱特·福斯特 / 276
寻找布娃娃安和布娃娃安迪 / 280
一个美国人的生活 / 286

一个美国人的生活（续）／ 290

一位"经典的"欧洲老太太 ／ 294

在"世界的中心" ／ 298

跨越重洋的玫瑰 ／ 302

印度诗人高比 ／ 305

美国诗人梁道本 ／ 317

当你强烈地感觉到语言存在时 ／ 323

第一辑 英伦的风和雨

紫金文库

古老的英格兰

在评价莎士比亚时，学者一般都这样认为：他所写的故事不管是发生在北欧还是在意大利，他的作品字字句句写的都是快乐的英格兰、古老的英格兰。的确，从踏上那片土地的第一天起，我就一直在思索：这个国家的哪些特点是它最为独特的？它的确有很多独特之处，但我始终觉得，"古老"是它极其显著的一个特点。

作为世界上最有影响力的国家之一，英国当然也是"与时俱进"的。历史上，英国人发明了世界上最早的蒸汽机，拥有世界上最早的火车；而现在，他们拥有世界上最尖端的克隆技术。然而，这个老牌的资本主义国家，在玩弄最新的科学发明的同时，总爱把最古老的东西存留下来，并且落实在当代生活的许多细节当中。祖上砌的房子，不能轻易拆掉，如果要修路，道路可以绕开，房子依然矗立；这就是为什么他们的街道或道路总比我们的有更多的弯路。祖上的建筑就是旧得只剩下废墟了，废墟也得好生留着，既不轻易清理掉，也不愚蠢地将它复原。剑桥和牛津代表着英国最高的学术研究水平，但那些最尖端的成果往往是在八九百年的古宅里实验出来的。

一月下旬，我跟我的第一个房东去看她女儿Wendy，到她家去包饺子。驱车40分钟左右，我们到了Wendy家。那是Kenilworth乡间极普通的一所房子。一楼很狭窄，进门先经过餐厅，客厅矮得令人压抑。Wendy很得意地告诉我，这是他们家新买的房子。新买的房子？我一脸的不解。更令我惊讶的是，Wendy告诉我，她这房子是维多利亚时代的建筑，距今已经三四百年。天！这么古老的房子还没有给贴上标签，给"保护"起来，而是在居民的手上倒来倒去！当我走在各个居民区之间时，我十分留意一样东西，那就是脚手架，但我很少见到。我常开玩笑地对朋友说："这些英国人，怎么在我来之前把房子全造好了？"

不仅房子是旧的，他们的生活方式仍然带着显著的19世纪、18世纪，乃至更早时候的痕迹。在日常生活中，虽然英国人跟世界各民族一样，在生活的各个方面享受着最新的产品，但是，在他们的生活中，我们随处可以看到19世纪之前的小说中所写到的器物；虽然现在是21世纪，但是，18世纪、17世纪的东西，在他们的生活中依然随处可见。酒吧总是那么小小的，里面的光线总是那么暗暗的，室内的家具、陈设总是那么笨拙，用又厚又粗的木板钉成。太阳下山后，人们还像17世纪那样在那昏暗的灯光下默默地喝酒；并且还像"旧时代"一样，有诗人偶尔到酒吧里朗诵他们的作品。大本钟修建于19世纪前期，到现在谁也没有觉得它的存在不合时宜。

房子是旧的，道路是旧的，酒吧是旧的，树林是古老的，只有那绿永远是新的。但英国人并不因为他们的东西是"旧的"而自惭形秽，相反，这正是他们引以为自豪的资本。不但有形的东西是旧的，就连他们那套政体也是多年来始终保持着。律师们多少年来穿着同一种服装；法官们多少年来用同一个动作挥动着那把小锤子；那几个传统的节日，多少年来一个不添加，一个不减少；咱们中国人很多年不抽自己卷的香烟了，但在英国，几乎每个小商店里，都可以买到烟丝和卷烟纸，而这玩意儿在中国几乎买不到了。

初到英国时，我抽的是从上海带去的卷烟，后来存货越来越少，经同好们介绍，才知有烟丝卖。于是我隔三岔五地到我"家"旁边的一个印度人开的小店去买烟丝和卷烟纸。起初很虚荣，不敢大张旗鼓地抽自卷的烟，后来到酒吧一看，才知道，很多人都抽烟丝，都舍不得买5块钱一包的香烟。

虽然有英超联赛的疯狂，但整个英国是宁静的。每天去大学的路上，我都要经过一处小火车站。那火车站大约有100多平方米那么大，红砖墙配着黑瓦，那么小，但又那么和谐。站长告诉我，那火车站30年前就在那里，30年后仍然是那个样子，没有与时俱进。每天都只有三三两两的人来乘车，火车轰鸣着开走后，一切又归于安宁——依然是一处寂寞的小站，如30年前，50年前。是的，我等火车的那个小站上的那种宁静的气氛，一定跟英国20世纪初的著名诗人拉金等火车时的气氛是一致的。每当我在那小站上等火车时，我便想起拉金，因为他当时就住在那附近，因为他上的亨利八世中学就在我"家"后面。

是的，走在英国的草地上，看着近处和远处的民宅，我常常觉得这个国家既是活在现在，又是活在过去。那些房子总是那么陈旧，那些花园总是带着古韵，只有从木栅栏的缝隙间伸到外面来的那些花儿，永远那么新鲜。不过，别以为英国人都落伍了，如果你

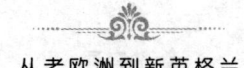

仔细看看，那些陈旧的房子大多数都配备着先进的设备；就在我们热衷于安装各种各样的防盗窗、防盗门的时候，这些英国居民的貌不惊人的房子都有先进的报警设施，并且和警察局直接相连。

但是，英国的先进也好，现代化也好，毫无张扬的样子；他们的现代化是"藏"在生活的里面的，而显露在外面的，则是古老的气息。这就有如某人穿着最好的名牌内衣，外面却罩着件破风衣；相反，有些地方的现代化似乎是用貂皮大衣罩住些破棉絮。

古老的英格兰的"古老"是彻头彻尾的，从南部的布赖顿到北方的Inverness，洋溢着的无不是古老的气息。而这种"古老"在格拉斯哥，在爱丁堡，在约克，在伦敦，似乎显得更加突出。当你走进伦敦的那些古老的街区，你便是走进了许许多多的古老的故事。

在伦敦——

汉普斯特区的那处济慈的故居还在，他写下著名的《夜莺颂》的那个花园还在，虽然今天我们听到那些仍在歌唱的夜莺已经不是济慈当年听到的夜莺；

在南沃克区，狄更斯在其作品《小杜丽》中写到的乔治客栈还在，虽然它建于1677年；

在汉普斯特区，济慈当年经常和柯立芝一同散步的那个公园里的"白色的蜿蜒小径"还在；

圣保罗大教堂的约翰·多恩的墓碑还在，更令人惊异的是，墓碑上被1666年的伦敦大火烧过的痕迹，仍然保留着；

多芬街上的布朗饭店至今还保留着当年吉卜林和他的妻子婚后的住所；

乔治·艾略特最爱光顾的饭馆还在；狄更斯写《孤星血泪》的道蒂街49号还在；滑铁卢街上，狄更斯和萨克雷吵架之后又重修旧好的那处俱乐部还在；伦敦塔桥还在，皇家格林尼治天文台还在……

——这就是伦敦。

建筑物要留着，连某某名人散过步的小径也要留着，连某和某吵过架的地方也不能轻易地从城市的版图里"删"掉。牛津大学里一些学院的木门有的大概有四五百年了，稍微用点力就能把它们拽下来，旧得快掉渣了，但人家就是舍不得换扇新的。

但是，古老不能简单地理解为陈旧，古老也不是不舒适；古老才有文化，因为文化是积淀，文化是一般过去时的一般现在时的呈现，文化不仅存在于书本中，也存在于住过的房子里，走过的小径上。

前面我说过，那么多的东西都是旧的，但有样东西永远都是新的，那就是自然。再古老的房子旁，都会有鲜花盛开，都会有绿树生长。其实，再美再堂皇的建筑，如果没有自然的点缀、映衬，难免是丑陋的。

正像自然界的美需要我们慢下脚步，从容地欣赏那样，英国的古老，同样需要我们把一颗浮躁的心平静下来，仔细地去品，就像我们细啜慢饮中国茶那样。

英国的自然

从文化特性上讲，中国自古是个农业文明的国家，而西方的许多国家，像英国、美国、德国等，则属于工业文明的国家。至于最早进行过工业革命的英国，更是一个老牌的工业国家。传统的观念认为，农业国家是自然的，或者说，农业国家更贴近自然。虽然历史语境发生了很大的变化，但"鸡犬之声相闻""小桥、流水、人家"这些文化代码，仍然跟中国这样一个农业占显著地位的国家的传统文化联系在一起。相反，我们总认为西方的工业国家是远离自然、自然惨遭破坏、工业污染严重，等等。

当然，我们对工业国家的这些坏印象，很大程度上也受到了19世纪的英国"出色的一批小说家"的影响。记得狄更斯小说《荒凉山庄》里的资本家把烟囱看成世界上最美的建筑，烟囱里冒出来的黑烟则是最美的风景；D.H.劳伦斯也用不少笔墨描写英国煤矿的晦暗景象。

于是，我起初觉得，英国是一个"昏暗"的国家；加之英国"臭名昭著"的天气，我去英国之前，越发觉得英国是一个冷色调的国家，暗淡的国度。

然而，英国用它纯正的自然证明它倒更像个农业国家。一个朋友从美国来信说，没想到，到了工业国家，才看到了真正的自然。

英国的自然首先是以草地的形式呈现。驱车从南到北走一遭，最深刻的印象就是一个词——草地；游遍英国，最能全面概括它的就是一个字——绿。扑面而来的绿，绵延起伏的绿，让你觉得是行进在绿色海洋之中。而且，英国的草地是四季常绿的，所以，就是在深冬，也没有萧瑟的时候。

从美学的角度看，长期沉浸在一种色调中，必然会带来审美麻痹；纯粹的绿色，岂不呆板？不过，你不用担心，连绵的草地，有了远山的衬托，绿色的美像是有了依靠；广袤的牧场有了星星点点的羊群的点缀，自然少了寂寞；草地上凸起的古树，又使绿色多了几分灵动。英国当然不乏大片的林地，但绿野的中央偶尔矗立着一棵百年大树，或能显示天高地广，或让你的眼睛不致迷失方向。越过一片又一片的绿，你总能见到古老的教堂、凝重的城堡，甚至还有散布于英国许多地方的"巨石阵"。如果把绿草地看成是小夜曲，那么这些巨大的石头，多少像是交响乐。在无边的绿色当中，有了这些沉重的家伙，你就不用担心绿色会轻飘地飞起来。如果说英国的绿野像是巨大的绿色画卷，这些巨石阵和古堡则像是一个个镇纸。很多历史学家和科学家都在研究为什么英国有那么多的巨石阵，我的诗意的解释就是：绿野轻飘，以石镇之。

有宏观如英格兰北方牧场那样的草地，有微观如花园当中精心剪裁过的草坪；有散布于村庄城镇之间的洒脱的绿地，有皇家花园中修剪得巧夺天工的草坪：它们或修为文字，或剪为图案，硬是让这本属自然的东西比机器生产的还要整洁。弄坏了英国人的地毯不要紧，千万不要弄坏他们的草坪。

如果说英国的草地构成了其自然的基本色调，那么英国的树木则是这底色上遒劲的图画。"古老的英格兰"，从景观方面来说，一是指其古代的建筑物保存得十分完好，就是废墟也受到很好的保护，二是指它的树木保存得很好。在中国，经常听到这样的报道，说某某地方又发现了百年老树；而在英国，夸张一点地说，如果百年老树不可砍，似乎就没有什么树可砍了。同样，我们也不大看到英国人栽树，因为，他们的很多树百年前就栽好了。这些大树，或兀自出现于绿野之上，或汇聚于丛林之中。

英国人的确是世界上最爱自然的民族之一。他们对自然的爱，一是体现在对公共自然的热爱。每当某地要进行开发，或要进行大规模的施工，如果当局不考虑它们对附近的风景线的影响，总会引起许多居民的抗议。为了给自然留下足够的空间，英国的各种建筑都是相对集中，周围则要留下数千英亩的广阔的绿地；每个城镇周围，都会有好几处这样的绿地。数千英亩的公共绿地，如此奢侈地，从南到北、从东到西地点缀着这个国家。除了这些绿地，在英国的乡间，每隔一段距离，还有一些自然保护区。所谓自然保护区，就是将一块地圈起来，任里面的树木野草自然生长，给各种动植物留下一片不受人类打扰的"绿洲"。我所在的沃里克大学校园内，就有数百亩地是给"封存"起来的，除了野生动物，任何人都不许进去；人们只能隔着湖水，看对岸的苍鹭翩跹，看野鸭自在地生活。

英国人对自然的爱，还体现在对自己身边自然的经营。在英国，有房子必有花园，没有花园的房子，不是真正意义上的房子。在中国，看一个人家善不善料理家务，是看其家中是否干净整洁；在英国，看一个人家善不善料理家务，要看他家的花园是否赏心悦目。

自然不仅仅是指自然界的一切，它还指自然生态与人类的和谐，而这种和谐又是取决于人类对自然的态度。英国人对自然的热爱，从其文学传统中可以见出。英国文学中的浪漫主义思潮，是英国人热爱自然的一个有力的例证。此外，英国文学中还有一个常见的主题——远足。人们喜欢远足，两个因素必不可少，一是因为爱好运动，二是因为热爱自然。汽车时代的到来，似乎宣告了远足时代的结束。不过，在英国的许多地方，远足之风仍然很盛。然而，由于铁路和公路把自然的"血脉"给切断了，如今的远足，其自然性远不如从前了。

当然，英国的自然大大得益于它的"臭名昭著"的天气。多雨的天气为英国的各种植物提供了一个自然的乐园。那雨，说下就下，说停就停，无须浇水，无须灌溉，草木一年四季活得很滋润。充沛但并不滂沱的雨水让这个国家常年绿着。草地固然是绿的，石子路、老房子上，由于长年不断的雨水，也都盖着一层绿苔。一个朋友和我一起散步时风趣地说：这个国家到处是绿的，就差人不是绿的。

还有什么比绿色更好、更自然的呢？

英国的城堡

英国，从南到北，都是碧绿的，就是在冬天也不例外。形象地说，整个英国像一幅巨大的用绿色的颜料画成的风景画。但这张风景画太轻灵，一阵大西洋上刮来的风，似乎就可以把它刮跑。或许是因为这个缘故，古代的盎格鲁-撒克逊人、古代的苏格兰人，便给这张风景画制作了许多的"镇纸"，由北到南，将这幅画"镇"住；或许是因为北方的风更大些，所以那里便多放了一些"镇纸"。

我这里所说的"镇纸"，指的是遍及英伦的城堡。

到英国，当然要看它的自然；但是，自然要是没有人类的合理加入，便是冷清的，甚至是寂寞的。所以，看英国的自然，一定要跟它的建筑合在一起看。没有什么比自然更适合做古老建筑的背景，也没有什么比古老的建筑更适合做自然的点缀。恐怕只有旧的、古老的东西，才真正适合与自然并列；相反，越是新的，与自然似乎越是格格不入。

在英国，最与自然谐调的恐怕是城堡。

是的，城堡的确是英国的一大看点。城堡多数是中世纪或更远时期的遗物，是冷兵器时代的产物。在没有飞机、制导武器、核武器的古代，它确实起着攻防兼备的作用。北方的苏格兰是英国城堡最为密集的地区，这说明了苏格兰人在古代受到的外来侵略最多：一方面它要抵御北欧海盗的骚扰，另一方面，它又要和从南面来的英格兰人作战。而苏格兰，我以为，是英国自然最纯粹的地方——无边的草地，连绵的高地，清澈的湖水，还有那散落于草地、高地、湖水之间的羊群——一切都美得让你觉得那不是真的，一切都美得有如置身于童话世界。而那些点缀于山河之间的城堡更是给大自然增添了一种难以言说的美丽。它们经历了血与火的沧桑，饱受百年千年的风雨的打击；它们就像周围的自然一样，数百年、上千年没有挪动过一步，几乎是扎根在那里了；它们跟周围的山水草木简直融为一个整体了——自然与城堡，"相看两不厌"。草木固然是自然，但在我看来，那些与自然同在、几乎被自然"同化"了的城堡，也是自然。

许多城堡是建筑在人烟稀少但又是军事要塞的地方（当然也有在大城市或城镇的，如爱丁堡城堡、沃里克城堡等）；虽然也有保存得很好很完整的城堡，但很多城堡都古老得几乎要坍塌下来。我最爱看的却是那些斑驳得"不成样子"的城堡。在我看来，城堡越是古老，越是有魅力，也越是神秘。最令人浮想联翩的是那些古老得几乎只剩下废墟的城堡。

苏格兰境内的尼斯湖（Loch Ness）是英国的第一大湖，据说，英国所有的水加起来也不及尼斯湖的水多。尼斯湖闻名固然是因为它的水，也是因为传说湖中有水怪；再一个原因就是湖边的奥夸特城堡（Urquhart Castle）。这个城堡离苏格兰北方城市因弗内斯（Inverness）约数英里。虽然它已古老得不成样子了，但当你在尼斯湖上坐着船饱览两岸自然时，它却是用它那沧桑的身姿给周围的一切注入了灵性，让你觉得，这船不是航行在另一个星球上，而是航行在地球上，因为在你的前方，有人类的杰作。

奥夸特城堡实在太古老了，它的附属部分已经全部坍塌，其主体部分也已衰朽不堪，但一种难以言说的庄严感征服着所有走近它的人。世界上，凡是破败的东西，总会勾起人们的同情与怜悯，但这城堡，虽已被岁月风雨压"弯"了腰，而一股向上的傲气，却难以遮挡。

我想，这便是城堡的魅力。

城堡绝大多数都是用石头建成的。从建筑学的角度看，城堡远远看去，非常庄严、气派、凝重，甚至给人以威严感。我不知道，城堡的建筑者是不是故意要用这样的建筑物把敌人吓跑。走近了看，城堡作为建筑物，其细部是极其粗糙的；但粗糙绝不是粗制滥造，它给你的感觉是力度，是雄浑。人类进入文明社会后，一切都变得太精细、太精湛，古人那种硬朗的线条反而能凝固成一部风格独具的建筑艺术史。

英国花园

英国人恐怕是世界上最热爱自然的民族之一，而花园则是英国自然的一个元素。不过，我们很难说清楚，究竟是英国的自然包含着花园，还是花园丰富了英国的自然；更恰当地说，英国的自然和花园是相得益彰。如果说空旷的绿野是一种宏大的自然，大片的绿地是一种开朗的自然，那么，在绿野之间，在绿地之间，星星点点的花园，则是情趣的自然、诗意地栖居的自然。野外的自然是"大"自然，居室旁的自然是"小"自然；"大"自然和"小"自然，互为融合，互为补充，互为映衬，就像是将豪放与婉约完美地结合在一起。

所以，领略英国的自然，要连同英国的花园一起欣赏。英国人对花园的重视简直到了疯狂的程度。这种"疯狂"，我曾在另一篇文章中写过：在他们看来，没有花园的房子简直不叫房子——如果房子是身体，花园就是它的面庞；如果房子是面庞，花园就是它的眼睛；如果房子是一双明眸，花园则是神采；如果房子本身是肉体，花园则是它的灵魂；如果房子是美女，花园便是她的服饰。总之，在英国人看来，房子没有花园就等于"有眼无珠"！总之，无数的小花园，把古老的英格兰装点成一个大花园。是的，朋友来信问我英国是什么样子，我常告诉他们的是，像一座花园。

我住的地方离大学约有三英里，或是出于节省的目的，或是乐于徒步自然的用意，我选择了步行去学校。每天除了要走过大片的草地，还要路过各种各样的私人花园。假日里去乡间远足，那些风格各异的花园更是让我流连忘返。

可以说，在英国凡是有房子的地方就有花园。当然，房子的形态常常决定花园的风格。英国人的房子一般分为独立式的（大概像我们所说的别墅），这种房子的花园最为讲究，以及连体式的（好像我们常见的连体别墅，英国人叫它"terraced house"），即许多家房子连在一起，房子的外形和内部结构都是一样的，这样房子的花园就比较单一。

英国人的房子一般都有前花园和后花园。独立别墅的前花园往往很大，很气派，连体别墅的前花园则显得简陋一点，空间也受到房前道路的限制。前花园是主人和路人共享的美景，后花园则是主人的美的珍藏；前花园彰显主人的财富、审美趣味、别致的情调，后花园更显幽静、私密，主人闲暇之时于其中流连，让自己的精神得到充分的愉悦和放松；前花园要洒满阳光，后花园常常布满青苔；前花园像位美丽端庄的少妇，后花园更似待字闺中的千金。

一条林荫道，常常将数十、上百家住户连在一起，也将各色花园连在一起，像一根绿色的线上串联着许多彩色的花瓣。沿途的住户像是要比赛似的,总要将自家的花园装点打扮得别出心裁——花不惊人死不休!沿途的花园,有的简洁如淡抹的处子;有的繁复如浓妆的嫁娘。有的以茵茵的草坪为主体,用各色鲜花绣边;有的则花丛锦簇,用鲜花呵护绿草。有的用奇石装点,暗仿东方情调;有的铺以曲径,以示通幽。有的长以四季常青的花草,月月葱茏,生机不息;有的则辅以落叶植物,凸现荣与衰的参差。似乎要你明白一个哲理:在绝望之处,也有生命的清音。我特别喜欢那种以草坪为主体的花园。别看简单一点,当你仔细欣赏时,你会发现主人的匠心。草坪上常常散布着一些很小很小的白花,在绿草的衬托下,花儿像是点点繁星,让你懂得,美,可以是宏大庄严的,也可以是小巧精致的。不过,最吸引人的是那些远离大路、深藏于树林之中的花园:当你走过弯弯曲曲的林荫小道,来到一处深藏着的、洒满阳光的大花园时,你会有一种发现桃花源的欣喜。而当我隔着稀疏的树篱,看着人家经营的美丽时,我常常在心里说,"美"有时是要偷着看的;偷得的美似乎更多了一层朦胧的棉纱。想到自己用相机偷到了不知多少"美",不禁窃喜。忽然想到孔乙己的那句"窃书不为偷",可不可以认为,窃"美"不为偷呢?康德没有谈到这一点,黑格尔好像也没有。

花,通常是长在地上的,但是爱花的英国人还要让花长在空中。许多房子的屋檐下都用篮子挂着五彩斑斓的鲜花,这些花篮里的内容,常常是随季节的变化而变化的。她们在风中轻轻地摇曳,让你觉得,在这里,花不仅开在土地的胸怀里,也托在风的手掌上。

我常想,这个最早进行了工业革命的民族,却比我们更多地经营着农业的"艺术"——将生活艺术化,使艺术生活化。从前花园经过居室进入后花园,我常常有跨越三种时代的感觉:门前常有汽车开过，那是工业时代的产物；屋内是最先进的设备，那是数字化时代的结晶；屋后的花园是最贴近自然的去处，常常让你有回到农耕时代的幻觉。

  这就是英国，华兹华斯的故乡；这就是英国人，济慈的同胞——将自然把玩于十指之间，总是要把生活无限艺术化，让鲜花开满自己的生活。是的，自然和花园才是英国的最主要的特产。到回国的那一天，我带给朋友们的纪念品，都不能代表真正的英国。最能体现英国特色的，你永远带不走。

英国精神

第一次较为深切地感受英国精神是在看电影《泰坦尼克号》的时候。"泰坦尼克"即将沉没，所有的救生艇都已用完，妇女和孩子优先离开了大船，但上面还有许多人。这时，只见即将沉没的"泰坦尼克"上，一些绅士手挽手地站在一起，有的还将领带整理得很整齐，然后，他们随着下沉的巨轮，缓缓地沉入海底——没有恐惧，没有惊呼。那样镇定，那样绅士。

第二次感受英国精神是我到了英国之后，是从报纸上。那是2005年6月份的事。一辆列车在诺丁汉附近因为铁路电缆故障而抛锚，火车在铁路上停了约两个小时。没有了电，火车开不了，空调自然不能用，由于停电，连车门也打不开（因为是自动门）。车内的温度很高，但大家就那么忍着，没有怨言，只是等待救援。记者在文章的最后写道，今天的意外，也体现了英国精神。

从老欧洲到新英格兰

第三次感受英国精神是从电视、广播、报纸上，以及我个人的亲身感受。"7·7"伦敦大爆炸时，我虽然侥幸不在现场，但从英国上下的反应也可以感受到英国精神的存在。遭炸弹袭击，在伊拉克几乎成了家常便饭，但这些年从未遭受恐怖袭击的、大家普遍以为较为安全的伦敦也"赶上"了，多少令人震惊。一时间，炸弹袭击成为全英的新闻焦点。在政治家们发表讲话之余，在女王出面安抚之余，在警察展开调查的同时，公众虽然对事件予以关注，但生活依然像往常一样。

第二天，白金汉宫降半旗，英国全国降半旗，但一切活动照样进行。我应邀参加考文垂市一年一度的"戈黛娃文化节"上的诗歌朗诵活动。这是一个欢乐节，是在市外的"纪念公园"（Memorial Park）进行。周四伦敦发生了大爆炸，周五的欢乐活动照搞不误。我跟一个朋友谈起伦敦的爆炸，并向她讲起自己的不安情绪，她尽量安慰我，好像为他们国家出了这样的事向我道歉似的。后来，我发现我在文化节上提这件事多少有点不合时宜，因为所有的人都不谈它。大家都在尽情地享受生活，喝着啤酒，脸上并无半点恐惧。大概这就是英国精神。

伦敦爆炸后的第二天，我在BBC的网站上看到一个伦敦的普通市民的帖子：

> 恐怖主义的最终目的是要给受害者带来恐惧。作为这个城市的一名工人，我的生活一点也没有改变。昨天晚上我坐了公交车，今天又去乘了地铁。今天上午，乘客们在地铁里读着报纸，或是打盹儿，跟平时没有什么两样。人们昨天晚上照样去酒吧和餐馆，今天还会去。金融市场很

快反弹了，商店开门营业。生意照旧。没有恐惧。恐怖主义在英国不起作用。我个人从来不是特别爱国，但我知道，这种事情不会影响英国人的正常生活。

这便是英国精神，没有什么豪言壮语，处变不惊，处惊不乱。遇事镇定的民族，平时在生活中也一定是一个很安静的不爱吵吵闹闹的民族。在长途火车上，大家都是默默地看着自己的书；到站了，乘务员会来轻声提醒；坐满乘客的大巴上，总是那么安静，让你觉得车上一个乘客也没有。那种宁静，让你觉得旅行是舒心的。这恐怕也是一种英国精神。

从老欧洲到新英格兰

英国的炉边文化

　　器物乃实用之物，一般说来，我们似乎并没有觉得当中有多少文化。然而，一种器物一旦成为某个民族、某个地区所特有的，或成为某个民族、某个地区的人们所热爱的，时间长了，便因此产生出某种文化。英国的壁炉便是属于这种情形。
　　我来自北温带，且生活在淮河以南，所以对冬天的感受就是阴冷，对付阴冷的办法就是添加衣裳。当然，现在有了空调，可以抵挡一下了。在中国，听说北方人在冬天用炕，也见过北方人冬天靠供暖御寒，而我这个南方人，一样都没有真正体验过。到了英国后，发现英国的冬天则是另一番景象，发现壁炉是英国人生活中非常重要的一个部分，甚至是必不可少的一部分。壁炉本为实用之物，但是它在英国人的生活中有着特殊的地位。我以前曾经写过，对于英国人来说，没有花园的房子，算不上是房子；有房子而没有园子，简直是有眼无珠。同样，我也发现，对于英国人来讲，没有壁炉的房子，似乎也算不上是房子；有房子而没有壁炉，那等于是有躯壳而无灵魂。

于是，壁炉不再只是一般的家居设施，它实际上成了"家"、"家园"或"家庭生活"的象征。于是，在英语词汇中，fireplace或hearth成为一个温馨的词汇。实际上，hearth除了字面的意思"壁炉地面""炉边"之外，它的另一个意思就是"家庭生活"。我曾幽默地用许慎的"说文解字"的方法解释hearth：从heart从h，heart是心灵，h是home（家）。也就是说，hearth是心灵的寄托，灵魂的慰藉，精神的家园。哦，原来语言之间是如此相通啊。

既然壁炉在英国人的生活中地位如此重要，英国人在壁炉上花的心思自然很多。不仅要有壁炉，还要讲究壁炉的样式。于是，他们讲究壁炉用什么样的hearthstone（炉底石）；他们在乎用什么样的mantel（壁炉架）；他们使用别具一格的hearthrug（炉前地毯）；他们要让壁炉能够跟整个客厅融为一体，或在壁炉上方挂油画、家人的照片，或是在壁炉架上摆放几本书籍，或是在架上点缀两个烛台，并在炉边放上一个盆景，在紧闭门窗的季节里不至于断绝了与自然的交流。

当然，壁炉在英国人生活中的重要性绝不是因为英国人只是把它作为一种家庭的设施来经营，它的重要性更主要的是体现在它在英国人的日常生活中的独特作用。从某种意义上说，如果说家庭是英国人生活的中心的话，壁炉则是这个中心的中心（就像咱们中国人常常把电视机作为一家的中心那样）。晚饭后，一家人喝着咖啡，围坐在壁炉前，或是读书，或是聊天，或靠在椅背上，或躺在摇椅上。女主人总爱先打开一本书，或是华兹华斯的诗集，或是兰姆的散文集，一家人听着，胖胖的男主人听着、听着，便睡着了，脚边偎着的是一只叫Tom的狗。总之，一家人爱怎么放松就怎么放松。暖暖的光洋溢在暖暖的空气里，暖暖的空气里荡漾着咖啡的芳香，咖啡的芳香里满是家的温馨。假如这时窗外飘着鹅毛大雪，假如这时大雪把整个原野和山岭都覆盖了，这炉边的温馨，这屋内的温情，更是显得春意盎然；假如这时原野上吹刮着刺骨的罡风，假如那风声嚎叫如野狼，假如海峡上的风浪猛烈地撞击着英吉利海峡上的峭壁，这小小炉边更像是一个恬静的港湾。而英国的冬天的夜晚总是那么漫长，而夜晚越是漫长壁炉便越是把一家人紧紧地凝聚在一起，心灵的交流也越是深入。这就是英国的炉边文化，英国的fireside culture。

提起英国的冬天我们便要回过头来探究一下，为什么壁炉在英国人的生活中是那么重要，炉边文化在英国的历史上是那么发达。

英国是一个高纬度国家，其纬度跟中国的黑龙江差不多。但是，由于大西洋暖流的缘故，英国冬天的气温并不低。其实，相对于很多中纬度国家，英国的气候是宜人的。夏天最高温度一般在10到25摄氏度之间。它的冬天温度其实并不很低，绝没有极端寒冷的天气。但是，由于高纬度的原因，英国的冬天很漫长，而且多阴冷雨雪天气。10月份过后，阳光就开始疲软了。深冬时节，下午4点之后大家就准备过"炉边生活"了，而在早上8点之前，很少有人愿意离开家门的。这样一来，从10月到来年3月，英国人都可以享受比较漫长的夜晚。我常开玩笑说，难怪英国文学发达，那么长的时间待在家里，不写诗歌也会写散文的。

英国虽然没有极端寒冷的天气，但我发现，英国人是世界上最怕冷的。炉边文化其实不是季节性的，不只是一种冬天的文化。我发现，英国人差不多一年四季都使用壁炉。我跟另外两个英国人合住一个小别墅。那两个家伙6月份也要用壁炉，而我一直反对，因为我不希望账单上的数目太大（我们用的是燃气壁炉）。

事实是，一方面，炉边文化在英国文学中占据着十分重要的位置，另一方面，英国文学也常常把炉边文化作为其表现对象。无论是狄更斯的《圣诞欢歌》，还是艾米莉·勃朗特的《呼啸山庄》，洋溢其间的，无不是炉边文化。

在那些漫长的冬日的夜晚，我常常靠《呼啸山庄》来消磨时光。大家都知道，《呼啸山庄》讲的是希刺克厉夫和凯瑟琳之间的奇异爱情，而那爱情的背景又是北方的荒原，所以整个作品透露出阴森恐怖的哥特小说气息。其实，如果我们想了解英国的炉边文化，大可从这本小说开始。我在读这本小说的时候，特别留心了"壁炉"这一意象在作品中的作用和地位。作品中36次出现了"壁炉"这一意象（世界上恐怕还没有别的学者做过这一统计），它们散布在作品的大多数章节里。我不厌其烦地把部分句子录在下面，或许对大家理解炉边文化有帮助。

我凑近壁炉，感叹这夜晚的荒凉。（第二章）

辛得利从舒适的壁炉边猛地站起身，揪住我们当中的一个人的衣领，抓住另一个人的胳膊，把他们两个扔进了后间厨房。（第三章）

两张凳子差不多围成了一个半圆，几乎把壁炉包围在当中。（第三章）

希刺克厉夫太太跪在壁炉前,借着炉膛里的火光在读书。(第三章)

我兴致勃勃地走上前去,似乎是迫不及待地要沾点壁炉的温暖。(第三章)

我,离壁炉稍远一点,忙着手上的编织活,约瑟夫在桌子旁边读着他的《圣经》。(第五章)

爱德加站在壁炉边,静静地哭着,而在桌子的中间坐着只小狗。(第六章)

"……在凯西小姐出来之前,让我把你穿戴得体体面面的,然后你们就可以坐在一起,整个壁炉全归你们享受,你们可以一直聊到上床。"(第七章)

我感到我无法从壁炉跟前移开去……(第七章)

这就是我新近的主人;壁炉上摆着的,是他的肖像。(第八章)

她走进来了,径直朝壁炉走去。(第九章)

我下楼比平时晚,发现阳光正穿过百叶窗的缝隙,凯瑟琳小姐仍坐在壁炉旁。屋门半开着，光亮从未关的窗户射进来；辛得利已经出来，站在厨房的壁炉前，面容憔悴，昏昏欲睡。（第九章）

我正打扫壁炉时，忽然发现她的嘴唇上露出一丝不怀好意的微笑。（第十章）

他站在壁炉前，双手交叉着抱在胸前，脑子里转着坏念头。（第十一章）

老实说，如果我能到那位年轻女士的屋子里去，我至少会把壁炉打扫过一遍，并用掸子把桌子拂拭过一遍了。（第十四章）

希刺克厉夫太太的嘴唇微微颤抖了一下，走到窗前，回到座位上。她丈夫则在我旁边的壁炉前的石板上站住，开始询问有关凯瑟琳的事情。（第十四章）

我最后一次见到他的情形是这样的，只见他恼怒地向前冲去，但被他的主人抱住；两个人僵在壁炉前。（第十七章）

我走了进去，发现我那迷途的羔羊正坐在壁炉前，在她母亲小时候坐过的摇椅上，摇晃着。（第十八章）

从老欧洲到新英格兰

林顿站在壁炉前,他刚刚在田野里散过步,因为他的帽子还在头上……(第二十一章)

林顿打起精神,从壁炉前走开。(第二十一章)

凯瑟琳跑向壁炉,暖暖身子。(第二十三章)

林顿坐在扶手椅里,而我坐在壁炉前石板上的摇椅里,我们有说有笑,十分开心,发现双方有说不完的话。(第二十四章)

正当我犹豫着是不是该立刻离开,或是回去找我的女房东的时候,一声轻微的咳嗽把我的注意力引到壁炉跟前。(第二十八章)

希刺克厉夫朝壁炉走去。(第二十九章)

她退回到壁炉跟前,很坦然地把手一摊。(第三十二章)

希刺克厉夫先生朝壁炉走去,很显然,他很生气;不过,当他看到这年轻人时,他的怒气很快消退了。(第三十三章)

我打扫完壁炉后,又把桌子抹了一下,然后离开……(第三十四章)

请原谅我如此冗长的引用。不过，我费这番苦心，就是要各位看出，壁炉几乎成为英国作家在表现生活时的一个绕不开的存在。他们写着，写着，就写到壁炉了。从以上引文我们还可以看出，英国人的生活似乎离开了壁炉就无法展开，他们似乎无法离开壁炉而生活。

壁炉像一个强大的磁石，把世世代代的英国人吸引在它的跟前。

在英国朗诵诗歌

我爱写诗,也爱朗诵诗歌。到英国后,最初先是忙于适应环境,当然,我到英国的最主要的任务是学术研究,所以,我是尽量地压制住自己的诗情,很少写诗,更谈不上朗诵。尽管有时也用诗歌来排遣乡愁和孤寂,也只是用中文写作而已。后来,随着生活渐渐安定下来,以及语言和文化上的适应,我便开始用英文创作诗歌。起初,我并没有什么"野心",用英文创作无非是两个目的,一是提高自己的英文写作水平,二是用另一种语言寄托自己的失重状态。我的第一首英文诗歌是一首150行的长诗,我写了一个通宵,写到最后,忘记是用什么语言在写作。我也因此感受到用英文写诗的快乐。我把这首诗发给我所在的那所大学的一位老师,她很吃惊,说我是创造性地使用了英语。在征得我的同意后,将它用电子邮件发给了她所有的同事——奇诗共欣赏。

再后来，我跟当地的一个诗人Jonathan相识，我便把自己写的英文诗以及我中文作品的译文给他看，他很有兴趣，并邀请我参加他们每月一次的诗歌朗诵活动。于是，我开始了在英国的一系列的诗歌朗诵。

我所留学的沃里克大学（Warwick）在西米德兰兹郡（West Midlands），离大学最近的城市是考文垂（Coventry）。每个月的第一个星期二我们都要在市中心进行诗歌朗诵。在英国的朗诵经历，让我改变了以前对朗诵的认识。通常我们的朗诵大抵上分正式的和非正式的。正式的朗诵带有文艺表演的特点，朗诵者站在舞台上，讲究舞台效果，追求字正腔圆；非正式的朗诵一般是指诗友文朋间的朗诵，特点是比较随便。在英国，我们朗诵的场所主要是在酒吧，朗诵特点介于正式和非正式之间。我们事先跟老板说好，晚上要去朗诵。一般说来，酒吧老板都很欢迎我们去朗诵。有时，我们一个晚上要到几个酒吧朗诵。在酒吧似乎比饭店还要多的英国，在酒吧朗诵是最好的选择。夜幕降临，英国人最爱去的地方是酒吧。在酒吧朗诵也就是选择了人气最旺的去处。

在诗歌备受冷落的今天，让我感到惊讶的是英国普通民众对诗歌的热情、认可或宽容。不管我们朗诵什么风格的诗作，大家都能很认真地倾听、欣赏。即使有人喝完了酒要离去，他们也会在把一首诗听完后离开。每次朗诵完一首诗，他们都报以热烈的掌声。

诗人们的朗诵方式也让我吃惊不小。在我们的理解中，诗歌是崇高的艺术，诗歌朗诵同样是崇高的艺术，是阳春白雪。但在英国，我发现诗人们对诗歌的理解很不一样。他们朗诵的诗作，自然绝大多数是出自他们自己之手。朗诵时，他们有的是将朗诵和歌唱融合在一起，把诗歌艺术的音乐美突出地体现出来；有的还加上一些音响效果，这是在阅读文本时无法领略到的。更主要的是，诗人们的一些作品常常密切联系人们的现实生活。我注意到，每次朗诵时，布莱尔的名字都会被提到。

我加入"朗诵团"之后，每次朗诵便多了一重东方色彩。主持人每次总要隆重推出"来自中国的教授和诗人"。我主要朗诵自己的英文诗歌。说真的，我不知道我的英文诗写得如何，我也不知道我的英文朗诵究竟是好是坏，但我一直坚持参加每一次朗诵，因为我觉得我代表的是一个国家，代表的是一种东方语言的诗人。当地的中国学生、学者很多，他们甚至在当地形成了一个规模不小的中国社区；有了自己的社区，自然不必麻烦去跟当地人交流。而我觉得，既然是到了国外，就应该学会去跟当地人交流，认识外国文化。总之，我就是这样固执地、不知天高地厚地坚持参加这类活动。有时，我感到很孤单，我相信我的同胞能理解我在异质文化语境中的那种感受，可是环顾四周，我看不到一个中国人。有时，主持人会对我的诗作本身和朗诵，说一声"Good stuff！"（好！），"Well done！"（真棒！）有时，听众当中会有人个别跟我交流对我的诗歌的看法，说他（她）怎么怎么喜欢我的哪一首诗；这时，一种欣慰之情便在我的心中油然而生。

每次朗诵时我都有一段开场白，其中往往有这么一句：Poet from China! Poem from China! （来自中国的诗人！来自中国的诗歌！）我要让China这个词尽可能多地在我所到的地方响起。每次在我朗诵完我的英文诗歌时，我会用中文朗诵一段李白或东坡的诗，让古老的诗句在那岛上响起。我要让那些对中国知之甚少或对中国怀着偏见的英国人知道：中国有诗歌，中国的诗歌比他们的要古老。这时，我的心中常常涌动一种民族自豪感；这时，我非常希望有我的同胞在场。然而，环顾四周，我很孤独。

　　2005年7月1日，我应邀参加一个较为重要的诗歌朗诵活动。它是考文垂一年一度的"戈黛娃文化节"的一部分。当晚诗歌朗诵的主题是，诗歌：东方与西方。我和来自克罗地亚、波兰等国，以及加勒比海地区的诗人一起朗诵，给我的朗诵时间是10到15分钟。这次朗诵活动得到了考文垂市政府的赞助，给我12分钟的朗诵所付的报酬是50英镑（约750元人民币）。在英国，我没有打过工，除了获过一次诗歌奖外，这是我在英国所挣的最大的一笔钱。50英镑是区区小数，但它是我靠诗歌挣来的，我倍感珍惜。

　　在英国朗诵，用英文朗诵，让一颗心跳跃于两种语言之间，也给我那孤独的日日夜夜增添了些许彩色的瞬间。

在英国获诗歌奖

　　留英的生活就这样结束了。回首这段生活，多少像个梦——被空中客车以疯狂的速度从一个纬度带到另一个纬度，被扔下，在一个绝对陌生的环境里，一时间找不到文化的北。徐志摩曾经写过一首诗《我不知道风是在哪一个方向吹》，诗中写道："我不知道风是在哪一个方向吹——我是在梦中，在梦的轻波里依洄。"我想，我的感受，跟志摩写这首诗时的感受多少有点相近。

　　文化跟空气差不多，有时你根本感觉不到它，有时你又觉得它无处不在。然而，在一种异质文化中，你会觉得文化会触目惊心得像座狰狞的大山，横亘在你的面前；你也会觉得，无论你怎么努力，两种文化会泾渭分明得让你绝望。有时，所谓文化融合，实际上不过是井水不犯河水，彼此相安无事罢了。文化间的妥协，多少有点像夫妻间的忍让。

在异质文化的迷雾中，我的确有点失去了方位，但我要找到自己。起初，我试图用中文写作来排解自己孤单的情绪，试图在自己的母语中找到回家的感觉。然而，所闻是英文，所读亦是英文，用中文写作常有隔靴搔痒的感觉。于是，到英国几个星期后，我尝试着用英文写诗。

诗歌本身是一种模糊的艺术，而对于我这样一个经营了这么多年的汉语的语词艺术的中国诗人来说，用英文写作，实际上多少有点云里雾里的感觉。两者加在一起，这回真让我朦胧到家了。不过，我还真的在这种朦胧中找到了某种快感。结束了白天的工作，英文写作成了我的避难所。实在写不下去时，我会把自己的旧作译成英文。

英国冬天的夜晚是那样的漫长。漫漫长夜，思乡的弦似乎更加敏感。而我只能用写作代替回家。

渐渐地，我认识了一些当地的诗人，我的英文诗歌得到他们的好评，他们还经常约我去朗诵诗歌，这使我对英文写作多少增加了一点信心。

三四月间，我从学校的网站看到校庆诗歌竞赛的通知，竞赛面向全校的教职工和学生。我心里痒痒的，很想借此机会验证一下自己的英文写作水平，然而虚荣心又让自己却步，心想，自己的中文写作已经相当不错，而用英文作品参赛，就是拿自己所弱与人家所强做较量。患得患失了好些天后，我还是鼓起勇气，在截稿的最后一天，把作品送去了。送去之后，我尽量把这件事忘记，免得平添烦恼。

在英国时，我过的几乎是黑白颠倒的生活：每天很晚才起床，手机上午从来不开。然而，4月底的一天，我不知何故，居然很早就起了床，并开了手机。约9点多，手机响了，是诗歌竞赛评委会打来的，说我的诗歌"Translation"获得了二等奖，并要我5月2日参加颁奖晚会。整个竞赛收到58个作者的作品，我的诗歌最终排名第二。

对我来说，这个消息太重要了。我的努力终于得到了某种形式的认可。我狠狠地高兴了一天，把这个消息告诉了我的朋友们。我在国内时，也获得过一些诗歌奖，但是，这回我感到格外高兴，因为这是在别人的地盘上，用别人的母语写作。我感到高兴，还在于中国的形象在这里得到了体现。在颁奖晚会上，除了我邀请的两位中国朋友，其余的都是西方人。这时，作为个体的我似乎已经变得不重要；这时的我，已经跟一个国家和一种文化紧密地联系在一起了。

到处都是莎士比亚

一个民族会因为一两个文人而闻名于世。这样的文人，会成为一个民族的代名词。一提起这个民族，人们便想起该文人；一提起这位文人，人们便想起该民族。例如，孔子与中华民族，莎士比亚与英格兰，各自形成了一种难以割舍的、相辅相成的关系。

在去英国之前在选择要访学的大学时，我曾经非常踌躇，伦敦大学、利兹大学、曼彻斯特大学、剑桥大学，等等，各有各的特点，但我还是选择了沃里克大学。原因竟是这样的简单：它离莎士比亚的老家只有30分钟的车程。莎士比亚的故乡是在英格兰中部的沃里克郡，而我最终选定的这所大学就是以它命名，虽然它实际上是处于沃里克郡和考文垂（属西米德兰兹郡）之间，大学实际上是建在两郡的交界处。

到了沃里克大学，我常常有这样一种幻觉，觉得莎士比亚就在我的附近，莎士比亚就是我的近邻。每当黄昏时分漫步于湖边时，我总禁不住抬头远眺绿野的那一边，因为那里曾经生活过一位几个世纪以来一直影响着世界的伟人。

五月正是英国春光最明媚的月份，虽然按照中国农历，这已是初夏，但英国并没有真正的夏天。其整个夏天，都好像是一个延长了的春天。我终于踏上了"朝圣"的旅程。汽车行驶在绿野当中、鲜花丛中。艳丽的阳光，穿透纯净的乡间的空气，显得格外透明，让你觉得这是在地中海边，这是在爱琴海之畔。一切都美得近乎不真实。这就是莎士比亚生活过的、抒写过的"古老的英格兰"。

莎士比亚的故乡便是在这绿色海洋拥抱中的一个小镇——斯特拉特福镇。有这么个伟人做老乡，该镇真是有福了；有这么个伟人出生于斯，旅游经济该"做大做强"了。然而，小镇依然是小镇，依然是一个具有国际风范的小镇。言其"小"，因为它的规模远不及我们的一个小县城；说它"具有国际风范"，因为它总是张开其热情的胸怀，拥抱来自全世界的"朝圣者"。

莎士比亚活到了52岁，但他一生差不多有一半时间是在伦敦度过的，只有童年和青年时期的部分时光，以及晚年中的三四年是在斯特拉特福镇度过的；然而，无论是走在斯特拉特福镇的街道上，还是坐在敞篷车上，迎面扑来的无不是莎士比亚的气息，目光所触及之处无不是莎士比亚的痕迹。他出生的那座房子，已经有400多年历史了，至今保存完好。镇上其他几处跟莎士比亚或莎士比亚家族有关的房子、花园，依然向游人开放。莎士比亚太太家的那处低矮的农舍，也已经在镇外承受了500年左右的风雨，而成为英国现今"最有名的建筑物之一"。当你走在莎士比亚故居花园里的时候，你必定会浮想联翩：虽然这花不是莎士比亚亲手所种，但这花园确是他日日走过的地方。

是的,在斯特拉特福镇,你会发现莎士比亚简直无处不在:莎士比亚读过书的语法学校、莎士比亚墓地、莎士比亚剧院、莎士比亚旅馆……同样,在细微之处,你仍然会感到莎士比亚的存在。在历史建筑里,在沿街的店铺里,几乎所有的纪念品都跟莎士比亚有关,几乎都烙上了莎士比亚的痕迹:莎士比亚挂历、莎士比亚围巾、莎士比亚钥匙扣……

斯特拉特福镇外面流淌着一条美丽的河——埃文河,她是莎士比亚灵感的源泉之一。河的西岸是小镇,河的东边是绿草萋萋的乡野。在这里,你依然会感到莎士比亚的存在。他的墓地所在的那座教堂的高大身影倒映在清澈的埃文河中,不管你从哪个角度看,你都会看到那座教堂,还有那水中的倒影。于是,这个小镇有了一个好听的名字:埃文河畔斯特拉特福镇(Stratford-upon-Avon)。

夜晚降临了,店铺都纷纷关门了,莎士比亚依然是这个小镇的"主角"——在皇家莎士比亚剧院,即将上演的是莎士比亚的名剧《第十二夜》。莎翁的37个剧本我全部读过,根据他的剧本改编的电影也看过不少,但在他的故乡看原汁原味的戏剧表演,这还是头一回。古朴的剧场,17世纪的圆形舞台,古典风格的表演,这一切似乎把你又带回到古代,让你在三个多钟头的时间中暂时忘记自己是生活在21世纪。

离开斯特拉特福镇已是半夜时分。小镇的一半似乎已进入梦乡,但空气中还依稀洋溢着一个名字——莎士比亚。

从老欧洲到新英格兰

她骑着马赤身裸体地穿过了市区

在考文垂边上Earlsdon住下来之后,我经常步行去市中心的零售市场(retail market)买东西。每次去市中心都要从一处女体雕塑前走过。雕塑上的女子赤身裸体,骑在一匹马上,表情平静,安详而高贵。起初,我以为那不过是西方城市街头常见的那种装饰性雕塑;到后来才知道,这可不是一尊平常的雕塑,因为它跟一个神奇的传说、一段浪漫的故事联系在一起,这雕塑不仅闻名于考文垂,还闻名于全英国、全欧洲。渐渐地,我了解到越来越多关于这尊雕塑的来历以及雕塑中那个高贵女子的神奇故事。她的名字叫戈黛娃,雕塑的全称叫"戈黛娃夫人像"(Statue of Lady Godiva)。

戈黛娃是谁?她为什么要骑着马赤身裸体地穿过考文垂的市区?这要追溯到近千年以前。

公元11世纪的时候，考文垂还很小。然而，一对夫妻的到来，改变了考文垂的历史，并且至今还使这个城市受惠于他们的"功德"。这对夫妻就是梅西亚的伯爵里奥弗里克（Leofric, Earl of Mercia）和他的妻子戈黛娃夫人。

里奥弗里克伯爵是英格兰历史上名望极高的盎格鲁-撒克逊贵族，他在南白金汉郡、切尔西郡、牛津郡、沃里克郡都有大量的田产，非常富有。他在11世纪初、中期的时候携夫人到考文垂来。作为一个新来的暴发户，里奥弗里克伯爵希望为本地做点好事，以笼络人心，特别是要赢得上流社会的好感。作为一名虔诚的基督徒，他不惜花重金为考文垂修建了修道院。该修道院成为当时市区最高大的建筑，并成为城市的集会中心，城市也以这个修道院为中心向四方扩展。就这样，里奥弗里克伯爵赢得了民众的心，在考文垂站稳了脚跟，并在政治事务中发挥着他的作用，当然，作为贵族他也因此富上加富。

他的妻子戈黛娃夫人也是一名虔诚的基督徒，跟丈夫一样也喜欢体育，特别擅长骑马。戈黛娃素以脾气坏、爱跟丈夫作对而著名。她嫌丈夫太俗气，只知道积累财富；她反对丈夫对佃农们征收苛捐杂税。总之，戈黛娃表现出比丈夫更为高雅的盎格鲁-撒克逊贵族气质，毕竟她出生于名门。她在骑马巡游时结交了很多文人和艺术家，这使得她获得一种崇高的启迪。戈黛娃觉得，农民们不仅应该能衣食无忧，而且还应该有丰富的精神享受。她对古希腊的艺术非常崇拜，相信艺术可以改进人性。然而，要做到这一点有两个困难：一是民众太贫穷，税收太重，哪里有心情去欣赏艺术？一是民众根本不懂艺术，用什么办法能去启蒙他们呢？不过，戈黛娃认为，首先应该做的是，要减轻民众的负担，减免各种税收。

从老欧洲到新英格兰

的确,在"粗野"、贫穷的中世纪要推行艺术启蒙是件很艰难的事情。当戈黛娃把自己的想法告诉丈夫时,他哈哈大笑。他觉得这太荒唐了:减轻税收是荒谬的,提高民众的艺术趣味更是荒唐的!

于是,里奥弗里克伯爵跟戈黛娃打了个赌。里奥弗里克说,在古代希腊,就是在粗野一点的罗马人那里,裸体也是纯洁自然的最高表现形式,是展现上帝杰作的一种方式,是唤醒人类审美趣味的有效手段。如果戈黛娃相信美具有启蒙人性的作用,她就敢于裸露自己的身体,在中午时分骑着马从考文垂熙熙攘攘的集市经过;如果戈黛娃敢于这么做,他不但接受妻子的信念,同时答应为民众减税。里奥弗里克不相信戈黛娃真的会这么做,不相信妻子敢于在光天化日之下向"粗野"的市民展现自己"上帝的杰作"(裸体)。

然而,令里奥弗里克伯爵想不到的是,戈黛娃向他发出了挑战,表示愿意裸体骑行,但同时要里奥弗里克保证,她骑行之后,他要把来到考文垂之后所新增的税项全部免除。为了更好地使这次骑行起到美学意义的启蒙效果,戈黛娃事先把自己的肖像散发到七邻八乡,以示宣传。于是,整个考文垂及周边地区全知道了这个消息,远近一片议论,一片哗然。

裸体骑行日终于确定。

中午时分,赤身裸体的戈黛娃骑着马出现在考文垂的集市上。与她同骑的还有两位女士,但她们都穿着衣裳,在戈黛娃的后面跟着。戈黛娃的坐骑款款地走过鹅卵石的街面,蹄声清脆而显得安静;她身体笔直地坐在马上,表情安详,轻松,自信,毫无羞耻感;她的头发扎成了两束,自然地垂在肩上;她浑身一丝不挂,甚至连任何首饰也没有佩戴;她的嘴角流露出只有在古典油画中才见到的那种微笑。就这样,她骑着马,自信地向前,向前,她要把美的种子撒进贫瘠的心田，她要用自己的美去肥沃中世纪贫瘠的土壤；就这样，她用自己柔美的线条向粗糙的传统发起了挑战。

平日喧闹的集市这一天显得格外安静，没有粗野的笑声，没有交头接耳，没有窃窃私语，只有发自内心的赞赏，只有对崇高美的升华。这些"粗野"的人们除了在教堂里看到过亚当、夏娃和耶稣的受难像，从未这样欣赏过人体美，而现在走在他们面前的、一丝不挂的，不再是伯爵夫人，不再是他们主人的妻子，而是他们心中的又一位女神。

是的，戈黛娃赤裸着自己的身体，骑着马穿过了考文垂，由一个女人变成了一位女神！

要知道，在以神性为中心而不是以人性为中心的中世纪，戈黛娃的举动是需要多么大的勇气。保守的神职人员认为，不管在什么场合，观瞻人的身体都是邪恶的，都会下地狱受永恒之火惩罚，而观看女人的身体更是罪上加罪。在11世纪之后，戈黛娃的传说得到了不断的丰富。比如，在17世纪，戈黛娃的传说中多了一个叫"窥视汤姆"（peeping Tom）的角色。传说，当戈黛娃骑着马穿过集市时，所有的人都是以欣赏艺术的目光去欣赏着戈黛娃，但只有一个叫汤姆的从一个不应该看的角度去看戈黛娃；后来这个人遭了雷击，成了瞎子。还有一说，当戈黛娃一丝不挂地骑行穿过城市时，所有的市民对她非常敬重，都待在家里，把窗户关上，但只有一个叫汤姆的男人打开窗子偷看，结果遭了天罚。

传说总是美丽的，但历史学家认为，戈黛娃夫人（她大约出生在公元980年）的故事（传说）当中虽然一定有不少是流传过程中人们添加的，但是，里奥弗里克伯爵和戈黛娃夫人在盎格鲁－撒克逊的记载中是真实的。Godiva是撒克逊人名Godgifu或Godgyfu的拉丁拼法；在撒克逊的语言中，Godgifu或Godgyfu的意思是"上帝的礼物"（God's gift）。

是的，戈黛娃夫人其人跟她的名字本身一样，的确是上帝的一件礼物，是上帝献给考文垂人的一件厚礼，也是上帝献给所有艺术家的厚礼（因为戈黛娃后来被看成艺术的保护神了）。一个城市能跟这样一个神奇的传说，这样一位了不起的人物联系在一起，还有什么比这更能令人羡慕的呢？是的，至今考文垂人依然以她为骄傲，把她的雕塑立在市区最中心的地方（也就是她当初骑行经过的地方）。

为了纪念戈黛娃这位艺术的守护者，考文垂市每年在6月份举行"戈黛娃艺术节"（Godiva Festival）。每年艺术节都会有数以万计的市民参加，活动有音乐会、露天游乐场、美食展销、小商品展销、诗歌朗诵等。我也被邀请去参加过一次艺术节，朗诵自己的诗歌作品。

传说能给平凡的生活带来几分色彩，传说能给一个城市的历史镶上一道迷人的金边。每当我黄昏时分从冷清下来的考文垂市中心走回家时，我仿佛能听到那清脆的马蹄声依然在古老的建筑之间回响，隔着一千年……

紫金文库

当我站在东西半球之间
——在格林尼治天文台

  当我的左脚站在东半球，右脚站在西半球，当我的心被零度经线穿透，我的思想该在哪里落脚？

——题记

  我们都生活在一个叫"地球"的星球上，这是事实；不管是王公贵族，还是平民百姓，都生活在东半球或西半球，这似乎也是事实；地球是圆的或是椭圆的，这更是不争的事实。
  然而，地球分为东半球和西半球，则是人为的，那是英国人干的，是英国人让一条看不见的想象的线穿过他们的看得见的国土，是英国人让茫茫大海上的那些有形的帆船以那条穿过他们有形的国土的无形的线作为确定方向和时间的一种标准。于是，不管你喜欢还是不喜欢，不管你是在太平洋上，在大西洋上，还是在印度洋上，只要你不希望迷失方向，只要你希望找到回家的路，你实际上都是以这个岛国为中心来确定自己的方位。英国因此成了世界的中心，而这中心的中心就是格林尼治天文台，因为本初子午线就是从这里穿过。当然啦，不管我喜欢不喜欢，我在英国的住处就是在西经1.4度左右。

不管我喜欢还是不喜欢，我最终还是去了格林尼治去看那座把地球分为两个半球的天文台，去看那条把地球一分为二的线。

格林尼治在伦敦的东南，从伦敦桥坐地铁中途再换乘地面火车，大约40分钟的路程。就城市繁华而言，格林尼治显得有点冷清，如果不是那里有格林尼治天文台，恐怕很少有人去。事实上，现在的格林尼治天文台已经不再发挥它作为天文台的功能，据说，其天文研究已经迁到剑桥去了。但是，由于本初子午线从这里经过而使得格林尼治天文台成为一个永恒的名字。来自世界各地的人们纷纷赶到这里，乃是要亲眼看看那只被称作"时间之母"的古老的大钟，亲眼看看那条将地球分为东方和西方的线，亲身体验一下同时身处东半球和西半球的感觉，然后回去告诉别人，我到过零度经线，我的左脚站在东半球时，我的右脚站在西半球。我也是他们当中的一个。

本初子午线（prime meridian）本是一条想象的线，但英国人将这条无形的线用金属和玻璃钢显示在格林尼治天文台门前的地上。这条人造的线宽约20厘米，长约30米，它的一段延伸至天文台的老建筑，到了墙根处成90度角继续向上延伸，但改为用红色显示。至二层楼的高度时，设一标识，上书："世界本初子午线"（Prime Meridian of the World），标识的左侧写着"东"，右侧写着"西"。这条人造的线在地面上的另一头是一个用不锈钢造的雕塑，雕塑的最前端是一个锋利的箭头，直指北极。很有创意的是，当这条有形的本初子午线延伸到墙上时，正好是经过门的正中间。这样一来，这门便是被分割在东西两个半球了。

来自世界各地的游客络绎不绝，但大家无一例外地都希望跟这条"世界第一线"合影留念，并都无一例外地双腿叉开站在本初子午线的两侧，以示自己在同一时刻身处东、西两个半球，或是站在那处有本初子午线穿过小门之间，让零度经线穿过自己的身体。当然啦，这一切的确又是很可笑的，因为，当本初子午线从你的身体里穿过时，你既无疼痛感，也无愉悦感，如果有什么感觉，那只是你想象出来的。

但是，任何一个有思想的人，在古老的格林尼治天文台自然都会有很多联想，很多感想。如今的格林尼治天文台虽然不再发挥它的天文学研究功能，但它在世界天文学史上的独特地位是过去乃至今后的任何天文台都无法取代的，因为它"操控"过时间，因为它让世界有了"方向"，因为它是人类文明的一个永远不能磨灭的印迹，是近代欧洲社会人征服自然的一个有力的佐证。站在格林尼治天文台，你还可以用另外的方式解释什么是"日不落帝国"：是因为英国人用他们想象出来的线条把整个地球都罩在里面，不管在他们的本土是白天还是黑夜，他们都能用想象出来的线条把世界束缚住。

站在格林尼治天文台，你仿佛可以顺着时间的隧道去追随人类探索自然的足迹。眼前的这座天文台是1675年英王查尔斯二世下令建造的，建造它的第一目的就是要确定地球的经度。懂得一点地理知识的人都知道，纬度的确定可以通过测量太阳与地球的距离来测算，而经度则不一样。其实，影响时间的主要是经度。在早期的航海中，由于没有统一的经度起点，而给船只航行带来诸多不便。而船只的安全常常取决于经度，经度计算错误了甚至会导致海难。本初子午线由英国人确定，这本身就很意味深长，因为它标志着英国在17世纪的崛起，也标志着英国在1688年战胜西班牙"无敌舰队"后开始取代西班牙和葡萄牙成为新的海上霸主。

不管人们是否愿意，英国人确定的、以格林尼治天文台为起点的本初子午线后来被国际社会（尽管法国人很不在乎）接受了。从此之后，世界有了东半球与西半球，从此世界有了东方与西方。也许你认为，本初子午线是从巴黎穿过，或是从北京穿过，或是从华盛顿穿过，并不重要，但是，"东方"和"西方"的概念形成后，世界的文化实际上便开始以这个零度起点为圆心画圆，离圆心越近的越是中心，离圆心越远的越是边缘。于是，欧洲中心渐渐形成，西方中心主义渐渐形成。

我在格林尼治天文台外的格林尼治公园里徘徊着，徘徊着。那些两三个人也围抱不过来的大树，有的比格林尼治时间还要古老，它们都因为本初子午线而获得某种光荣。我在这些时间的见证者之间徘徊着、徘徊着，一会儿走在东半球，一会儿走在西半球。当我的左脚站在东半球，右脚站在西半球，当我的心被零度经线穿透，我的思想该在哪里落脚？

第二辑 从剑桥到牛津

剑桥有桥

剑桥和牛津在世界上的声望固然跟这两所大学具有传奇色彩的历史、超一流的学术研究有关，但跟其他一些非学术性因素也不无关联。剑桥在中国的声望，很大程度上跟徐志摩的那首《再别康桥》密不可分。每次给学生讲《再别康桥》的时候，都要给学生解释一番。告诉他们，"康桥"就是"剑桥"。20世纪20年代的中国知识分子将"Cambridge"（剑桥）翻译成"康桥"真是别具匠心，是音译和意译的合璧。也有同学问我，"康桥"会不会就是指剑桥大学的某座桥，或者说，剑桥大学是不是有座桥名叫"康桥"。因为当时我没有去过剑桥，我只能按照书本知识去解释。当然，在剑桥大学城的马格达伦街（Magdalene Street），确实有座叫"康桥"（Cam Bridge）的桥。但我相信，徐志摩所说的康桥，肯定不是指这座具体的桥梁，而主要是指剑桥大学本身。

从老欧洲到新英格兰

剑桥的确有桥。从外表上看,剑桥跟牛津有很多的不同,其不同之处,恐怕是在于剑桥有一条美丽的河"剑河"(River Cam),也就是令徐志摩流连忘返、魂牵梦绕、"甘心做一条水草"于其中的"康河"。当然,因为徐志摩的缘故,中国的读者更愿意称"剑河"为"康河"。

康河(曾叫Cham, Rhee, Grant, Granta),从大学城剑桥的西侧潺潺流过,流过女王、三一、国王、圣克莱尔和圣约翰等学院,像一根绿色的丝带,将这几所学院串联起来。学院给剑桥小城带来了无上尊严,康河给学院注入了不尽的灵性。"山不在高,有仙则名;水不在深,有龙则灵。"康河并不宏大汹涌,然而因为有了这些学院依河而建,美丽的水又因此多了几许神秘色彩。近水楼台先得月,那些沿河而建的学院,似乎更受游客们的青睐。

康河上的学院往往分为两个部分:河的东岸一般是学院本部,古老的建筑令人肃然起敬;河的西岸是学院的"后庭",宽阔的草坪和花园让人精神得以放松。学院本部是人文,学院的后庭是自然;人文因为自然的映衬而更显出其智慧,自然因为人文的关怀而更显厚重。在人文和自然之间,便是康河这条美丽的水。我爱康河,大概也是因为,人文和自然在这里交汇,纯真与智慧在这里融合。不同的学院其后庭的景色各显其独特的风采:或以花园华美而自豪,或以草坪茵茵而骄傲。但圣约翰学院的后庭是我的最爱,她宽阔,舒展,像是要给人文留下无比宽广的思想空间。要是没有了这些后庭,相对拥挤的学院本部多少会像逼仄的修道院了。

有河必有桥。康河若是没有桥,似乎就像美丽的躯体没有了灵魂。我说过,康河并不宏大,从学院流过的康河其最宽处大概不会超过50米吧。河不大,桥自然不会宏伟。但那些桥虽看上去并不那么起眼，却各有各的特点，各有各的传说。不管什么东西，一旦古老了，故事也就多了。

像是要竞争似的，沿河而建的学院都有自家的桥。自北向南，Magdalene Bridge（马格达伦桥，1823年）、St John's College Bridge of Sighs（圣约翰学院叹息桥，1831年）、St John's College Old Bridge（圣约翰学院老桥，1709年）、Trinity College Bridge（三一学院桥，1764年）、Garret Hostel Bridge（葛兰特旅社桥，1960年）、Clare College Bridge（克莱尔学院桥，1640年）、King's College Bridge（国王学院桥，1819年）、Queens' College Mathematical Bridge（女王学院数学桥，1749年）、Silver Street Bridge（银街桥，1958年）。依我看，剑桥大学不应该叫Cambridge，应该用一个复数的名词给它命名才对，应该叫它"Cambridges"。剑河上的这些桥真可谓各有姿势，各有特点，它们当中没有一座是雷同的：有石桥，有木桥，有廊桥，有拱桥。最有名的恐怕是女王学院的数学桥和圣约翰学院的叹息桥。

桥跟数学有什么关系？桥跟叹息又能有什么牵连？不过，仅从字面上看，它们确乎相映成趣：一"理性"，一"感性"；一"科学"，一"人文"；一"冷静"，一"热情"；"文""质"相映，文质彬彬，显示出剑桥的深度和丰富。

最有兴味的莫过于叹息桥。关于叹息桥的故事很多。传说叹息桥起初也只是一座普通的桥，它将学院的前后庭连接起来。可是，因为有学生从桥上跳到康河里游出去，逃学，于是，学院把桥封闭起来，成了今天的廊桥。还有一个传说：据说，当初一些学生考试不及格，很绝望，于是就从桥上跳下自尽。此外，世间的一切一旦

从老欧洲到新英格兰

跟爱情联系在一起,就变得色彩斑斓起来,叹息桥也是如此:据说它被改成廊桥,是因为一些男女青年失恋之后,难以排解,而从桥上投水自尽。当然,不管是因为什么缘故,今天我们是没法从桥上跳下去了,但关于叹息桥扑朔迷离的传说总让我们浮想联翩。

我在徐志摩待过的国王学院拍照片时,一个教授从旁边走过,说:"这儿什么都美。"(Everything is beautiful here.)我说:"那是因为它们古老。"(Because they are old.)我们相视一笑。

是的,任何事物,只要古老,只要有了传说,便美了起来。

叹息桥边说叹息

桥梁，是人类文明进步的标志之一。它使人和人之间的交往变得更容易，心和心之间的距离变得更近；它把千里迢迢的距离化为乌有，让汗血马少流血汗；它团结大地，联络村庄，使旷野不再成为苍天之下的孤立。

然而，桥梁的功劳再大，它不过为一器物罢了。器物实用，实用者便不美——很多美学家都是这么说的。

桥作为一种"工具"，在它成为建筑学的一个重要领域之前，的确没有什么美可言。就算它在建筑学上具有审美的价值，如果没有人类活动的加入，或是没有传说的点染，它还只是没有肉体的躯干，或是没有灵魂的肉体。

是的，有了人间沧桑，有了悲欢离合，有了无数的阴晴圆缺，桥便脱离了器物的范畴，甚至超越了建筑学的意义，而成为一个文化符号,乃至情感和情绪的表征。"驿外断桥边",五字一出,意境顿生;"今日云骈渡鹊桥,应非脉脉与迢迢""一道鹊桥横渺渺,千声玉佩过玲玲",是欣喜还是无奈?至于"断桥"加"残雪",更是令人感伤得一塌糊涂。此外,西人又有"魂断蓝桥""廊桥遗梦"之情事,又岂止是缠绵悱恻?

于是,我忽然对"桥"情有独钟起来。于是,当别人留心于康河的水的时候,我却格外关注康河上风情各异的桥;于是,在康河边,当人们陶醉于康河富于灵性的流水时,当人们流连于康河两岸的风光和那远处教堂神圣的尖顶时,我却被康河上的一座座形态各异、风格别具的桥所吸引。

我记得,我从剑桥回来之后写的第一篇文章就叫《剑桥有桥》。在那篇文章里我已笼统地记到了康河上的桥。又是很多时日过去了,康河上的桥依然让我浮想联翩,特别是其中的几座,甚至时常出现在我的梦里。剑桥共有31个学院,而那些有康河流过的学院似乎比别的学院多了几分灵动的气息。有河就有桥,康河上的桥从北向南有很多,但最有名的当是位于校区的几座桥。克莱尔学院桥(Clare College Bridge)最古老,建于1640年;Garret Hostel Bridge最年轻,建于1960年;女王学院桥最有意思,因为它有一个奇怪的名字——数学桥;圣约翰学院的叹息桥(Bridge of Sighs)则最有诗意,最有兴味,最能勾起人们的种种联想,特别是对于我这样一个感性的人。

叹息桥是圣约翰学院的骄傲。值得圣约翰学院骄傲的东西很多:它是剑桥大学占地面积最大的学院(学院人数目前排全校第四);在所有的学院中,它是第一个把校舍建到康河西岸去的学院;它是剑桥最富有的学院之一,其固定资产约5亿英镑(约75亿人民币），现在每年的财政收入是700万英镑；它迄今已经培养了九位诺贝尔奖获得者，五位首相。圣约翰学院有太多的骄傲，但是它还在"叹息"，位于其两个校区之间的桥仍然叫叹息桥。

叹息桥建在圣约翰学院的三庭（Third Court）和新庭（New Court）之间。圣约翰学院之前的校舍都是在康河的东岸，但随着学生规模的扩大，东岸太拥挤，于是19世纪30年代开始向西岸发展。叹息桥是西岸的新庭建筑的一个组成部分，因为新庭建成后，得和东岸的庭院形成交通，所以，叹息桥首先是服务于交通目的。但是，英国人特别是19世纪的英国人，绝不会只满足于建一座沟通康河东西两岸的桥梁。桥梁固然要建，但要符合美学原则。于是，参与西岸新庭设计的"建筑天才"亨利·哈钦森（Henry Hutchinson，1800—1831年）为设计这座哥特风格的桥梁付出了无数心血。或许是他的作品太杰出了，或许所有的天才总是在他们的作品中倾注太多的心血，哈钦森在1831年，叹息桥竣工的当年，离开了人世。只留下他的杰作，让后人永远为他叹息……

叹息桥啊，叹息桥，一叹哈钦森英年早逝。

很少有人去追问人们从什么时候开始称圣约翰学院桥为叹息桥。称之为叹息桥，是因为有很多传说。传说19世纪时，很多剑桥的痴情男女因为经受不住感情上的波折，从桥上跳进康河自尽，或是因为考试不及格而想不开，投河自寻短见。于是，叹息桥边上演了很多悲情故事。又传说，叹息桥原本不是现在我们所见到的廊桥，是因为总是出现以上的情况后来加建上去的。有了这么多的传说，叹息桥也就变得格外具有传奇色彩。

我翻阅过很多资料以查找关于圣约翰学院叹息桥跟自杀之间的关联，虽然有所收获，但很多都具有传说特点，而不敢相信。

从老欧洲到新英格兰

后来,在Arthur Quiller-Couch编的《牛津英国诗歌选:1250—1900》一书中见到英国著名诗人托马斯·胡德(Thomas Hood, 1798—1845年)写过一首题为《叹息桥》("The Bridge of Sighs")的诗歌,而且该诗恰好是献给一个投河自尽的女子的。这首诗是书中的第654首。诗中这样写道:

> 又是一位不幸的人儿,
> 对生命感到厌倦,
> 多么草率啊,多么莽撞啊,
> 与生命决绝了!

从这首106行的抒情诗可以看出,胡德的这首诗显然是写给一个在康河上投水自尽的女子的,而且诗中写到"又是一位不幸的人儿",似乎在告诉人们这种不幸的事情在康河上经常发生。可是,我后来又发现,有人考证,胡德的这首诗是献给雪莱的妻子哈切特·雪莱的,她于1816年投水自尽,不过,她是在伦敦的海德公园的Serpentine湖。于是,我便不敢完全相信圣约翰学院的叹息桥会跟那些令人感伤的事情联系在一起。然而,就算胡德诗中所写的女子是哈切特,他借叹息桥来写哈切特的不幸,我想,其用意还是很耐人寻味的。

叹息桥啊,叹息桥,二叹故事太多,扑朔迷离。

当然,当我踱步在叹息桥上,徘徊在圣约翰学院的三庭和新庭之间时,我又想起远在地中海边的威尼斯,想起位于那里的另一座叹息桥。

其实,早在1600年,威尼斯就建成了一座叹息桥,只是当时它并没有"叹息桥"这一名称。威尼斯的叹息桥建在总督府和监狱之间的河上，跟我们今天看到的圣约翰学院的叹息桥一样，为双层封闭桥。这座桥得名"叹息"据说有两个原因：一是当初的囚犯在总督府受审后，接着通过这座桥，被押送到对面的监狱。当犯人们经过这座桥时，他们总会透过桥上的小窗看一眼外面的世界，因为他们不知道日后是否还有重见天日的那一天；于是，犯人们往往都是叹息着走过这座桥；于是，渐渐地，人们便称它为叹息桥了。不过，这里的叹息就没有剑桥的叹息来得那么"浪漫"了。还有一个说法，认为威尼斯的叹息桥主要得名于英国浪漫主义诗人拜伦。拜伦曾旅居威尼斯，他在著名诗篇《恰尔德·哈罗尔德游记》中曾这样写到过威尼斯的这座桥：

> 我站在威尼斯的叹息桥上；
> 一端是宫殿，一端是牢房；
> 我看到，桥身从波浪间升起，
> 宛如魔法师挥舞着他的魔杖。
> ——拜伦《恰尔德·哈罗尔德游记》

我们现在无法确定的是，究竟是威尼斯的那座桥先"叹息"还是圣约翰学院的那座桥先"叹息"，虽然拜伦是19世纪早期的诗人，他的这首诗完成于1817年。但不管怎么说，剑桥圣约翰学院的叹息桥的声名要远远超过威尼斯的叹息桥，它如今仍然是剑桥大学最吸引游客的地方之一。据说，剑桥所有的地方，维多利亚女王最爱去的就是叹息桥。

叹息桥啊，叹息桥，三叹文学、世间的许多事情变得缠绵。

从老欧洲到新英格兰

从剑桥圣约翰学院的叹息桥,到威尼斯Rio di Palazzo河上的叹息桥,我们不禁又想到牛津大学也有座叹息桥。在牛津时,我的确见到了那座叹息桥,当时,一个同伴提醒我,那座过街的天桥叫"叹息桥"。只是我当时并没有很留意,因为我对叹息桥产生兴趣,是到了剑桥之后。

牛津的叹息桥也叫赫特福德桥(Hertford Bridge),因为它位于牛津大学赫特福德学院,连接着这个学院的两个方庭:新方庭(the New Quadrangle)和旧方庭(the Old Quadrangle)。牛津和剑桥从来就爱比高下,不仅他们自己比,外人也爱将他们两家放在一起比。就叹息桥这一点上,他们至少打了个平手。不过,恕我直言,牛津的这座叹息桥其知名度要远远在剑桥的那座叹息桥之下,虽然牛津的叹息桥也是石结构,也是哥特风格,而且它的窗户比剑桥的那座桥更漂亮,且是由大名鼎鼎的建筑师托马斯·格雷厄姆·杰克逊(Thomas Graham Jackson,1835—1924年)设计建造,但是,牛津的叹息桥在1914年才完工,比剑桥的叹息桥(1831年)晚了整整83年。这还不是最主要的——牛津的叹息桥只是两个方庭之间的交通连接,它并不是真正意义上的"桥",因为它的下面没有河,因为它的下面不过是一条街——New College Lane。有桥而没有水,就有如有躯干而没有灵魂;有桥没有河,就有如镶着宝石的戒指而没有找到纤纤玉指来佩戴。伫立在牛津街头,望着远处的叹息桥,我轻轻地叹息了一声。

叹息桥啊,叹息桥,四叹牛津叹息桥跟剑桥的比,牛津的少了几分灵动。

"零丁洋里叹零丁",叹息桥边说叹息。没想到,桥梁除了具有交通功能之外,其背后还会有那么多的故事;更没想到,桥梁能由器物的层面上升到精神的高度。子曰:"知者动,仁者静。"河流与桥梁,有如智者与仁者。康河的水日夜流淌,惟康河上的桥,康河上的叹息桥,静静地立在那里;从它身上走过的,有智者,有仁者,也有极其普通的人,它自己其实从未叹息过。

只有我们远远地看着它,说:"那就是圣约翰学院的叹息桥。"然后轻轻地叹息一声,走开……

从老欧洲到新英格兰

数学桥里的数学

自幼害怕数学。可是,剑桥居然真的有座桥名字就叫"数学桥",够刺激我的!还好,那只不过是一座桥而已,并不是一道数学题。

您已经发现,这本书里已经有两篇文章写剑桥的桥了,这一篇还是谈剑桥的桥,可见,我对康河上的桥的确是情有独钟。是的,剑桥固然美,但要是没有了康河,它的美便要失掉一大半;康河固然流淌着灵动之美,但要是河上面没有桥,便好像是舞女的柔腕上少了精美的装饰。康河上的桥最令我心驰神往的有两座:一座是稍北一点的,在马格达伦桥(Magdalene Bridge,1823 年)南面的叹息桥(Bridge of Sighs,1831 年);再一座就是康河南端的位于银街桥(Silver Street Bridge,1958 年)和国王学院桥(King's College Bridge,1819 年)之间的数学桥。这些百年老桥没有一座被当作文物封存起来，它们一方面发挥着交通功能，另一方面凭着它们的艺术魅力和传奇色彩吸引着世界各地的游客。

数学桥（Mathematical Bridge，1749年）又叫女王学院桥（Queens' College Bridge），跟叹息桥一样，是康河上的一座老桥。这座其貌不扬的木桥似乎跟它的声名有点不相称，跟它所担当的"重任"显然也不很相称。女王学院创建于15世纪（1448年），由玛格丽特（亨利六世的妻子）和伊丽莎白（爱德华六世的妻子）创建，是一所横跨在康河上的古老学院。然而，两个多世纪以来，学院东区和西区的交通全凭借这座小小的木桥。木桥的西端还算开阔，它的东端则直接跟女王学院东区的古老建筑相连接，而且，下了桥就是一处窄门——显得太不气派了。只要有一个人挡在门里，就能一夫当关，万夫莫开，女王学院东西间的交通就被中断了。可是，多少年来，女王学院并没有把这座小木桥拆掉重建，相反，它以这座木桥而骄傲。事实上，大多数外人对这座木桥的了解甚至多于对女王学院历史的了解。

数学桥建成于1749年，设计者是威廉·埃塞里奇（William Etheridge，1709—1776年）。据说，他曾是詹姆斯国王的御用工匠。桥的建造者叫小詹姆斯·埃塞克斯（James Essex the Younger，1722—1784年）。木桥修成一个多世纪后，1866年进行了一次大修。又过了半个多世纪，1905年再次修整。两次修理基本上都严格维持了原来的设计。所以，今天我们所见到的数学桥也就是两个半世纪以前的那座数学桥，至少它也是一个世纪前的手笔。

为什么要叫它"数学桥"？这么一座小小的木桥为什么能成为剑桥大学城里的一大历史遗迹呢？本来，数学桥并无此名，起初，人们只叫它"木桥"（Wooden Bridge）。叫它数学桥，是因为该桥的设计包含了很精妙的数学原理。数学桥乃一拱桥，横跨在康河上。建桥所用的材料全部为木材。设计者利用了圆的正切原理，把木板一块一块地、按照一定的角度叠接起来，并且彼此之间不用榫头或钉子，充分利用木板和木板之间最佳角度和作用力，使得整座桥得以稳固地横跨在河上。可见，数学桥的确包含了很深的数学原理。其实，从桥的构成看，我们也可以叫它"物理桥"（我女儿则认为，应该叫它"几何桥"才对）。

剑桥就是剑桥。这座输出了近90名诺贝尔奖获得者的大学，连一座普通的木桥也要包含丰富的科学原理。

不过，数学桥这座小小的桥之所以有那么响的声名，恐怕还跟很多传说有关。

其一，传说数学桥的设计者威廉·埃塞里奇曾经到过中国，其建桥理念受到中国古代造桥技术的影响。这样一来，数学桥便有了一层神秘的东方色彩。

其二，数学桥跟科学家牛顿（Isaac Newton, 1642—1727年）有关，据说，牛顿不仅把圆的原理运用在这座桥上，同时，他也巧妙地在桥上使用了万有引力定律。不过，虽然大多数人（包括剑桥人）愿意把数学桥跟牛顿联系起来，虽然牛顿曾经是附近的三一学院的学生和教授，但是，事实是，数学桥建于1749年，牛顿死于1727年。当然啦，会不会是威廉·埃塞里奇在设计时受到过牛顿的影响呢？或者说，威廉·埃塞里奇在设计时充分吸收了牛顿的新理论呢？

其三，又有人传说，数学桥是女王学院的一帮学生设计的。由于桥设计得如此精巧，以致木板和木板之间不需要任何连接，教授们很惊讶，很好奇，甚至很嫉妒，于是，他们便悄悄地把木桥拆下来,想看个究竟;可是,当他们想把木桥再组装起来时,却怎么也装不起来了;于是,干脆用螺母和螺钉来连接。这就是为什么今天我们看到的数学桥虽然设计样式跟最初的一样,但连接处用了螺母和螺钉。

其四,还有人传说,由于数学桥的设计太精妙,不需要任何连接,不管它是威廉·埃塞里奇的手笔,还是牛顿的灵感,女王学院的人都非常珍惜它。可是,二战期间,德国人在伦敦和考文垂狂轰滥炸,女王学院的师生担心法西斯的炸弹会毁掉他们的宝物,于是,为了不让数学桥毁于战火,他们把它拆了,藏起来了。战争过去后,人们试图把它组装起来,但怎么装它都散架,最后,干脆用上了铁螺钉。

一般认为,传说都是不真实的,不可信的,不足为据的。从一般意义上看,所有的传说往往都是从一个事实根据出发进行夸大的、离奇的想象。这种想象又往往是向两个方面进行,或是向好的方面想象,或是向坏的方面想象。于是,有了这样的想象,好的会被传得更好,名垂千古,坏的会被传得更坏,遗臭万年。而且,所有的传说都必须穿过漫长的时间隧道,这时间的隧道越长,传说的成分便会越多。传说多了,久了,便成了神话。传说、神话不足以为信,但它们当中的想象力总是那么丰富,那么美好。古代希腊的神话和传说便是这样。

生活本身是平淡的,所以,人们总喜欢具有一点传说色彩的东西。虽然关于女王学院数学桥的传说未必是真实的,但是,在我们潜意识深处,其实真希望它们是真实的。其实,就算把所有的关于数学桥的传说部分去掉,剩下的一切已经够美的了:

……潺潺的康河水日夜流淌,流过女王学院,流过一座东方情调的小木桥；

　　……康河上并不缺少桥，但女王学院的数学桥却是仅存的一座木桥，两个世纪以来，没有人愿意拆掉它，两个世纪后，它一定还在；

　　……一条富于灵性的水把一个古老的学院一分为二，一座古老的木桥又使它合二为一；

　　……女王从上面走过，学子们从上面走过，我们从上面走过……
……

　　虽然我自幼害怕数学，但从剑桥回来后，我把数学桥的照片不知看了多少遍，想从中看懂一点数学原理。看着、看着，在我面前的似乎已不是一座桥，而是一道题。

这里曾是徐志摩寻梦的地方

再过两年时间，就是英国剑桥大学的800周年校庆了。这所建立于1209年的大学，在近8个世纪的漫长旅程中，见证了人类文化的进化和科学的进步，见证了文艺复兴，见证了资产阶级革命，见证了启蒙运动，也见证了工业革命，而成为近代以来大学的典范。从比较历史的角度说，这所大学建立于中国元太祖那个时代，历经元朝、明朝、清朝……跟牛津一样，剑桥不看拥有多少教授和博士，不看有多少科研成果，也不看有多高的就业率；对它来说，这些不过是小儿科。它只关注：有多少国王在这里读过书，有多少总统和首相从这里毕业，培养出过多少闻名全球的、对人类的文明和人类的精神世界产生过巨大影响的经典作家、思想家，从那里走出去过多少诺贝尔奖获得者，等等。是啊，的确不一般，毕竟人家甚至比莎士比亚还要大355岁。总之，跟牛津一样，剑桥几乎成了大学机构的一种难以逾越的神话。

中国人对近代大学的认识始于一百年前，而剑桥则是许多中国人了解近代大学的开端，而且很多人了解剑桥是从徐志摩的《再别康桥》开始的。在中国，中学以上文化水平的人恐怕都知道徐志摩有首《再别康桥》的抒情诗，恐怕都知道"康桥"与"剑桥"的关系。对于很多中国人来说（至少对我来说是这样），剑桥给人的感觉更亲切。为什么？因为徐志摩写过。或许是因为同样的缘故，中国人游剑桥与其他国家的人游剑桥，其感受自然是不一样的。所以，当我漫步于康河边，踽踽独行在剑桥古老的学院之间时，徐志摩的形象似乎总在我眼前显现。

志摩直接写剑桥的文字虽然不多，只有《康桥西野暮色》、《我所知道的康桥》和《再别康桥》等几篇（首），但它们对于我们理解这位中国现代伟大的诗人是绝对重要的。跟现代的许多中国作家一样，徐志摩的文学生涯是从国外留学开始的。他1918年赴美留学，曾获哥伦比亚大学的硕士学位，但他的文学梦是英国文化启迪的，更确切地说，是剑桥使他真正走上了浪漫主义的诗歌之路。徐志摩是1920年到英国的，先入伦敦大学的政治经济学院，但不久便经友人介绍，于1921年春入了剑桥大学的国王学院（或皇家学院，King's College）。到他于次年8月17日离开剑桥，他在那里一共待了约一年半光景。

一年半对于人的一生而言，实在是短暂，但对于诗人徐志摩来说，却是其人生中的最重要的转折点。在这一半年当中，他并没有正正经经地去读什么书，最终好像也没有拿什么学位。一半年当中，他只是个随意选课听的"特别生"。他也的确是够"特别"的："带一卷书，走十里路，选一块清净地，看天，听鸟，读书，倦了时,和身在草绵绵处寻梦去。"剑桥给徐志摩的不是知识,似乎也不是思想。剑桥最大的"功劳"是唤醒了徐志摩灵魂深处的诗性,唤醒了他作为一个诗人的性灵。而这"功劳"中的"功劳"并不是剑桥的学术、古怪的教授,真正唤醒他的,我以为,是剑桥的自然。因为剑桥的自然让他明白:"人是自然的产儿,就好比枝头的花与鸟是自然的产儿,但我们不幸是文明人,入世深似一天,离自然远似一天。"

在徐志摩看来,剑桥的自然最动人之处是在"康河"(英文名是River Cam,现在多译为"剑河")。在他看来:"康桥的灵性全在一条河上",康河是"全世界最秀丽的一条水"。我不知道别的中国人到了剑桥后是什么感受,作为诗人的我来到康河边,才觉得,尽管徐志摩是个爱夸张的人,但他对康河的诗意般的描述,是绝对真实的。我震惊于康河的秀美,灵动,久久地伫立于河边,像我崇敬的这位诗人一样"发痴"。我明白了,为什么"在康河的柔波里,我甘心做一条水草";我明白了,为什么"那榆荫下的一潭,不是清泉,是天上虹";我也明白了,为什么那"波光里的艳影",会在他的"心头荡漾"。如今,康河上仍然有那么多人在划船,但我再也不见那位诗人的身影。

与其说徐志摩是到剑桥来念书的,不如说他是来剑桥做梦的;他在半梦半醒之间,度过了诗意的一年半;边做梦,边写诗,做梦之余读点书。你看:"在初夏阳光渐暖时你去买一支小船,划去桥边荫下躺着念你的书或是做你的梦,槐花香在水面上飘浮⋯⋯"有时,他则是躺在康河的岸上:"这岸边的草坪又是我的爱宠,在清朝,在傍晚,我常去这天然的织锦上坐地,有时读书,有时看水;有时仰卧着看天空的行云,有时反仆着搂抱大地的温软。"我知道，他这是在写康河对岸的后庭花园。

　　到剑桥去找徐志摩确是找不到了，但他热爱过的一切，还有他曾"做梦"的地方、"搂抱大地"的地方还在。他第一次到剑桥时，剑桥是713岁。我到剑桥时，剑桥正796岁高龄。虽然这当中83个春秋足以让一个人老得面目全非，但这一点时光，还不足以改变剑桥的容颜。一样的古老，一样的自然。徐志摩就读过的国王学院还在，他所崇拜的三一学院还在，他所流连过的"榆荫下的一潭"还在，那"苍白的石壁上"爬满的藤萝还在，甚至他喝过茶的那家小店铺还在那里。善于保存历史的英国人，让每一个试图循着徐志摩的梦痕追溯往昔的人都能满载而归。

　　一首抒写大学校园的诗能拥有上亿读者的，唯有徐志摩的《再别康桥》。这，难道不也是一个"神话"！

轻轻的,他又来了……
——徐志摩诗碑在剑桥安放

1928年初秋,当徐志摩恋恋不舍地离开剑桥,离开剑桥的国王学院时,他恐怕没有想到,他还会回来;他更不会想到,在三年之后,1931年11月19日那天,他所搭乘的"济南号"邮机,会撞上白马山,让他永远地"飞"去;他怎么也不会想到,在他写下"轻轻的我走了,正如我轻轻的来"之后80年,他的诗歌会刻在洁白的大理石上,并从他的故国运到那片给了他灵感、给了他新生的土地上,被安放在唤醒他性灵的康河边。是的,他绝对不会想到,他自己的诗歌,他那颗爱美的心,会在国王学院的后庭,在那绿树丛中,在那鲜花掩映的康河边,听康河的水,潺潺流过,每日每夜。

公元2008年7月2日,是个平凡的日子,多雨的英格兰雨停了,阳光穿过云层,夹着零星的雨滴,国王学院的后庭显得格外苍翠。

然而，这一天又是那样的不平凡，因为剑桥无数的历史遗迹中又要增加一个新的成员——徐志摩诗碑的安放仪式正是在这一天举行。

运输车的轰隆声打破了学院的寂静。车上装着一个巨大的包裹，包裹里是一块两吨重的大理石，大理石上刻着一个诗人的诗句，而这诗句让许多年轻的心认识了诗歌，也认识了剑桥。

轻轻地他走了，正如他轻轻地来。

国王学院的院友们簇拥在运输车的前后；他们虽然有过太多的杰出校友，他们的校友当中不乏彪炳千古的大诗人，大学者，甚至国王和总统，但是，他们当中任何一个都没有像这位校友那样，能让一首诗在数亿读者中代代传诵。

轻轻地他走了，正如他轻轻地来。

大理石诗碑刻着徐志摩《再别康桥》的前两句和后两句。虽然叫诗碑，但其本身是不规则的，镌刻诗句的正面虽然是平面的，但这平面的下方被切出另一个平面，这样，大理石碑的正面便形成了两个参差错落的平面，上半个平面上刻着："轻轻的我走了／正如我轻轻的来"；下半个平面刻着："我挥一挥衣袖／不带走一片云彩"；落款是"徐志摩《再别康桥》诗句"。

剑桥国王学院的网站新闻于7月8日登出了标题为《刻着中国最著名诗句的诗碑在剑桥安放》的新闻。新闻说："一块刻着中国最著名诗歌的大理石诗碑被安放在国王学院的后庭。《再别康桥》是20世纪中国最著名的诗人徐志摩的诗歌，它在中国人的心中占据着富于激情的地位。"

……一块洁白的大理石，就这样在国王学院的后庭安家了，它静静地，没有声息，正像当初那个东方的青年静静地、轻轻地来。在青翠的绿树丛中，它又是那样显目，显目得足以令每一个行人驻足。即使不懂汉语，即使不懂诗歌，任何一个爱美的人，都会知道，那上面镌刻着的是诗歌。

余光中写过一首叫《当我死时》的乡愁诗，他写道：

> 当我死时，葬我
> 在长江与黄河之间
> 枕我的头颅，白发盖着黑土
> 在中国，最美最母亲的国度
> 我便坦然睡去，睡整张大陆
> 听两侧，安魂曲起自长江，黄河
> 两管永生的音乐，滔滔，朝东
> 这是最纵容最宽阔的床，让一颗心满足地睡去

如今，徐志摩也得到了一张"最宽容的床"，他真的可以坦然睡去了，而他魂牵梦绕的康河便成为他"永生的音乐"。于是，那"榆荫下的一潭"，也就成了他永远的"天上虹"。彭斯在他的《我的爱人像一朵红红的玫瑰》中也写过：Till a'the seas gang dry, my dear,/ and the rocks melt wi' the sun!/ And I will luve thee still, my dear,/ While the sands o' life shall run.（纵使大海干涸水流尽，/太阳将岩石烧作灰尘，/亲爱的，我永远爱你，/只要我一息尚存。）我相信，只要这块诗碑不会被太阳"烧作灰尘"，剑桥便会永远铭记这位杰出的校友，我们也将永远记住这位伟大的诗人。

如果说，徐志摩的家乡硖石给徐志摩带来了肉体的生命，剑桥则给他带来了艺术的生命和精神的生命。他在《吸烟与文化》中曾

这样写过:"我在康桥的日子可真是享福,深怕这辈子再也得不到那样甜蜜的机会了。我不敢说康桥给了我多少学问或是教会了我什么。我不敢说受了康桥的洗礼,一个人就会变气息,脱凡胎。我敢说的只是——就我个人说,我的眼睛是康桥教我睁的,我的求知欲是康桥给我拨动的,我的意识是康桥给我胚胎的。"而现在,我们可以告慰志摩,他可以在康河边永远地"享福",他可以和他梦想的甜蜜永远在一起了。是的,在那"青草更青处",我们难道不还依稀看到他那飘逸的身影吗?只是,那"榆荫下的一潭",却永远成了"彩虹似的梦"。

轻轻地他走了,正如他轻轻地来。

1928年11月6日,一个来自东方的青年在航行到中国海上的时候,遥望着远方那片凝重的土地,回望着那方梦的温床,轻轻地写道:"轻轻的我走了,正如我轻轻的来……我挥一挥衣袖,不带走一片云彩。"80年后的今天,他终于又回来了,"轻轻的……轻轻的……";只是,这回,他不用再挥舞他的衣袖,因为,这回他不走了,因为,这里有他精神的家园,在剑桥,在国王学院,在国王学院的后庭……

轻轻地他走了,正如他轻轻地来;轻轻地,轻轻地,康河的风在吹,康河的水在流……

紫金文库

附：2008年7月8日剑桥国王学院网站新闻

New stone installed with China's best-known poem
（刻着中国最著名诗句的诗碑在剑桥安放）

A white marble stone has been installed at the back of King's bearing a verse from the China's best-known poem. 'Saying Goodbye to Cambridge Again' is by arguably the greatest poet of 20th century China, Xu Zhimo, and has an emotional place in many Chinese people's hearts.

Xu Zhimo wrote the poem on the King's College Backs, and it is thought that the golden willow of the poem is the tree that stands beside the bridge at King's, near to where the stone has been installed. This poem is one which most educated Chinese know and many feel deeply moved by. It provides a bridge between China and Cambridge, and King's in particular. Many Chinese students think of this poem when leaving Cambridge.

Xu Zhimo died in 1931 at the young age of 36 in an air crash. He studied Politics and Economics 1921-2 and was associated with King's through Goldsworthy Llowes Dickinson. It was in Cambridge that, under the influence of poets such as Keats and Shelley, he began to write poetry.

A friend of Cambridge in China arranged for the stone to be inscribed with the first two and last two lines of the poem

从老欧洲到新英格兰

and brought to Cambridge. It is made of white Beijing marble (the same stone used to construct the Forbidden City in Beijing) as a symbol of the continuing links between King's and China.

小城书香
——英国小镇Hay-on-Wye

"山不在高,有仙则名;水不在深,有龙则灵。"城不在大,有特点便吸引游客。英国固然有像伦敦、伯明翰那样的国际大都市,有像爱丁堡、格拉斯哥那样的文化名城,但在其境内,从南到北却也密布着许许多多的独具特色的中小城镇。它们或以历史悠久而著称,或以是某位名人的故乡而蜚声,或以风景秀丽而令人神往。比如,威尔士的一个小镇,镇上有座全英国最小的房子(1.8米宽,2.2米高,上下两层),这竟然成为该小镇一个重要的"看点"。在英国,巴掌大的一个小地方都会有座博物馆,让你觉得该去处有文化,有历史。

5月30日(星期一)是Bank day,是英国的公休日。朋友迈克和谢拉夫妇开车带我去位于英格兰和威尔士边境上的小城Hay-on-Wye,说是去看书市。开始我没有在意,只是想出去放松一下,没想到，小城还真让我眼界大开。

　　Hay-on-Wye这个地名颇具英国特色。英国的许多地名往往跟河流联系在一起。比如，莎士比亚的故乡叫Stratford-upon-Avon（埃文河畔斯特拉特福镇），因为该镇是建在埃文河（Avon）上，故名。另外，伯明翰附近的Hampton-upon-Ardon（阿顿河畔汉普顿），也是按照这种方式命名的。Hay-on-Wye这个地名中的Wye是一条河的名字，我没见过Hay-on-Wye的中文译名，我给它一个美丽的中文翻译：瓦伊河畔哈艺镇。

　　Hay-on-Wye小镇之小，小得像我们中国的一个大村庄，但就这么个小镇，其书香却飘向全英的各个角落。1300多人口，却有40多家书店，平均每30人左右就有一家书店。按家庭算，平均五六户住家就有一家书店，堪称世界之最。恐怕正是因为小镇的书香浓郁，总部在伦敦的《卫报》每年五月都要在这里举行文化节，邀请许多学者、艺术家、畅销书的作者来这里或签名售书，或开设讲座；文化节期间，更是游客云集，来自全英乃至全欧的读书人，循着书香不远千里，来到这里，享受文化大餐。这个千把人的小地方一下子成了国际文化交流的一个中心。

　　我们的车不知拐了多少弯才算到了Hay-on-Wye。到了那里，发现镇外的停车场早已泊了上千辆车（这么大的停车场，小镇的周围有好几处）。走进小镇，沿街是古老的建筑，满街是来自各地的好书人。迎面走来的，10个人当中难得有1个本地人。我们首先去看《卫报》举办的文化节。文化节的地点是在镇外的许多大帐篷里。除了书市，还有许多名人的讲座。参加文化节的游人很多，熙熙攘攘的。他们或买书，或听讲座，或躺在阳光下的草地上放松自己。空气中洋溢着的，是淡淡的书香和浓郁的文化气息。

从文化节现场出来，我去逛镇上的书店。书店简直是一家挨着一家，每家书店自然有自己的特色：有儿童书店，有音乐书店，有诗歌书店；还有著名出版社常设的书店；有的书店以经营新书为主，有的书店则以旧书或版本齐全而吸引顾客。几乎每家书店都有自己的网站，几十平方米大的小书店，其经营却是全球性的。书店里很静，楼上楼下全是书。过道的两侧也摆满了书：抬头是书，低头是书，一不小心碰到的还是书。随便翻开一本书，你可能会看到19世纪的某个名人的签名。店主人在靠近门口的柜台后面坐着，顾客自由地楼上楼下找书，主人并不担心你会把图书弄坏，更不担心你会把书悄悄塞进包里带走，尽管有些书因为是一两百年前的版本而极其昂贵。读书人的尊严在这里得到真正的体现。

到小Hay-on-Wye除了看书还得看瓦伊河（Wye）。迈克到小镇来过几次都没有发现她，然而我这个热爱自然的中国诗人却是别具慧眼。我想，既然该镇是以这条河命名的，这条河一定美。于是，我一个人经过一番探索，终于找到了瓦伊河。那的确是一条十分秀美的河。沿着河岸我走了很远，拍了许多照片，心中暗喜：今天我既买了书，又看了风景——双重的收获。瓦伊河并不很深，最浅处依稀可见河床上的鹅卵石。因为是假日，河上划船的人很多。

在这个世外桃源的小镇上，一半人在经营书店，另一半人在参加体育运动。好一个商品经济情境中的世外桃源！

第三辑 在安徒生的家乡

想象丹麦

有很多地方，只要一提到其名字，就会叫人浮想联翩。比如普罗旺斯，会令人想起那无边无际的薰衣草，想起《破晓歌》，想起中世纪的骑士们在破晓时分与贵妇人们的依依惜别、情意绵绵；比如佛罗伦萨，它总让我想起徐志摩，他把佛罗伦萨翻译成"翡冷翠"，他的诗篇及其同名诗集《翡冷翠的一夜》因"翡冷翠"三个字而显得浪漫气十足，就凭这一点，我就愿意承认他是中国现代浪漫主义第一诗人；比如瓦尔登湖，我曾用三十年时间去想象它，并且最终走到它的身旁；比如格陵兰，比如乞力马扎罗，比如丹麦……而我对丹麦的真切向往，是在冬天，是在冬天最冷的时候，我对丹麦的向往萌发了最初的芽。收到会议通知的第一时间，便开始写论文摘要，在书房里关了一天，终于把摘要弄好，提交。夜深了，便坐在书房想象丹麦是什么样子。

从老欧洲到新英格兰

在我的心目中，丹麦与其说是一个国家，不如说是一个符号，一个文化符号，一个西方文化史的湖水中不断冒出来的文化符号。我觉得，西方文化有两个"文化枢纽"：文艺复兴之前是古希腊、罗马，文艺复兴之后则是英国，而对英国的理解总离不开丹麦。北欧出海盗。海盗不好，但海盗居然造就了文化，居然成为欧洲文化拼图中不可或缺的一块。不管你承认不承认，正像战争曾经促进了跨文化交流那样，北欧的 "海盗文化"，对于英国的语言和文化的形成产生了不可估量的影响。我在给学生讲英国文学史时，总要讲到《贝奥武甫》（*Beowulf*），而它既是英国的，也是丹麦的。我最早接触到的对丹麦的描述是《哈姆雷特》中的台词："丹麦是一座监狱，一座世界上最黑暗的监狱。"虽然这是出自丹麦王子哈姆雷特之口，但其实这是莎士比亚借人物之口影射詹姆斯一世统治的英国，千万不要以为这是莎翁故意"黑"丹麦。

不过，丹麦最了不起的魅力还是安徒生的童话，仅凭借这一点，我们就应该到那高纬度的地方旅行一次。童话是想象的，想象往往是最具穿透力的。而我现在也只能借助想象来感受丹麦，并在行前先在文字中、网络上认识丹麦。终于从朋友那里借到一本英国作家迈克尔·布斯（Michael Booth）写北欧的书《北欧，冰与火之地的寻真之旅》。我这是第一次如此深入地去关注斯堪的纳维亚半岛上的风土人情。行走在字里行间，我仿佛已经踏上了那片离北极圈很近的土地。

签证有点一波三折。本来向丹麦签证处提交材料已经晚了，预定起飞的时间已经临近。可是，就在这时，签证处打电话来说，我提交邀请函还不够，须让邀请方亲自把邀请函发给他们。于是，我又匆忙与丹麦方面联系，让他们向签证处直接发邀请函。谢天谢地，在我们启程前两天我终于收到了签证。

　　花了半年时间想象丹麦，终于在6月初登上了SAS的航班。想象与现实之间的距离越近，心情就会更加迫不及待。飞机掠过哥本哈根郊外的一片海湾，随着起落架与地面的接触，我算是稳稳当当地踏上了这片土地。虽然经历了长途飞行，但兴奋的心情让人感觉不到疲惫。带着这种愉快的心情过海关，似乎一切都变得顺利。已是晚上8点钟，但北欧的阳光依然很明媚。排在我前面的几个人被盘问了半天，轮到我时，我看了看从左前方射进来的阳光，对海关官员说："你好，我该说'下午好'还是'晚上好'呢？"她瞟了一眼我的邀请函，笑了笑："我看都行。"就这样，在说笑之间我很快就过了机场海关。

　　终于不用在想象中感受丹麦了，因为我已经浸润在童话国的空气里。

绿野萍踪
——在奥胡斯大学

从哥本哈根所在的西兰岛，坐火车往西过海底隧道，经安徒生家乡所在的菲英岛，再过海上大桥，便到日德兰半岛。火车继续北上，一个小时左右便抵达我此行的目的地——奥胡斯。初夏的丹麦早已绿得成茵，而天上的白云，大朵大朵的，越往远处看，越像是堆在大地上。火车以这个高度发达国家特有的"慢速度"穿行在绿野上，行走在白云下；阳光和煦，把牧场的白羊映衬得格外的白。

整个世界都被绿色染透，连同我的心情。我忽然想，上帝是公平的。他把冬天的严寒、荒凉判给了斯堪的纳维亚，于是在春天和夏天他要加倍偿还这里的子民。

火车在奥胡斯站停下。走出火车站，吹透我的冲锋衣的风告诉我，这里纬度更高；简直要撞到身上的海鸥告诉我，这里离海更近。走进奥胡斯大学，我则像是从一片宽阔的绿色的海洋，驶进一处更为平静的绿色的港湾。

作为丹麦排名前2、世界排名前100以内的奥胡斯大学，历来以它公园一样的校园而骄傲。相对于无垠的绿野，在这里，绿色则被规划得更精致，更唯美，更有艺术性，甚至更具有学术含量。也许这是它的环境与生态学科能排名世界前27的原因吧。奥胡斯的古典建筑不像哥本哈根那么多，奥胡斯大学作为一个只有近百年历史的"年轻的"大学，自然也没有什么古典建筑。不过，他们更注重现代建筑的实用性和舒适性，特别是注重建筑的环保特色。

奥胡斯大学的建筑首先在建筑材料上严守环保路线。我注意到一个特点，他们的建筑特别强调原生态，石头就是石头，砖头就是砖头，很少用瓷砖、大理石、涂料来"修饰"。在我开会的那个会议厅，我忽然发现，它的内墙就是本色的红砖，在装修过程中，并没有使用任何扣板、涂料。尽管如此，并没有觉得它显出任何的"土气"；相反，这种原生态的材质更让人容易与自然亲近。

原生态的建筑可以与自然环境相得益彰。建筑和自然之间的关系是否和谐，或者，当我们判断环境是否宜居，得看是建筑物多还是自然更多。当建筑物多于树木、草地时，自然不过是人类环境的点缀；当树木、草地多于建筑时，建筑便成了自然的点缀。在地广人稀的丹麦，则是努力将所有的建筑物淹没在绿色当中。

除了草地、树林，奥胡斯大学十分注重细微处的绿色文化。他们对爬墙虎钟情的程度，让我惊讶万分，我称之为，用绿色武装到窗户的绿色文化。他们几乎让所有的墙壁爬满爬墙虎，而这种植物也真是有灵性——爬满整面墙，却将窗户小心翼翼地空出来。窗户本不是风景，但被爬墙虎仔细"修饰"过了，它便成了一道别致风景，一个绿色镶边的镜框；而这时，窗户后面正好有一位少女面对一本书，蹙眉沉思，于是她便成了这镜框中的精美的肖像。

当然，环境的宜居，常常取决于人与自然的比例关系，人越多自然就越少，宜居性就越差。没有人类的自然，是绝对的自然；有了人类的自然，是相对的自然。当自然被人类占领了的时候，自然虽然还在，但它实际上已经死亡。当一大片草地上只有一对情侣在黄昏时分缓缓散步，这是最美、最和谐的自然；当这片草地被一万人占满，这草地虽然还在，但自然其实已经消失，因为我们已经不能从中获得唯有自然纯粹才能给我们的那种快感。

奥胡斯大学虽然拥有4万多名学生，8000多名员工，但由于校园占地面积大，自然与人类活动之间便有了较好的平衡。奥胡斯大学的西区，是校园里最美、最自然、最宜人的，也是世界各国大学中最美的"园中园"。牛津虽美，但建筑过于拥挤。康河虽美，但景色不够开阔。而在这里，你的肌体和心理一定能得到最大限度的放松：宽阔的草地，使绿色能得到完全的伸展；蜿蜒的小路，能让满目的绿色不至于呆板；林中的长椅，虽已刻下岁月的痕迹，即使你不坐，你也觉得精神得到了休息；池塘里悠闲的小鸭，时刻叫你不会忘记——这是在安徒生的家乡。这片"园中园"之所以让你觉得它很自然，正是因为它没有被人类"占领"，或者说，是人类辟出一片自然，让它在那里独自寂寞。如果没有人迹，它未免太寂寞。偶尔有几个学生走过，偶尔有一辆自行车骑过，偶尔有一对情侣在长椅上坐会儿又离开，这自然反而因为有了人类的适当"参与"而显得有活力，有弹性。

在这片绿色的小王国里，只能看到周围的校舍露出一角半边的样子，并不跟自然抢风头。跟英国深红色的砖头不一样，丹麦的建筑所使用的砖头多为土黄色，这似乎表明了它在自然面前的谦卑，但自然也不辜负它的美意,在这茵茵的绿色的衬托下,这土黄色呈现出非常和谐的对比色。至于远处的教堂的塔尖,虽然不在眼前,但已经成为眼前景色的一部分。

飘荡这绿色的小港湾里,我像一片从天而降的浮萍。我忽然想起一个叫"北岛"的诗人:他当年在奥胡斯大学教汉语的时候,是不是也经常来这里散步呢?是不是也坐过我刚才坐过的那张长椅呢?

从西兰岛,到菲英岛,再到日德兰半岛,我在绿色中迷失,而自然的性灵则在我的精神深处慢慢醒来。

在一家十九世纪的餐馆用餐

北欧亚洲研究中心将今年的年会安排在丹麦第二大城市奥胡斯（Aarhus），会议地点是在丹麦第二名校奥胡斯大学。西方人办会议，只为你搭个学术的场子，至于你怎么住、怎么来往、怎么吃饭，一般不管。他们也会收取会务费（会员费），至于吃饭什么的，你自己解决。习惯了中国的会议模式，到了西方有时可能会不习惯。

不过，温和的、好客的丹麦人跟一些西方国家的人还真的不太一样。会议期间，除了在茶歇时提供很好的点心、水果、咖啡，中午还给大家安排了简朴的午餐，有三明治、黑面包、饮料什么的，让大家安心开会，无须"为稻粱谋"。

最令大家惊喜的是，会议结束前一天晚上，主办方还安排了一次晚宴。会议日程上显目地写着："18：30：Excursion &

Conference Dinner（远足·会议晚宴）"。可是，傍晚时分下起了中雨。6月份是丹麦最美丽的季节，但是北海和波罗的海总是把大量的雨云吹来，天说变就变，这跟北海那边的英格兰差不多。下午的学术讨论结束了，雨很执着地下着。按照我在国内承办会议的经验，这时应该去调一辆大巴车来把客人送到餐厅。可是，本次年会的主席Steen教授手一挥，叫大家跟他一起冲进雨中。

雨越下越大，一行人跟着Steen教授，穿着会议报到那天发给大家的雨衣，蜿蜒向前，穿过奥胡斯绿草茵茵的植物园，穿过奥胡斯最迷人的雨中景色，步行近4公里，最终到达晚宴地点。到这时，我才明白，会议主办方为什么没有用大巴把大家拉到晚宴地点，为什么报到那天给每人发一件雨衣。因为远足本是这晚间活动的一部分，除了请大家共进晚餐，同时还要请大家欣赏奥胡斯的美景，而这美景只有用我们的双脚一步一步地走过去，才能真切地感受。至于这6月的丹麦雨，它何尝不是奥胡斯风景的一部分？来丹麦，不远足，虚此行。

不过，这精心安排的晚宴，并不是在什么大酒店，而是在奥胡斯的"老城"（Den Gamle By），是在老城里的一家开办于19世纪的餐馆，也是整个奥胡斯最著名的餐馆之一。能"回到"19世纪吃顿饭，真的很"穿越"，这晚饭太有吃头了！

走进老城区，走到这家著名的餐馆，吓了一跳！出现在眼前的是一座矮趴趴的、普通得不能再普通的平房，砖石砌墙，红瓦盖顶，厚重但年代已久的木门，门前立着一只一百多岁的橡木桶。踏上两级木板台阶，走到里面，灯光昏暗，仿佛来到了上上个世纪丹麦乡下的一个农家。不过，餐厅的一侧六张长条桌已经摆放整齐，洁白的桌布，靠背椅上罩着墨绿色的椅套，洁净的餐具摆放得很具仪式感——柔和的灯光洒了下来,洒在大小不等的酒杯上,老欧洲最经典晚餐的氛围便荡漾起来了。摇曳的烛光,更让人觉得一顿晚餐与其说是物质的享受,不如说是精神的。是的,这就是"老欧洲"的风格或情调:质朴的外观下面总要透露出最彻底的精致,房子可以其貌不扬,但它内部所展现的活动却必须精致,再精致——即使已经到了后现代时代,他们仍然坚持,没有烛光的晚餐,就不是一顿真正意义上的晚餐。

当然,说到底晚餐毕竟是物质的。在19世纪的情调中,欣赏上好的白兰地,迷人的葡萄酒,餐前面包、前菜、主菜、烤鱼、甜点、咖啡……在大小不同的刀叉的切换之间,时间在流走,物质在减少。在19世纪的情调中,来自各国的学者五花八门的谈资又成为另一种"精神性"的佐酒品。坐在我右手的Mariana来自瑞典,是瑞典研究中国学问最资深的教授之一。她20世纪60年代就来过中国,从她的谈话中,我终于了解到外国人眼中的中国究竟是什么样子——我知道的她都知道;我不知道的,她也知道。坐在我对面的是奥胡斯大学的一位女教师,从她那里我则亲耳听到,丹麦人居然打心眼里支持政府征很高的税……

两个多小时的晚宴终于散了。离开这19世纪的老馆子,我们又回到21世纪的现实,各回各的旅馆。走上奥胡斯的街头,雨已经停了,沿街的酒馆都把桌子搬到了外面,街边满是喝啤酒的人,满街都是喝酒人的快乐。据说,在斯堪的纳维亚,最能喝的是挪威人,比挪威人更能喝的是丹麦人。19世纪是这样,今天还是这样。

幸福的丹麦人

丹麦，作为一个偏于北欧一隅的小国，显得非常不起眼。从地图上看，它的下面有强大的德国"顶"着，它的上面被斯堪的纳维亚半岛上的瑞典和挪威"压"着。在德国、瑞典、挪威之间的缝隙中，如果我们不仔细一点，还真的会在地图上把它忽略过去。4.31万平方公里的土地，560多万人口，名副其实的"国小民寡"。

当然，丹麦有过它辉煌的时候。14世纪时，它达到鼎盛时期，控制着北欧的大片疆域，几乎控制了整个斯堪的纳维亚半岛，但后来逐步衰落。到二战结束时，它已经彻底衰败。几乎可以说，丹麦人除了安徒生童话，也就没有多少可以值得骄傲的东西了。不过，二战之后，丹麦开始了自己的经济复兴，经过几十年的发展，到如今它已经成为世界上最富有、最幸福的国家之一。高工资、高税收、高福利，使得丹麦人从一出生就不知道什么是忧愁。《纽约时报》称丹麦是"全球最佳失业国",因为"它的失业津贴高达此前工资的90%"。

把70%左右的收入交给政府,丹麦人似乎并不很在意。我问一个丹麦朋友,你们的税收那么高,大家没有意见吗?她耸耸肩说:我们没有意见,因为政府帮我们把一切都安排得好好的。这有什么不好呢?的确,在过去的几任政府竞选时,凡是以降税为目标的政党都没有在选举中获胜。

高税收带来的是贫富差距甚微,最高收入人群和最低收入人群,分别只占总人口的4%左右。这就导致所有的丹麦人彼此之间没有什么差距、差别。大家都过着相似的生活,开很普通的汽车,更多的情况下,大家都在骑自行车。在哥本哈根,我有时会站在十字路口发呆,看着十字路口的信号灯,红灯变绿灯,绿灯变红灯,变了几次都没有一辆汽车通过——真是嫉妒。这交通居然这么冷清,我真为哥本哈根作为首都而"难为情"。丹麦人即使开车,往往也只是开不超过"大众"这个档次的汽车。政府不鼓励开车,更不鼓励买车。买一台高档汽车,交给政府的税要比购买汽车本身的钱还要多。所以,丹麦这个小国,却成了自行车的大国。下班后,哥本哈根几乎半城的人都在骑自行车。无论是公园外,还是市中心,你都会看到成片成堆的自行车。天渐渐黑下来时,路边的酒吧纷纷把桌子移到了户外,哥本哈根几乎半城的人都在喝啤酒。在这样的生活中,人们不用担心明天,因为他们的一生全部由国家安排好了。他们要做的,就是正常工作,享受生活。这就是简单且幸福的丹麦人。

旅居丹麦的英国作家迈克尔·布斯(Michael Booth)曾在他的著作《北欧,冰与火之地的寻真之旅》中,专章谈到他对丹麦及丹麦人的认识。他这样写丹麦人:"7月份,整个国家关门歇业,丹麦人成群结队、浩浩荡荡地出行了，就像生性温顺的野羚羊，纷纷前往距离自己的住处大约一个多小时车程的消夏别墅、房车公园或者露营地。"夏天是最美的季节，丹麦人觉得把最美季节留给工作实在可惜。当然，他们消闲时，也不会走得很远。丹麦不大，一箱油几乎能开到头。所以，"人们好像觉得，世界存在于一箱油的车程之内，没有必要冒险到更远的地方去"。

不过，丹麦的高税收、高福利导致了丹麦人生活的同质化倾向，并且，也让丹麦人因此失去了很强的进取心。所有的人挣一样多的钱，住一样的房子，穿一样的衣服，开一样的车，吃一样的饭菜，读一样的书，去一样的地方度假，对针织品和胡须持一样的观点，秉持大体类似的宗教信仰，这情形委实无聊。不过，丹麦人并不觉得这种"同质化"有什么不好。他们反而觉得这是公平的体现。不但觉得公平而且他们并不鼓励竞争，在价值观上并不鼓励"第一"，精英主义不受欢迎。一个教师在课堂不能批评最差的学生，也不能轻易表扬最好的学生；因为，你如果表扬最好的学生，会让其他学生自尊心受伤。当我向丹麦朋友提起中国的高铁，他们丝毫没有羡慕的样子，他们喜欢自己的火车缓慢地在几个大岛之间开行。如果坐高铁，不到一个小时就把丹麦跑遍。高铁会使得丹麦显得更小，也会让小国寡民的丹麦人感到挺没面子的。但丹麦人自己并不担心人家说他们国家小，虽然他们也会爱虚荣地说，我们的国土并不小啊，我们还有200多平方公里的格陵兰岛啊。他们对自己总是很满足。

小小的丹麦，是世界上为数不多的"王国"，实行君主立宪制。一座50多万人口的哥本哈根城，一座旧时的王宫，一位更像是一种装饰的女王，使这个国家更配得上安徒生的家乡。有时，我会

从老欧洲到新英格兰

生发一些很天真的想法:究竟是安徒生的童话感染了这里的风气,还是这里的人们按照安徒生童话的意境在经营这个国家?虽然这也许是同一个问题。总之,生活在这里,的确有一种生活在童话里的感觉,人们彼此信任。根据布斯的说法,88.3%的丹麦人表示对别人高度信任,超过其他任何一国的国民,超过紧随其后的挪威、芬兰和瑞典(英国第10,美国第21)。人们彼此信任到了如此地步,家庭妇女们会把婴儿车留在咖啡馆的外面,自己一身轻松地进去享受咖啡时光。

有着幸福心态的国民才会充满爱心。一天下午,我在通往罗森堡宫(Rosenborg Castle)的那条路上等朋友。看着路口的红灯、绿灯变换了很多次,都未见朋友来。夕阳下,一位老太太从东面走来,看我焦急的样子,用英国味十足的英语问道:"我能帮你做什么吗?你好像是在等什么人?""What can I do for you?"是英语中表示友好、礼仪的最标准的一个问句。在哥本哈根,在一条通往古老宫殿的僻静的街道上,从一位老太太口中传出的一句关切,让我对这个城市一下子充满了好感。只有一个内心充盈的人,一个对世界充满信任的人,才会如此关心一个陌生人。

沉浸在一种幸福的情绪中,等待便不那么无聊。在一个幸福的国度,幸福同样会传递给外邦人。

童话国的房间

当我们对一个地方的好感度达到一定程度时,对它令人不如意的方面,往往会忽略,甚至会故意忽略,好像把某个令人不如意的方面说出来,就是一种亵渎似的。丹麦就是这样一个地方,大家对这个高纬度的国家如此充满着向往与留恋,以至于它不尽如人意的地方,我们通常都闭口不提。

夏天的丹麦,的确是旅行最好的去处。清凉的空气,洁净的环境,浪漫的港湾,当然,还有从童话里游出来的到处都能见到的小鸭子,让我们沾满灰尘又疲惫不堪的灵魂得到暂时的净化与休憩。可是,现实中的丹麦毕竟不是童话,它总有一些地方让你觉得有些许遗憾。我最要说的,就是丹麦的旅馆。

在丹麦,我前后住过5家旅馆,最大的感受是房间太小,而我个人的"遭遇"则是越住越小。头两天在哥本哈根住过一家叫"凤凰酒店"的宾馆，房间的大小，跟国内差不多，也就没有太在意丹麦的旅馆与别的地方的旅馆有什么不同，虽然房价比美国的还要贵一些。

第二次，我在丹麦第二大城市奥胡斯住进一家离海湾很近的叫Cabinn的旅馆。走进旅馆，觉得它很气派，有格调，可是，走进客房，就一下子傻了眼。一个不足10平方米的房间：进门左手是一张小写字台，对着门是一张小单人床，这张单人床的顶头、与之呈90度角的，是另一张挑高的单人床，两者之间形成一对折角的双人床。进门右手的拐角处，是盥洗间，马桶和淋浴一起才大约1平方米多；角落上有一个洗脸池，大小跟我们盛汤的大碗差不多。由于空间太小，烧水壶只好搁在墙上的一个玻璃架子上。电话机平放会占太多地方，于是被挂在墙上。真的惊讶于丹麦人的精算，在一个不可能的空间里居然装下了这么多的元素。总之，我费了很大劲才把旅行箱挪进了房间。但问题来了，我找不到一个地方可以把行李箱平放下来取东西，我必须始终让它立着；如果要从里面取东西，我就得把它搬到床上。床上是唯一可以把行李箱展开的地方。在这间斗室一般的客房里，啃着三明治，听着不远处海鸥的叫声，我开始想象大海的宽广。同时，不断安慰自己：这座城市已经连续许多年被评为"全世界最幸福快乐的城市"，你为什么还要郁闷呢？

其实也不是为了节省，用Cabinn旅馆的每晚的房费，在国内可以住一个很像样的五星级酒店。

我在丹麦住的第三家旅馆是在安徒生的家乡欧登塞，那更是一次离奇的经历。从奥胡斯乘火车去欧登塞，心中充满了许多美好的期待。下了火车，冒着雨，好不容易在一条后街上找到了事先订好的旅馆Ydes旅馆。推门进去，里面空无一人。正当我感到奇怪的时候，左前方的一台机器开始用英语说话了。大致意思是，如果有预定，请在机器上操作，并告诉我怎么样用信用卡支付。等我划卡后，另一个卡槽里吐出了房卡。当我不知往哪里去时，那机器又说话了：从你身后的楼梯往下走一层，进院子，在院子的左侧是你的房间。天哪！我怎么住进了一家"幽灵旅馆"？不管我做什么，不管我走到哪里，似乎都有一双无形的眼睛在看着我。

拿着房卡，把行李丢进客房，也没有时间打量它究竟长什么样，就匆忙上街去找吃的。街上空荡荡的，好在还有一家超市开着。买了一堆吃的，回到旅馆，在旅馆的公共空间享受在安徒生家乡的第一顿晚饭。其实，这个旅馆虽然没有人看管，但设备还是很齐全的。公共区域有厨房，有餐具，有免费咖啡，客人可以自由享用。

吃完饭回到自己的房间这才仔细打量房间：很奇怪的是，这房间是三角形的。靠近直角的这一边放着一张很小的床。床的顶头，也就是三角形角度最小的那个地方，嵌着一张玻璃做的写字台。由于地上无法"生根"，写字台是嵌在墙上的。三角形最长的那条边上，有一个门，推开，原来是一个凸在三角形外面的卫生间。这房间似乎比奥胡斯的那家要大一两个平方米，它的最大优越性在于我能把行李箱平放下来。

床很小，由于很松软，躺在上面动一动，总有一种要滚下去的感觉。所以睡觉时要特别小心翼翼，生怕滚到地板上。窗外是一个院子，一群喝啤酒的丹麦老太太在外面大声说话，而我呢，则躺在小床上发愣。忽然，发现那玻璃小台桌上居然有个橘黄色的收音机，不禁乐了，时光仿佛一下子倒退了40年，这小小蜗居，一下子似乎便有了某种怀旧的情调。为此，我后来写过一篇小文章：《一间有收音机的客房》。的确，在生活中，哪怕是在很小的角落里，都会有诗意的存在。

没有想到，在丹麦旅行，住宿会让我产生这么多的感慨。不过，我的感慨还在继续。

因为要从哥本哈根飞巴塞罗那，我请朋友在机场附近订了一个旅馆。朋友告诉我，那个旅馆很方便，到地铁站步行即可。傍晚前朋友送我到了那家叫Dan Hostel的旅馆入住。check in时，在前台领到一包床单和毛巾。走进客房，看到的自然还是一个很小的房间。跟前面两家不同的是，房间里是一张很标准的双层床，我仿佛又回到了大一。房间里除了双层床就是一张小圆桌，一张小椅子。没有卫生间，更没有其他酒店设施。楼道里有一个公共卫生间，得凭房卡用厕所，凭房卡用淋浴房。淋浴的水固定在38度，如果淋浴的时间长了，灯会灭，水会停；这时，拍拍手，灯会再亮，热水再出来。如此折腾几次，才能把澡洗完。

初夏时节，丹麦的日落很晚，黄昏显得很悠长。整理完毕后，我便拿起一罐在欧登塞买的啤酒，走出旅馆，到附近的乡野散步。走出旅馆，站远了看，这旅馆不过是野外的几排平房。旅馆的西面，是一眼看不到边的、长满了杂草的荒地，可以让我完整地欣赏一场哥本哈根郊外的日落，看那巨大的火球慢慢地、缓缓地、像薄片似的插入泥土。转身朝东面看，那是家乡的方向，农历十六的大月亮已经明晃晃地挂在天上。

这黄昏时分的景色确是能让人忘掉很多。其实，或许是我对丹麦的要求太高，或者对北欧人的生活了解不够。在这个旅馆住的那么多人，我并没有从他们的脸上看到任何沮丧，有的红红火火地喝着啤酒，兴致那么高；有的一个人坐在旅馆门前粗重的木头桌边抽着烟，独自喝着啤酒；有的则以家庭为单位刚打的来到，准备入住。再看看旅馆前面偌大的停车场里，停着来自欧盟其他国家长途开来的汽车，有英国的，有比利时的，有白俄罗斯的——那么多来自不同国度的人，都将在荒野中的小客栈度过这个夜晚。

　　10点左右，天完全黑了。我回到自己的"蜗居"，自己铺床单，自己套被子和枕头。忽然想起旅馆走廊里写着的一句宣传语："我们所需要的就是一个能睡觉的地方。"而现在我总算可以有个地方"睡觉"了。旅馆的墙上还写着这样一句话："所谓旅行，不仅仅是看风景，它是一种行动的'变化'。"的确，我们都住过很好的酒店，但都遗忘了，但今夜，住在Dan Hostel这个快捷酒店的经历，却是一辈子也忘不掉的，因为，与别处相比，这是一种"变化"。

一间有收音机的客房

在淅淅沥沥的小雨中,火车终于驶离奥胡斯;在淅淅沥沥的小雨中,火车以丹麦特有的慢速度,驶向欧登塞;在淅淅沥沥的小雨中,我坐火车去欧登塞看安徒生。

这是一次旅行,更是一次朝圣。小雨真好,它是我旅途上清凉的和弦。多少年来,就一直有一个梦想:能去安徒生的家乡,能在他的家乡住一晚,最好是有月光的夜晚。

这一天正好是农历十五。可是,火车抵达欧登塞时,雨下得更大了,大得不像是抒情,更像是一种撒野。再圆的月亮,再好的月光,也只是意念中的月亮,想象中的月光。

穿过密密的雨林,走在欧登塞的大街上,街上没有一个人,这个城里似乎只有我一个人在行走。一手看着手机导航,一手牵着行李箱,终于找到旅馆。

入住。

打开客房，一间小得不能再小的客房。为什么一定要这么小？难道是要以此证明这是安徒生的家乡？这是童话的世界？

在小小客房的一角，一台橘黄色的收音机把我吸引。住过各种风格的旅馆，就是没有住过一间有收音机的旅馆。

凭着三十年前的经验，我轻轻拧开收音机的开关旋钮——丹麦语电台里正播放一首歌。房间很小，歌声立刻把房间充满。乳白色的墙壁，乳白色的灯光，略带伤感的音乐。仿佛这音乐就是为我写的。

撩开窗帘，窗外是一个小小的院子，雨声淅淅沥沥。一群喝高了的北欧大妈在那里抽烟，浑然不知一个心中怀着乡愁的人，离她们那么近。而我坐在小小的床上，听着那似乎为我写的音乐。一只行李箱、一个双肩包搁在地板上，这是我现在的所有。我忽然觉得，在这个世界上，只剩下我，还有地板上我的两件行李，还有从收音机里传来的音乐。

梦里才知身是客。

在一间有收音机的房间里，忽然觉得自己已经到了一个很陌生的城市，很遥远的国度。于是，我在纸上写下：

　　在丹麦
　　在菲英岛
　　在欧登塞小城
　　在安徒生的家乡
　　在一间像童话一样的小小客房

　　客房里，一台小小收音机

从老欧洲到新英格兰

把我吸引

轻轻拧开开关

歌声把小小房间充满

陌生的音乐

陌生的语言

告诉我

这里不是家乡

听着,听着,不知什么时候睡着了。一觉醒来,收音机还在唱,陌生的音乐,陌生的语言,喝了一半的啤酒瓶还握在手上。

对着教堂喝酒

在奥胡斯时，我在一个叫Cabinn的旅馆住了4天。跟旅馆同一侧的还有一溜子酒吧，旅馆对面是一座古老的剧院，是这个城市里最古老的建筑物之一。剧院的旁边则是一座同样古老的大教堂。100年前，这里一定是城市的中心。

住在这老城的中心，似乎更能看到这个城市生活的核心。在这座丹麦第二大都市，Cabinn是一个规模较大（有五层楼）但房间很小的旅馆，房间小得真叫人不好意思说出来：每晚1000多克朗（克朗与人民币的汇率约为1∶1），我只住到很小的一间斗室。我费了很大的劲才把我的大行李箱塞了进去。进去后，又遇到了问题，整个房间里找不到一块地方能把我的行李箱平放下来。要整理东西时，只好把行李箱搬到床上，才能进行。用这个钱，在国内的小城市可以住两家五星级宾馆（上半夜住一家，下半夜住另一家）。

这就是丹麦，房价贵得让英国人、美国人都哆嗦。

不过，我还是有点奢侈，因为我的房间里有上下两层床，我的头顶上是一张与下床呈90度方向的另一张小床，而这个上床是空着的。理论上讲，这里还应该再住一个人。住这么小的房间，自然没有什么舒适感可言，充其量不过是个睡觉的地方。所以，下午回到旅馆后，能不待在房间就不待在房间。处理完网上的事，我爱站在旅馆楼下，发呆。看人来人往，读人们脸上不同的表情，并从各异的表情上去揣摩不同的心思。

在我住的Cabinn旅馆和面前的古老剧院与大教堂之间是一条小街。白天的时候，这里很安静，一种典型的、老欧洲式的宁静，可是到了晚上它便像从梦中醒来似的，一下子活跃起来。灯光昏暗的酒馆里人头攒动，男男女女，老老少少，有了酒便都很开心。随着时间的推移，便能感觉到被酒精激发起来的情绪几乎要把门帘掀起。

渐渐地，街边也摆满了桌椅，一半是因为很多人喜欢在露天畅饮，一半是因为室内已经装不下那么多饮者。这时，你才发现这条白天似乎没有什么店铺的小街原来沿街全是酒馆。其实，岂止奥胡斯是这样，哥本哈根也是这样，欧登塞、奥尔堡也是这样，整个丹麦都是这样。晚上7点之后，温和而稍稍有点沉闷的丹麦人便开始展现他们性情的另一面，在觥筹交错之间，寻得生命的平衡。

喝酒，冬天有冬天的道理，夏天有夏天的理由。

北欧的冬天，下午4点之后，阳光就已弱不禁风；长夜漫漫，长得可以容得下三倍于夏夜的梦；寒冷可以将溪流冰封，酒，这液体的火，却可以把人们精神上的冰霜融化。远古的时候，人们围坐在火炉边，有酒家才更像家。而在夏天，晚上9点钟的阳光依然那么明媚，10点钟的时候，夕阳才把城市最妩媚的色彩呈现出来，11

点的时候，残阳才从远处教堂的塔尖上慢慢地滑落。在夏天，丹麦人的一天应该分成三个部分：9:00到17:00，是把自己交给工作的、沉闷的白天；凌晨1:00到早晨8:00，是把自己交给灵魂死亡的睡眠（他们的一个叫哈姆雷特的同胞曾说过：死了，睡着了）；19:00到午夜12:00，是他们通过酒最接近天堂的时间。

当夜色渐浓时，人们在酒中便浸得更深。中国有"酒文化"一说，西方人似乎并没有把（喝）酒看成什么文化，他们更觉得这是一种生活方式，因为酒和水都是生命的滋养。虽然已经是夜里10点多钟，酒吧里外的饮者并没有离去的迹象。有好兄弟，有闺蜜，也有老人成双成对，对着一瓶啤酒，在街边一坐就是三个小时。这样坐着就好，至于喝了多少并不重要。而我只是形单影只，对着一大杯Carlsberg，在一角消磨时光。当然，也有喝得很高的青年男女，但很奇怪的是，作为海盗的后代，丹麦人在喝酒前很温顺，在喝了酒之后也很少滋事的，这就跟英格兰的酒鬼大不一样。

非常巧合的是，我所住旅馆这边的一溜子酒馆正好对着前面的大教堂。我忽然想起饮酒的道德问题来。他们如此纵情于杯中之物，而且是当着上帝的面，上帝会宽恕吗？当人们如此迷恋于感官的欢愉，这是否有违丹麦的宗教主流路德宗的教义呢？

……坐在小酒馆街边的大雨伞下，我一个人独自喝着一大杯Carlsberg鲜啤；在这条陌生的小街上，看着对面的大教堂，胡思乱想着。

从老欧洲到新英格兰

跨文化的瞬间

在《卖火柴的小女孩》的故乡

　　傍晚时分，我乘坐的SAS航班掠过丹麦与瑞典之间的小海湾，平稳地降落在哥本哈根机场。过海关，换克朗，乘地铁，一路折腾到酒店，想抽烟的感觉变得越来越尖锐。打火机早在登机前就扔了，而此刻远近都找不到一个能买打火机的便利店。无奈，只好去酒店前台求助，问他们能否送给我或卖给我一只打火机。服务生非常和善地从柜台里拿出两盒小小的火柴，说："免费。"

　　好开心！

　　连忙走到酒店外面，划亮一根火柴，把香烟点着，开始抽我在北纬54度附近的第一根香烟。在火柴擦亮之间，我忽然想起了她，那个卖火柴的小女孩。这火柴就是丹麦的火柴啊，就是卖火柴的小女孩家乡的火柴啊!

这平常得不能再平常的火柴，跟一个童话联系起来，跟安徒生联系起来，忽然间变得不寻常起来。晚上9点钟的夕阳照在远处教堂的塔尖上，我的思绪忽然到了19世纪斯堪的纳维亚的冬夜——她在风雪中一声一声地喊着："卖火柴啊，卖火柴啊！"

我无法穿越到19世纪，无法到19世纪的丹麦街头从她的手上买一盒火柴，我只能手握这两盒一百多年后的火柴浮想联翩。童话真好，它可以成为世界各民族的共同语言，共同的"普世价值"。

两盒火柴终于划完了，但火柴盒我没有扔掉，至今还珍藏着。

伙计，给支香烟吧

在巴塞罗那平行线大街（Parallel Street）旁边的一个三角形的街边空地上，人们喜欢在树荫下的长椅上坐坐，等人，发呆，或者歇歇。一天上午，我从附近的咖啡店里买了杯咖啡，来到这片三角地，准备在那里把咖啡喝完再进地铁。

所有的长椅都被占满了，只有一张长椅上只坐着一个人，一个似乎是有着北非血统的流浪汉。我犹豫了一下，还是坐了下来。刚坐下，他便做出抽烟的手势，对我说："伙计，给支烟抽吧。"在欧洲街头，我向来看不起那些跟人要香烟抽的人，但我还是很友好地递给他一支香烟，并且给他点上："来自中国的香烟，味道不错的。"他很满足，对我竖起大拇指。

咖啡喝完了，我站起身准备去地铁站。忽然，那流浪汉把我叫住。什么情况？他笑着用手指了指我牛仔裤左边的口袋，我一看，原来是香烟盒有一半露在外面，我会心一笑，把它摁了下去。就在我拔腿就走时，他又把我叫住，用手指了指我牛仔裤右边的口袋，我一看，原来我的钱包露在外面。

在去地铁站的路上，心中有很多感慨。我经常把街头向人要香烟的人看作"社会垃圾"，其实，在他们灵魂的深处一定有很多美好的东西，而美好的一切需要美好的东西来激发。他向我要一支香烟，我给了他并给他点着，他感动于我的慷慨。而我的慷慨也赢得了他对我的友好，并提醒我出门在外，要把东西放好。同时，我忽然想起梭罗在《瓦尔登湖》中写到的一句话："在一个愉快的春日的早晨，一切人类的罪恶全部得到了宽赦。阳光如此温暖，坏人也会回头。"

人无癖而无趣

"浪迹"于西方国家之间，我发现，丹麦是一个"抽烟友好型"国家。所谓"抽烟友好型"主要是指国民对抽烟者的态度，以及抽烟的环境，而这两者之间又是相辅相成的，对抽烟者不那么反感，抽烟者自然会有一个较为宽松的抽烟环境。虽然我要在此申明，吸烟是不好的，吸烟是危害健康的，能不吸烟就不吸烟。

对于抽烟者来说，美国是个痛苦的去处。早些年，看得见太阳的地方可以抽烟。后来，建筑物的门口出现了"300码之内不得吸烟"，再到后来，在一些大学里，在标明是"吸烟点"之外的任何地方都不得吸烟。更主要的是，在美国，当你抽烟时，别人会用鄙视的眼神看你，就好像你是在吸食毒品。

到了丹麦，才发现丹麦人对抽烟真是宽容，而这宽容主要是因为丹麦国民吸烟的比例很高。据统计，约70%的丹麦女性都吸烟。在房子的外面，你总会看到抽烟者站在那里，吞云吐雾；而丹麦的吸烟的设施也非常好，建筑物的门外一般都提供了丢放烟头的设施。总之，既然自己抽烟，怎么会看不惯别人抽烟呢？

在丹麦奥胡斯大学开会那几天，我结识了几个烟友。一个是瑞典的，一个是奥胡斯大学的Andreas教授，一个是这个大学的女教师，还有几个我记得不太清。会议期间，茶歇时间一到，几个人便在楼下门外不约而同地聚到了一起。边抽烟，边海阔天空地聊。

因为都是研究中国问题的学者，汉语都还说得不错。于是，我告诉他们，中国民间有个说法，叫"人无癖而无趣"，意思是，一个人如果没有一些爱好，包括一些不很好的癖好，那么这个人便是一个沉闷的人，没有趣味的人。你问他，喝酒吗？他说，不喝；你问他，抽烟吗？他说，不抽；你问他，打牌吗？他说，不会。你问他，有什么爱好吗？他说，没有。那么，这个人便是一个没有什么趣味的人，一个很少有人愿意跟他交接的人。

几个烟友很快学会了这句话，并觉得中国文化"很奇妙"。每到茶歇时间到门外聚在一起时，大家先复习一遍"人无癖而无趣"，然后各人抽各人的烟。

再说一遍，吸烟是有害健康的。丹麦是世界上最发达的国家之一，丹麦人是世界上幸福指数最高的民族之一，他们享有世界上最好的福利，但是，丹麦人的癌症发病率却列世界前五。我想这跟他们国民的抽烟比例有很大的关系。

可是，温和的丹麦人为什么会这么不幸呢？

我想，他们爱抽烟、酗酒的传统应该追溯到"维京"时代。今天的北欧多被人们描绘成人间天堂，丹麦则被当成"童话世界"，其实在现代之前，特别是在维京人以捕鱼、海盗为生的时期，斯堪的纳维亚地区相对于和煦的南欧，更像冰冷的地狱。冬天，大雪纷飞，人们的生活变得十分艰难。在这粗粝的气候中，人们以烈酒、香烟来对付环境，来驱赶寂寥，在寒冷的"地狱"中寻找快乐——久而久之便成瘾，成"癖"。不妨说，这是一种"以恶抗恶"的方式。所以，当我把"人无癖而无趣"这句中国话介绍给斯堪的纳维亚朋友们时，他们立刻报以强烈的共鸣。

……丹麦是一个非常洁净的北欧国家，不过，如果你在街头的地砖里看到那么多烟头，也不必感到奇怪。

嘴角的微笑

这是漫长的一天：一早从法国最南方的一个小村子出发，坐乡间公共汽车到佩皮尼昂乘火车到巴塞罗那，再从那里乘飞机到哥本哈根。

到巴塞罗那火车站后，第一件事是到车站外面抽烟。憋了两个多小时，很满足地抽一口，看巴塞罗那的阳光跟几天前一样毫不含糊。忽然，发现一个棕色肤色的中年男子，在站前的烟灰盆里用一根小棍子翻找什么东西，表情很专注。他是不是在找香烟头啊？他是个流浪汉吗？他是在烟灰盆里翻找烟头抽吗？

也许是出于一种中国文化熏陶的本能，我抽出一支香烟递给他；同样，也是按照中国人的常规礼节，替他把香烟点燃。他很惊讶，确切地说，觉得不可思议，眼睛里充满了感激。

看了一下手表，是中午12：30，我转身进车站，在车站餐厅里点了一份西班牙海鲜饭、一瓶可乐，消磨时间。毕竟我现在乘地铁去机场时间还很早。再说，乘飞机折腾到哥本哈根时，也差不多是晚上8点多了，所以还是得好好补充一下能量。

吃完海鲜饭，我又来到火车站的外面，准备在下地铁前抽最后一支烟。忽然，刚才那个棕色皮肤的男人又出现在我的视野中，用一个小棍子，在另外一个烟灰盆里继续翻找着。同时，我又发现，我面前的这个烟灰盆刚被清洁工清理过。

抽着这支烟，看最后一眼巴塞罗那的阳光，在巴塞罗那的天空中找云；跟上次在这里一样，今天还是一片云都没有找到：这就是六月的巴塞罗那，除了阳光还是阳光，除了蓝天还是蓝天。

就在我转身进站去找地铁的时候，我发现刚才那个流浪汉模样的男人正朝我这里看，脸上有一抹很浅的微笑，并且似乎是用着微笑跟我打招呼。他究竟是谁，我不知道；我究竟是谁，他也不知道。

……这只是一个瞬间。

牙缝里的乡愁

国人在海外的一个问题便是吃饭，什么都好，就是吃饭不满意。

记得张明敏唱过一首歌叫《我的中国心》："就算身在他乡，也改变不了我的中国心。"其实，这词完全可以改成："就算身在他乡，也改变不了我的中国胃。"不仅短期赴海外的中国人为饮食而烦恼，就是长期定居国外的同胞也同样对中国餐情深意长。一位长期旅居丹麦的朋友，希望家人带给他的，竟是包真空包装的猪头肉。

从老欧洲到新英格兰

我还算好，基本上能适应中国餐之外的很多东西，一般说来，可以做到不想中国餐。面包、沙拉、牛奶、咖啡可以让我的胃很"安心"。当然，我说的是"一般说来"。虽然我能在饮食上做到入乡随俗，但是最怕有人提起"中国餐"，不提不要紧，一提则必须实现。

奥胡斯是丹麦的第二大城市，但中国人还很少，所以也就没有多少中国馆子。一天，在丹麦生活过的一个朋友说，她认识一家很好的中国餐馆。既然胃口给吊起来了，那是非去吃不可的。终于找到那家馆子，虽然是越南人开的，但味道总算类似于中国菜。大家有滋有味地满足了一下。

走出馆子，啧啧嘴，忽然一粒生姜从牙缝里滑了出来，嚼了嚼，生姜味道好极了，从来没有觉得生姜的味道这么好过。它让我想起家乡，想起中国菜的葱姜味儿，想起砧板上切葱姜时特有的家庭气息。于是，我不假思索地说出一句：这真是牙缝里的乡愁啊！

有苦难，有幻想
——在安徒生雕像前

时间，6月中旬的一个下午；

地点，哥本哈根Generator青年旅馆；

阳光，把这座老城照亮，近乎透明。

周遭寂静，阳光满城，让人觉得这是一座空城，只有阳光住在这里。

我的旅行已经走到行程表的尽头，两只行李箱，一个双肩包，是这时我在这个世界上的所有。一切都很顺利，一切都很完美，完美得有点让人惆怅。可是，人生就是由无数的到达和离开组成；明天，我将远行，回到属于自己的经线和纬线的交会点上。远行是诗歌，家居是散文。明天，我将从诗歌回到散文里。不由自主地，我从旅馆里走了出来，下楼，左拐，再左拐，向前走400米的样子——我又来到了罗森堡公园里，一直走到安徒生铜像前。

从老欧洲到新英格兰

这座安徒生铜像矗立在罗森堡公园的东北角,在一条园中大道的尽头。铜像前,是一块半圆的空地,铜像就是在这个圆弧的弧顶上;半圆的空地的两侧,各有两张孤独的长椅。说它们孤独,是因为它们多数时间空着。而现在,我又回到这里。理由很简单,就是想在离开丹麦前,在这位伟大的天才身边再坐一会儿。

是的,在我崇拜的作家中,安徒生始终是一个闪耀着别样光芒的名字。正是出于这种崇拜,我这次远赴丹麦,也是为了追寻他的足迹,试图穿越时空,探究他灵感来源的秘密。从哥本哈根到奥胡斯,从奥胡斯到欧登塞,再从欧登塞到哥本哈根,我试图从丹麦的透着绿色的空气中找到安徒生,从丹麦乡间池塘里小鸭子的身上还原他童话的历史场景;甚至,夜深人静的时候,一个人坐在丹麦王宫的外面,划一根从凤凰旅馆里要来的火柴,点一支香烟,幻想在那一明一暗的火光中能看到"卖火柴的小女孩"。

不到欧登塞,就不知道安徒生为什么是安徒生。循着他足迹走过,才知道他的一生是多么伟大。如果用一个词概括他的人生旅程,这个词就是"苦难";如果用一个词概括他的灵感的来源,这个词便是"幻想"。所以,似乎可以说,安徒生的创作就是建立在苦难之上的天才的幻想。极度的贫困滋养了他的幻想,天才的幻想成就了他的伟大事业。获得"国际安徒生奖"的中国作家曹文轩自称自己是典型的记忆型作家。而安徒生,在我看来,是典型的幻想型作家。

这位天才,1805年出生在丹麦菲英岛上的欧登塞小城。祖父是个精神病、穷光蛋,父亲是个鞋匠,母亲是一个洗衣妇。从童年起,安徒生就与别的孩子不一样,他总是幻想各种奇异的事情,用找到的破布做布娃娃,用旧报纸做剪纸。底层的生活并没有浇灭安徒生幻想的火焰，相反，或许正是由于这种无望的生活，才使他对成功充满无限渴望。在十多岁的时候，他就被看作欧登塞小城里的一个非常"奇怪"的孩子，敏感，幻想，以至于有点神经质。其实，从他所写的童话里我们多少可以看出他的生存状况。学者们认为，安徒生几乎所有的作品都给人一种无家可归的感觉。他的童话似乎在反复讲着一个"失去根基、失去社会环境、没有安全感、不知道自己是谁的故事"。

十四岁那年，母亲坚决要安徒生到一个裁缝那里做学徒，因为在那个小城里，裁缝是一个令人羡慕的职业。可是安徒生却请求母亲允许他先到哥本哈根旅行一次，他要看一看这世界上"最大的都城"。安徒生离开故乡时，曾写下这样的文字："当我变得伟大的时候，我一定要歌颂欧登塞，谁知道，我不会成为这个高贵城市的一件奇物？那时候，在一些地理书中，在欧登塞的名字下，将出现一行字：一个瘦高的丹麦诗人安徒生在这里出生。"还原到当时的语境，可以说，这绝对是一种幻想。然而，他最终成功了，他的一生就是由丑小鸭变成天鹅的幻想过程。我们可以认为，《丑小鸭》就是安徒生童话形态的自传。

伴随安徒生一生的是两样东西：苦难和幻想。他的幻想或者是与生俱来的，或者是苦难将他的幻想的火焰燃得更旺。他在诗歌中这样写道：

> 人生就是一个童话
> 充满了流浪的艰辛和执着追求的曲折
> 我的一生居无定所
> 我的心灵漂泊无依

从老欧洲到新英格兰

> 童话是我流浪的一生的
> 阿拉丁神灯!

当我们走进安徒生童年时期在欧登塞生活过的小屋,才会更加明白,幻想是可以在非常狭小的空间里生根发芽。甚至可以说,越是狭小的地方,幻想就越是会拼命生长。安徒生童年时期生活在一座很小的房子里,房子本来就很小,大约有几十平方米,而安徒生全家只住其中的一间。在那间既是鞋匠作坊又是一家人生活空间的小屋子里,他的父母实在无法再给安徒生放一张床了,他只能在一张宽板凳上过夜。在这么狭小的空间里,他没有别的办法,他只有通过幻想,他的生命才能得到伸展。丹麦很小,欧登塞更小,安徒生出生的那间房子则小得只配写进童话。

现在我们从哥本哈根所在的西兰岛,到安徒生的家乡菲英岛,坐火车只要两个小时左右。然而,我们无法想象14岁的安徒生离开家乡渡过海远行的艰难。从《卖火柴的小女孩》的故事,我们可以想象到安徒生最初在哥本哈根的境遇。从安徒生的个人奋斗,我们可以看出,理想与现实的张力越大,作家的幻想就越是强烈,想象力也因此更丰富,他的作品相应地也更具有创造性。

然而,在这移动终端时代,人们感官被太多的信息充满,以至于精神的空间变得越来越狭小。我们似乎与广阔的世界联系在一起,但实际上我们的精神空间已经被挤压得很小,同时,我们幻想的能力也渐渐丧失。这跟安徒生童年时代的情形正好相反:安徒生在那样一个小城,那么一间小屋里,他只有通过幻想才能获得广阔的世界。

精神分析理论认为,创作就是作家的白日梦。弗洛伊德在《作家与白日梦》中写道:"我们可以肯定一个幸福的人从来不会幻想,幻想只发生在愿望得不到满足的人身上。幻想的动力是未被满足的愿望,每一个幻想都是一个愿望的满足,都是一次对令人不能满足的现实的校正。"

安徒生自幼贫寒,这是他创作《卖火柴的小女孩》的生活基础。在这篇童话中,安徒生实际上是让小女孩代替自己去幻想。安徒生终身未娶,但他笔下的爱情故事却是那么美好,那么纯净。在写作中,他自己不知不觉就成了故事中的王子。

总之,我们发现"现实缺憾"经常是幻想的源泉和基础,常常是创作的出发点。在作家的生命中越是缺憾的东西,似乎越能刺激他的幻想,与此同时,他的创意性或创造性也相应更强。同时,幻想性是创意性的前提,越是幻想的,就越是创意的;幻想不仅导向内容的创意性,更导向形式的创意性。

就要离开哥本哈根了,罗森堡公园里安徒生雕像前,一个人也没有,而我只希望能在这位幻想大师身边多待一会儿。北欧六月份的阳光洒在安徒生雕像上,让我浮想联翩。一个人真好,只有你是一个人的时候,你才会幻想,而跟一个幻想大师一起幻想则更是千载难逢的机缘。

从老欧洲到新英格兰

背 影

到了北欧便想"顺道"到南欧去看看在巴塞罗那学习的女儿；这"顺道"的确"顺"得有点远，两个多小时的飞行航程，但做父亲似乎总不嫌路远。

自从上次她回家转眼已经3个月，自从她去年负笈西游则快一年了。女儿学习的城市究竟怎么样？她的生活究竟是怎样的？住的地方究竟是什么样的？做父母的自然很关切。

下了飞机一下子被巴塞罗那炫目的阳光包围，但有女儿来接机，在心理上是不会眩晕的。取了行李出来，女儿便远远地跑了过来：虽然身材小小的，但从她的眼神看，似乎成熟了很多。我说口渴，她麻利地从兜里抓出一把硬币，从自动售货机上买了一瓶水，一瓶最便宜的水，并且说，能解渴就行。这说明孩子开始懂得节俭。

喝着这瓶女儿在异国他乡给我买的第一瓶水，我们一起去地铁站。

一路上她滔滔不绝给我介绍巴塞罗那的地铁网，介绍各个站台不同的设计风格，介绍这几天地铁工人罢工，我们应该怎样错开罢工时段以免影响出行，介绍加泰罗尼亚文化与一般意义上的西班牙文化的不同……一直讲到把我送到她几天前给我订好的旅馆。这么多年了，都是我带着她，都是她跟着我，都是我把一切张罗好了；今天，则是她带着我，我跟着她，一切全由她来安排。这是一种很特别的感觉，它似乎是一种标志，一种象征：孩子在长大，你必然会老去；你希望得到孩子的照顾时，说明你已经不年轻。

　　求学的生活是孤独的，有时可能是寂寞的；这从她平时的信息中，从她此刻的眼神中，都能直接或间接地感觉到。当她带着我到加泰罗尼亚广场去看鸽子时，我给她拍下一张笑容和这个城市下午6点钟的阳光一样灿烂的照片，并准备发给她妈妈，告诉她女儿很好。从她的笑容中，我深切感受到，父亲来看她，她非常开心。做父母的都希望孩子学业有成，当然更希望孩子身心健康。

　　离开加泰罗尼亚广场，我们坐地铁去吃中国餐。一盆酸菜鱼，两瓶啤酒，女儿的脸上洋溢着一种满足感、陶醉感。做父亲的，如果没有儿子，常常会把女儿当男孩子养。在她很小的时候，我会带着她去打篮球，做各种冒险的事情。所以，父女俩一起对酒叙谈的场景在我们的生活中还是很常见的。当然，不管承认不承认，孩子长大的过程，就是一个和父母分道扬镳的过程，只是这种"分离"有如三角形的一个夹角，在有些家庭里这夹角的角度小一些。虽然女儿对未来有自己的想法，但我始终相信，我们之间的夹角的角度是小的。在我们把杯中的啤酒一饮而尽时，我尤其坚信这一点。

　　那天晚上从女儿的住处出来时，她交给我一个购物袋，说是给我准备的第二天的早餐。回去一看，是面包片和我爱吃的西班牙火腿。再想想白天她在住处用甜美的车厘子为我"接风",心头便掠过一片暖意。

女儿在巴塞罗那虽然才生活了一年不到的时间,但她对这座城市的了解已经比较深刻,特别是在艺术层面上,而我乐得做一个什么都不懂的人,听她一一讲解。在加泰罗尼亚国家艺术馆,她如数家珍地把艺术史老师教给她的一切统统"贩卖"给我;走在街头,她会告诉我巴塞罗那的每一个细节其实都是很具匠心的,甚至将脚下街头地砖的独特之处娓娓道来;作为高迪迷,她对巴塞罗那城里的高迪设计似乎了如指掌,每当我们走过一处高迪设计的建筑,她都能讲得头头是道;在圣家族大教堂,她更是展示了她对建筑艺术的综合理解,大到建筑结构,小到门上的符号所包含的密码,她似乎都颇有心得。孩子是不是长大了,可以看他们与父母之间是谁说给谁听,当孩子能把父母说得直点头时,说明孩子在成熟。

三天时间匆匆地过去了。我回到北欧后,她也"顺便"来看我。说来也奇怪,从南欧到北欧相距也几千里,但就因为都是在欧洲便在心理上觉得挨得很近。总之,我这个做父亲的到欧洲后终于去看了女儿,女儿也飞过来看了我。在这飞来飞去之间,我看到女儿已渐渐长大,彼此也有了更多的交流。

……那天上午,哥本哈根在连续阴雨之后阳光灿烂。我送女儿去机场回巴塞罗那。她走在我的前面,我在后面跟着。我没有替她拿任何东西,不但如此,还把我行李箱里多余的重量交给了她,让她暑期从巴塞罗那带回家。到时,她要带着一只23公斤重的大行李箱,一只小的登机行李箱,一个双肩包,一个挎包到机场去——真是把她当男孩整。而现在,只见她在我的前方默默地走着,左手拖着个行李箱,右手压在挎在身前的随身小包上,昂着头朝前方走着,背影在我的前方晃动,在她的左侧的街道上,有行李箱的影子从上了青苔的古老街道滑过。在高大的丹麦人当中,她的身材显得格外娇小,小得让人可怜:她时而被人群淹没,时而又从人群中浮现出来。就在她的背影从人群再次露出来时,我连忙给她拍了一张背影照。看着她的背影,不知怎的,我忽然心生不忍,觉得这小小的女儿远赴重洋,在异国他乡求学也真是不容易。

　　看着她的背影,我忽然想起朱自清写父亲的那篇《背影》。

第四辑 从东海岸到西海岸

哈德逊河边的意识流

路过纽约，没有进城。

沿着纽约边的公路一路往新泽西方向开，右手边是波光粼粼的哈德逊河，河的对岸是纽约市。但不知怎么的，没有一种临近国际大都市的兴奋感。倒是阳光下的哈德逊河让我慢下了"脚步"。

很多人知道哈德逊河是源于一个新闻。2009年，飞行员切斯利·苏伦伯格驾驶的空客A320从纽约的一处机场起飞不久便撞上了鸟。他居然将飞机成功迫降在哈德逊河上，机上151人全部生还，创造了航空史上的奇迹——"哈德逊河奇迹"。

我喜欢哈德逊河，并且喜欢它胜过纽约市；首先是因为它是自然的。没有它，很难想象纽约会是什么样子；没有它，我们也难以想象我们今天所见到的美利坚文明。这条流淌在历史长河中的长河，见证了东海岸的"生长"。很奇怪的是，人们没有以1524年发现他的意大利探险家乔瓦尼·达韦拉扎诺来命名这条河；倒是1609年，第一次勘察这条河的英国人亨利·哈德逊让自己的名字与这条河永远地联系在一起了。不过，也不奇怪。17世纪是英国人的天下。命名有时是偶然的，有时就是话语权的体现。

还是回到哈德逊河边吧。这条从历史中流出来又流进历史的河流从纽约一路溯流而上。它宽广，安静。它安静是因为你总是很难走到它的身边。我没有查证过，它应该属于那种裂谷型的河流，河岸很高，很陡。走到河边，并不等于走到水边。更高的河岸在一百米左右。所以，哈德逊的"河边"和"水边"其实是两个概念。河的两岸多为石壁，站在高高的河岸上往下看，就像是站在悬崖的边上。我后来在日记里写道："哈德逊河，一条让人两腿发抖的河。"

不少人认为哈德逊河水是深蓝色的，其实那是一种错觉。那是因为我们往往是站在很高的河岸上，几乎是垂直地往下看，由于视角的缘故，河水的颜色看上去近乎海水的深蓝色。

11月下旬的哈德逊河水的确比平时更深沉。两岸的古树几乎落尽了所有的叶子，一些稍微能耐寒的灌木还在坚持，但叶子也已经由红转黄。

坐在河边，忽然想起一本叫《赫逊河畔谈中国历史》的书。我们不知道史学家黄仁宇是不是在哈德逊河边完成了他的这本书，只知道，他作为纽约州立大学纽普兹分校的教授，因为好几年都没有什么成果而被解聘；只知道，他被解聘后，《万历十五年》由耶鲁大学出版而一炮打响，从此著作一本接着一本地出；只知道，他后来由北京三联书店出版的《赫逊河畔谈中国历史》之所以一定要把"赫逊河"用作书名，一定是他对这条河情有独钟，就像康河之于徐志摩那样。要不然，在哪里都可以谈历史，为什么一定要在哈德逊河边呢？

是的，哈德逊河不仅把东部的老殖民地串联起来了，同时也把哥伦比亚大学、斯坦福大学、普林斯顿大学、西点军校等名校连成一片。从这个意义上说，哈德逊河又是一条人文的河。

1948年的一天，普林斯顿大学的三个毕业生聚在纽约城里。他们在大学里都上过"创意写作"的课。课上老师说，你们想在文学上干一番事业，就必须办刊物。于是，他们仨（摩根、贝奈特、阿罗史密斯）在纽约创办了后来在美国文学史上产生了巨大影响的文学刊物《哈德逊评论》。文学跟一条河联姻了，或者说，一条河跟文学联姻了。摩根主持刊物一直到1998年，前后约五十载。他的接班人是他的妻子戴茨（Deitz）。2006年，戴茨宣布，把《哈德逊评论》办刊以来的全部档案资料捐献给她丈夫摩根的母校普林斯顿大学。这可是了不得的一笔捐赠，这当中包括了庞德等美国文学史上许多文学家的手稿。上百箱档案资料、半个多世纪的文学积淀，沿着哈德逊河逆流而上，运到普林斯顿。文学让哈德逊河荣耀，哈德逊河见证了文学的绵长。如果摩根不是普林斯顿的校友，如果普林斯顿当年没有开设创意写作，或许也就不会发生这样的故事吧。哈德逊河不管这些，它只管静静地流淌。

是的，坐在哈德逊河边，你总会浮想联翩。一条能让人浮想联翩的河，一定是一条魅力无穷的河。

从老欧洲到新英格兰

从纽瓦克到兰开斯特

记得徐志摩写过一首诗叫《沪杭车中》。虽然很多年过去了,其中所表达的内容我大致还记得:列车飞驰,更觉时光匆匆。

我在纽约边上的新泽西州待了两个晚上后,11月15日下午要去宾州的兰开斯特。一是不想让朋友开车送我,二是没有在美国乘过火车,我决定坐火车去兰开斯特。下午,朋友把我放在纽瓦克的Penn火车站的门口。背着双肩包,推着行李箱,我独自去旅行。不过,我还是挺自豪的,因为朋友告诉我,他到美国20多年,还未曾有机会坐过火车呢!

进了火车站,首先把电子票换成一张像飞机登机牌那样的乘车票,然后就只需等电视屏幕上显示我要乘的车在哪个站台停靠。所以,我有时间像个异乡客似的在火车站里到处溜达。

这是一座有80年历史的老车站。就是说,80年前人们从这里上车去远方,今天人们还是如此;80年来,或许它经过多次装修、改建,但车站还是这个车站。

  Penn车站是一座典型的古典味的车站:大理石的墙壁、拱形的屋顶、水磨石的地面、木质的长椅,见证过不知多少旅人,已经被磨得发亮。站内的旅客因为班车到达的情况,时多时少,但候车的旅客并不多。大家都是到了点来到车站,进了站很快便上车离开。更主要的是,每趟车的乘客数量往往都比较少。车站的外间是售票厅兼候车区,往里面是延伸出去的两个L形长厅,有不同的通道通向上面的站台,可以从楼梯上,可以乘扶梯,如果行李沉重也可以乘直升电梯。

  走在这座老车站里,让人想起一些西方老电影里离别的场景。在我们的印象中,车站是拥挤、喧闹、无序、人头攒动的地方,但Penn车站让人觉得它是一个有情调的场所。男男女女,脚步匆匆,不一样的故事,洋溢在带有古典气息的空气中。

  虽说Penn车站的古典味十足,但我又觉得周围的一切却是十分"现实"。里厅外厅走了两遍后,我发现Penn车站有"三多":一是警察多,我数了数,不大的车站大约有10个警察,另外还有一只警犬;二是黑人多,候车厅里坐着的大多数都是黑人;三是奇奇怪怪的人多。

  我要乘坐的火车的信息终于在电视屏上显示了:669次,前往哈里斯堡的火车,5:34发车,停靠3站台。我连忙推着行李箱去找电梯。走进电梯,发现里面有两个人,一个女人、一个男人。妇女出了电梯后,男人留在里面,我进去后,他并没有出去。这让我有点警觉。电梯上行,他用口音很重的英语说,他误了火车,其他话我没怎么听懂,估计是想要我给他点钱什么的。我没有理他,当然也不怕他，一是从候车厅到站台这点距离他没有时间对我怎么样，二是外面那么多警察，我心里比较踏实。上到站台，映入眼帘的是英国老车站的古老景象。昏暗的灯光，站台上三三两两的乘客，让人想起庞德的那首《地铁车站》。对面应该是5站台，影影绰绰一些人影，其中有一个警察，也牵着一只大警犬。

5：32，开往哈里斯堡的669次火车到站。我的车票上并没有座位号，只显示是reserved coach seat（保留座位），所以，我只要找到空位坐下就行。

最后一节车厢很空，我一个人可以坐两个座位，可以打开电脑工作。从纽瓦克，到Trenton，到费城，列车晃晃荡荡的，仿佛坐在中国90年代的火车上。渐渐地，我睡着了，模模糊糊中觉得车里的人越来越多，又听见一个很放肆的女人很放肆地笑。中途上来一个老太太，我侧了侧身，让她坐到靠窗户的那个座位。过道对面一个小伙子、一个姑娘，他们一路上似乎一直在读一本书……在半睡半醒之间，窗外的市镇闪过——一切似乎真实，一切似乎又不那么真实。或许时差反应还没有过去，或许不同的文化有着不同的空气，我似乎有一种失重感。我是我，又好像不是我；周围的人，是真人，又像是些符号。没有人会叫出我的名字，没有人会打电话给我。在这陌生的车厢里，我也是个符号，一个东方的符号，一个过客，一个在陌生的空间里划过的一段时间的弧线；换一个时空，我可能觉得自己的存在很重要，但在这里，我只是个赶路的，周围那些人，你一万年都不会再见到。列车一路西行，把时间压到车轮下面，又抛到后面，忽然觉得，徐志摩的那首诗虽然写得一般，甚至有点幼稚，但还是颇有些哲理：

匆匆匆！催催催！

一卷烟，一片山，几点云影，

一道水，一条桥，一支橹声，

一林松，一丛竹，红叶纷纷：

　　艳色的田野，艳色的秋景，

梦境似的分明，模糊，消隐，——

　　催催催！是车轮还是光阴？

催老了秋容，催老了人生！

　　忽然，火车渐渐慢了下来，不一会儿，只见车窗外闪过一行字LANCASTER。再看表，8：27，正点——兰开斯特到了。我连忙抓起外套，拽上双肩包，朝车厢连接处走去。兰开斯特站比Penn站小多了。冷冷清清的站台，不像现实中的，更像是故事里的。

从老欧洲到新英格兰

安纳波利斯小镇的夕照

　　安纳波利斯是什么地方？在哪里？很少有人知道。在去那里之前，我也不知道。我到安纳波利斯去也实在是偶然得很。结束了在华盛顿特区的行程后，为了把旅程中的富余时间利用起来，在AACA教书的朋友RM说："我带你到安纳波利斯去看看吧。"于是，车头朝东，朝大西洋方向开去。我正做着梦的时候被叫醒了，她说："安纳波利斯到了！"

　　从游客中心拿了本地图册后，我便开始了安纳波利斯之旅。从那一刻起，我开始结识这座现实中的小镇、历史上的名城。

　　"安纳波利斯"的名字虽然陌生，但它却是马里兰州的首府。美国各州的首府的确会让很多人特别是中国人莫名其妙。在中国，省会一般是一个省份规模最大、人口最多的"经济文化中心"；但是，在美国，很多州的首府往往都是在很没有名气的小地方。加州的首府不在全美第二大城市洛杉矶，也不在名城旧金山，却是在萨克拉门托（Sacramento）；伊利诺伊州的首府不在全美第三大城市芝加哥，却是在几乎很少有人知道的斯普林菲尔德（Springfield）；密歇根州的首府不是在汽车城底特律，却是在一个没什么名气的城市兰辛（Lansing）；宾夕法尼亚州的首府不在全美第五大城市费城，却是在哈里斯堡（Harrisburg）；得克萨斯州的首府不是在全美第四大城市休斯敦，而是在奥斯汀（Austin）；至于马里兰州，巴尔的摩总要比安纳波利斯大得多，有名得多，可是，该州的首府偏偏不在巴尔的摩，而是在只有3万多人的小镇安纳波利斯（Annapolis）。我想，这些州的首府之所以偏于一隅，除了历史原因之外，恐怕也是因为美国社会"大民间，小政府"的原因吧。

且不说这些，还是让我沿着安纳波利斯镇地图上的"主大街"往海边去吧。是的，地图上标明，它的"主大街"（Main Street）是通往海边的捷径，也是最热闹的一条街。其实，等我快把小镇走下来时，我才发现，即使不看地图，也不会迷路的。在安纳波利斯，想迷路也没那么容易——它实在太小了。走了大约十来分钟就到了切萨皮克湾（Chesapeake Bay）边的安纳波利斯港湾。镇虽然不大，却精致得让你觉得它不是真实的。如果不是有汽车开过，有行人走过，你还以为自己是走在一幅图画里呢。红砖砌成的小楼房，在下午金色的阳光下，在海边蓝天的背景上，显得格外有色彩感。今年北美的春天来得特别晚，但路边的郁金香还是坚持用各自的艳丽把小镇点缀。

走在安纳波利斯，在欣赏它的别致的同时，你又会感受到它的厚重。仅从安纳波利斯镇的地图册上就可以看到它骄人的历史。

从老欧洲到新英格兰

最早到这里来定居的是在欧洲被迫害的清教徒,他们在1650年来到切萨皮克湾边,把这里命名为"天命"(Providence),意思是,他们到这里定居,是上帝的旨意。随着时间的推移,这个定居点规模越来越大。由于它所处的位置是在马里兰州的中部,它也就被确定为该州的州府。1702年,为了纪念英格兰的安妮公主(Prince Anne),它被正式改名为"安纳波利斯"。

我喜欢上这个小镇,也跟我喜欢这个名字有关。这个名字可谓"历史"与"文化"的合体:它的前半部分(Anna-)是"历史"(纪念英格兰的公主);其后半部分(-polis)则是"文化",它生动地说明了希腊文明在西方文化中所发挥的支柱性作用。在希腊语中,polis是"城邦""城镇""市镇"的意思,雅典城邦的"卫城"就是叫acropolis。后来我发现,美国的很多城市的命名方法跟"安纳波利斯"一样。比如,印第安纳州的州府"印第安纳波利斯"(Indianapolis),明尼苏达州的"明尼阿波利斯"(Minneapolis),怀俄明州的"瑟莫波利斯"(Thermopolis),等等。所以,我们甚至可以说,美国本来是"没有文化"的;如果没有欧洲传统作为它最初的"活命粮",它就不会有文化了。

当然,不管什么地方,人的活动多了也就有了文化。走在西斜的阳光下,走在安纳波利斯小镇,沐浴在一片金色中的是这个小镇甚至美国历史的戏剧性场景。与其他许多州的州府相比,安纳波利斯与美国历史的关系要更加紧密。对于结束美国独立战争至关重要的《巴黎和约》(Treaty of Paris)就是于1784年在安纳波利斯的议会大厅获得批准的。同时,美国南北战争期间,它又成为南北之间的政治中心。由于安纳波利斯的发展从来没有中断过,定居者起初的建筑便得到了保留,这就使这个小镇成了名副其实的历史名城。随便一处房子，都有它的来历，都有它的故事；可谓处处历史，遍地文化。想到你走过的地方就是华盛顿走过的、杰斐逊走过的、富兰克林走过的、亚当斯走过的，走着，走着，你自然会浮想联翩，自有一种走进古代的感觉。在安纳波利斯，仅独立战争前的房子就有60多座。独特的地位，厚重的历史，使安纳波利斯有了一个美名——"没有墙的博物馆"（museum without walls）。走在安纳波利斯街头，就是走在博物馆里。

从镇中心走上"主大街"不一会儿，你便会看到，远远的，在街的那一头，一片深蓝折射着下午的阳光。这又一次让人觉得，安纳波利斯真小。主大街尽头的码头是安纳波利斯历史地位最高的地方。300多年来，它是这个小镇发展的历史见证。据说，阿历克斯·哈里的长篇小说《根》的主人公就是从这里踏上新大陆的。

从码头往北走三四百米是著名的美国海军学院（U.S. Naval Academy）。这座创办于1845年的海军学院，又给安纳波利斯加了很多分。当然，小镇自然也会打海军学院"牌"：商店里卖的T恤衫以及其他纪念品，多有海军学院的标志。很奇怪的是，海军学院并不像我们想象的军事院校那样，搞得神秘兮兮的，它居然是对公众开放的。当然，进入校园之前必须接受安检。

海军学院占据了安纳波利斯东北的一块风水宝地。海军学院虽然有160多年的历史，但它的校园似乎非常新，就像是最近十年才办的一所大学。校园很美，很大程度上是因为它占据了切萨皮克湾风景的最佳处。校园的东面就是美丽的切萨皮克湾，海水打击着岸边的防洪巨石，发出阵阵的响声。抬头东望，只见海面上到处是游艇，以及海岬上的民居。海岬的更远处，便是烟波浩渺的大西洋了。走在海边用防腐木铺成的步道上，看着近处和远处的风景，任海风把自己的头发吹乱,自己仿佛是信步于一处休闲度假区,而不是走在一个军事管制区,尽管在那些建筑物的高处,大概有很多监控摄像头正对着我。

沿着切萨皮克湾往前走便是海军学院的橄榄球场。惊讶于它的广阔,觉得它大得简直可以放得下整个安纳波利斯小镇。据说,海军学院的最大"敌人"就是西点军校。两所军校,一所是陆军,一所是海军,何以成为"仇人"的呢?我的一个朋友访问西点军校时,问校长:"你们这里是不是有很多秘密?"校长笑了笑,把嘴凑到我这个朋友的耳朵边,轻声说道:"没有什么秘密。我们最大的秘密我可以告诉你,但你千万不要告诉别人!我们最大的秘密是:打败海军!"他所说的打败海军,是指在橄榄球赛场上。多年来,这两所军校一直是橄榄球赛场上的冤家。西点军校的口号是:打败海军;海军学院的口号是:打败陆军。虽然是4月中旬,但大西洋上吹来的风依然刺骨。而在橄榄球场上,球员的汗水已经湿透衣衫。

走出海军学院,下午的阳光已经软化成黄昏前的柔和,那是一种略带橙红的金色。从摄影的角度看,这时的光最具有美学价值。日头当空时,光线太强,会把对象的所有特征一览无余地表现出来,拍出来的照片反而缺少美感。这就有如拍一个五官十分端庄的美女时,把她脸上的疙瘩也拍出来了。但是,黄昏前的光可不一样,它会在我们拍摄时隐去对象的细节,同时又给对象蒙上一层大自然馈赠给我们的、人类难以再现的、具有美学价值的光。在这样的光线中去欣赏安纳波利斯小镇的建筑,无疑再合宜不过了。当年小镇被更名为"安纳波利斯"时,便开始按照欧洲经典城市的模式建设,所以,它所留下来的这些建筑,典型性极强。它也因此获得了另外一个美称——"美国的雅典"。

安纳波利斯镇的建筑可以用三个"不"来形容：不张扬，不一样，不平凡。所谓不张扬，是指它们一般并不高大，跟很多美国的小城镇一样，最高的建筑是教堂；所谓不一样，是指这些建筑并不是现代城市兴起后的规模性开发的产物，它们都是在几十年到三百年间陆续建成的，自然不会彼此雷同；所谓不平凡，是指镇上的房子很多都有"来头"，都有故事。

这么一个好的去处，有文化，有历史，有大海，来的人自然会很多。的确，别看镇小，消费却是很高，沿街都是高档商店。再看码头停得满满当当的游艇，你就知道，这里有多少有钱人，或者有多少有钱人爱到这里来。

说到这里，脑子灵活的马上会想到，何不把这个地方开发一下，以便更充分地发挥它的旅游资源。的确，不仅历史赋予了安纳波利斯地位，它的地理位置又是那么好，靠海是优势，镇上有著名的海军学院是优势，离华盛顿特区只有50公里左右也是优势。可是，尽管安纳波利斯从头到脚都是历史和文化，但它始终保持着它的"小"，它的宁静。经过360多年的开发，到目前，它才不过3万人左右。规模不突破，宁静就不会被打破。

……夕阳洒在安纳波利斯小镇，洒在我面前的这片海湾。坐在码头边的Middleton酒吧——这开张于1750年的老店，喝着咖啡，看海鸥在帆船和游艇之间飞来飞去，看海岬外面大西洋浩渺无边。忽然，我脑子冒出一些奇怪的问题：264年前的此时此刻，会是谁坐在这个座位上？264年前的大海跟今天的大海又有什么不同？

从老欧洲到新英格兰

加尔文学院校园的清教特色

1

在名校林立的美国,加尔文学院(Calvin College)并不十分引人关注。位于密歇根州大急流城的这所创建于1876年的大学,虽然创建当年只招收了7名学生,但到2013年,它在全美文理学院中,名列第61位。这是一个不值得写出来的位次,但是,诸君留意,这是在高等教育发达的美国。在中国,如果一所大学名列前61,它一定是有几分底气的。

在加尔文学院140年的办学历史中,虽然没有培养出总统、首相、国王,但它为社会输送了一大批优秀人才。如校友理查德·戴沃斯(Richard DeVos, 1926—),他与杰伊·凡·安德尔(Jay Van Andel, 1924—2004年)一起创建安利公司(Amway),后来又成为NBA奥兰多魔术队的老板。

我喜欢加尔文学院,完全不是因为它在全球或全美大学中的排名,而是因为它独一无二的校园。

2

我喜欢访问世界各地的大学,欣赏它们不同的校园建筑与校园文化。19世纪之前创办的西方大学,都有令人陶醉的校园建筑:这些大学,要么以哥特式的尖顶引以为豪,要么用城堡式的厚重建筑,把尘世间的一切浮躁彻底镇压。第一次走进加尔文学院,说实在的,我有点失望,所有的校舍,没有一间是富丽堂皇的,也没有一座建筑炫目得让人觉得,它体现现代或后现代的另类之美。

走进加尔文学院的校园,展现在我面前的是一片毫不起眼的建筑群。所有的校舍一般不超过四层楼那么高,有的干脆就是平房。校舍的外墙清一色地都是普通的红砖砌成,但不是我们在欧洲常见的那种颜色很深的红,而是浅浅的红,红得一点力气也没有。由于所有的校舍都不高,站得稍远一点,你可以看到它们的屋顶。比这普通的红砖更土的,就是那些坡度很小的屋顶——毫无例外地都是土灰色,让人觉得,工人们是在屋顶上铺了一层干土,一层干透了的、长不出一棵苗的干土。

再看这些校舍的外形,除了几幢略高一点的房子,大多数房舍都是矮趴趴的。没有鲜艳的色彩,没有别致的外形,走进这校园,呈现在我面前的,仿佛是偏远乡下那些用红砖砌成的、没有经济实力给外墙贴上瓷砖的民房。毫不夸张,如果不知道这里是一所大学，我一定会以为，我面前的这些房子，要么是仓库，要么是牲口棚，要么就是一些没有文化、没有美学趣味的一群人胡乱地砌出来的一片房舍。

加尔文校园的小教堂大概是它最重要的建筑物，但它也没有幸免，浑身上下透露出来的，也是土得快要掉渣的气息。这座八角形的小教堂，底座部分也是用浅红、米黄色的砖头砌成，它的屋顶也是土灰色的。站远了看，这小教堂像一个下面用砖头砌成的蒙古包；站得更远一点看，它则像一顶扣在大地上的旧草帽。

这就是我第一次走进加尔文学院的直观感受。

3

可是，走进加尔文学院的校舍内部后，我深切感受到"人不可貌相"的深刻哲理。

第一次走进校长办公室所在的斯波勒夫中心（Spoelhof Center），我对加尔文学院的印象竟是"冰火两重天"：室外是北美四月里流连不去的寒风，室内是一派如春的温馨；室外是"灰头土脸"的一片房子，室内却是精致到了极致的陈设。走进宽敞的一楼大厅，仿佛是走进了某个公爵的豪华客厅。等参访完学校的行政、教学、实验室、图书馆等设施，我才发现，加尔文学院的内部"硬件设施"绝对是世界上一流的。刚才提到的那座小教堂，虽然外表很谦卑，但它里面却非常辉煌，设备先进，可以向全球直播各种活动。我还发现，在"学习环境友好型"方面，加尔文学院在全球堪称首屈一指。每座建筑物内的几乎每个角落，都能让学生随时随地学习、研讨。就以校长所在的这幢楼为例，校长办公室在二楼，楼下的大厅里有一个很大的壁炉，炉前是一圈宽大的沙发，再加一些小圆桌。在这里，学生随时可以坐下来读书，或者进行小型研讨。总之，加尔文学院"金玉其内，败絮其外"的校园风格让我困惑了很长时间。

于是，我对加尔文学院的校园设计理念产生了极其浓厚的兴趣。

4

于是，我开始考察这所大学校园的设计理念，去探寻，去发现它在校园设计上的妙处。

加尔文学院跟北美的很多"保守"地区的大学一样，是一所基督教背景很浓的大学。这样的大学规模一般都不太大，它创建当年（1867年），只招收了7名学生，到目前，它的规模只维持在4000人左右。跟别的基督教背景的北美大学一样，神学不再是它的主科，学科门类基本上与世俗大学接轨。

20世纪50年代中期，加尔文学院搬迁到现在的校址，经过不断扩张，校园面积已经达到400英亩（约2400亩）。搬迁初期，校长威廉·斯波勒夫（William Spoelhof, 1951—1976年在任）便对新校园的设计颇费思量。他希望他的大学校园既要体现与别的大学的差异性，又要体现信仰与知识的融合性。就在这时（1957年），校长斯波勒夫博士结识了著名的建筑设计家法伊夫（William Beye Fyfe）。从那之后，加尔文学院校史上两位杰出人物开始了长达18年的合作，法伊夫在加尔文学院一直工作到1975年退休。

他们的共同智慧，成就了加尔文学院堪称独一无二的校园特色。

5

法伊夫将斯波勒夫校长追求"融合"的理念完美地体现在他天才的设计中。在加尔文学院无论是上学还是研修，最大的感受之一就是方便、舒适，而这一切就是通过"融合"来实现的。

大多数大学都有自己的标志性建筑，并且校园的其他建筑会以这个标志性的建筑为中心，向周围辐射。但在加尔文学院的校园里，却没有所谓的标志性建筑，堪称"标志性的"是位于校园中心的大草坪。所有的校舍，行政、院系、图书馆、体育馆等功能建筑，都是以这个大草坪为中心"放射"出去的。这样，大草坪便成为学校凝聚力的一种象征，成为学院"融合"的一个焦点。同时，建筑物的内部也充分体现了"融合"的理念。跟别的大学不一样的是，加尔文学院的校园建筑往往是多功能的，把行政和不同的院系杂糅在同一个建筑里，并且很多建筑之间往往有互通，目的是要让不同的院系的教员和学生有更多的交流、交融。这样，学校就像一个大家庭，所有的成员可以在一个便利的空间里互相来往，文理相通，师生互动。

6

加尔文校园最为别致、最具匠心的恐怕是它的外部设计，是它不寻常的"土气"。

说到它的"土气",我们自然又要说到加尔文学院新校区的总设计师法伊夫。法伊夫1932年毕业于耶鲁大学的建筑系,随后他追随著名建筑设计师赖特(Frank Lloyd Wright,1867—1959年),成为美国建筑设计流派"草原派"(Prairie School)的忠实追随者。"草原派"建筑风格,可以说是美国建筑设计摆脱欧洲传统的一个标志。它的渊源虽然在英格兰,但盛行于地广人稀的美国中西部。它强调建筑与环境的融合,追求建筑与环境之间的"有机性"。它认为,不应该用建筑去和自然竞争,建筑要与自然融为一体;它拒绝模仿古希腊、罗马的古典主义传统,追求建筑风格的独创性,特别强调北美应该有北美自己的建筑风格。在美国中西部,草原是最常见的景观之一,所以,追求与自然相融合的这一建筑学流派就被称为"草原派"。1871年芝加哥大火,"草原派"的建筑设计理念在灾后重建中得到了显著的体现。

从耶鲁大学毕业后,法伊夫在设计理念上紧紧追随"草原派",而他的杰作之一便是加尔文学院"土气"十足的校园。

7

"草原派"的设计理念在加尔文校园体现得极其充分,法伊夫与当时的校长斯波勒夫在确定校园风格上,两个人观点高度一致。首先,所有的建筑基本上都采取了"低调"的外形设计。就是说,从外部看,尽量不要显得高大、张扬;相反,所有的建筑必须给人以谦卑感。其次,校园里所有的建筑一律用颜色并不鲜艳的红砖（加尔文学院的人更多称它是米黄砖），而且外墙一律不加修饰。凡是去过加尔文学院的人，对它的砖墙无不印象深刻。如果对"草原派"和法伊夫的设计理念不了解，我们一定认为这砖头是这所大学校园建筑的一大败笔；然而，加尔文学院却为此感到自豪，并给这种砖头起了一个很响亮的名字："加尔文砖"（Calvin Brick）。这种装饰感极差的红砖，跟土灰色的斜坡屋顶一搭配，便更把建筑的"存在感"压了下去。

"草原派"风格的加尔文学院的校园建筑，有着很强的哲理性。它似乎故意用这些建筑来彰显外表与内在的差异性；它似乎要告诉人们，我们并不需要华丽的外表，我们追求的是内在的丰满；它似乎是要强调，知识本身不需要什么装饰，知识并不需要漂亮的外衣。

8

也可以说，加尔文学院校园建筑风格，是"草原派"与北美清教精神的成功"联姻"："草原派"追求自然的艺术取向，与清教强调朴实、谦卑的价值观，在加尔文学院校园的设计理念上产生了最佳的共鸣。

人们常说，没有"五月花"号，很难想象有所谓的美国精神；学界一般认为，没有清教，就没有美国。可见，清教对于美国影响至深。清教追求平等、提倡朴素等价值观在加尔文学院校园建筑中清晰可辨。

校园建筑的"融合性"特征，无疑也是清教精神的一种体现。校园设施在功能上的融合，让校长、教授、学生同处于一个空间，让不同的专业、院系交错于同一个建筑，体现的正是基督教徒间的"兄弟关系"。校园建筑的谦卑风格，其实也是学校当局对于耶稣生命历程的一种实践。耶稣生前受尽同胞的戏谑、侮辱，但他依然平易近人，受难之前还要给门徒洗脚。绝大多数清教徒都因此认为，谦卑是一种美德。加尔文学院本来就是一所基督教背景的大学，它的校名就是来自16世纪的宗教改革领袖约翰·加尔文（John Calvin，1509—1564年）。所以，它在校园风格上的低调，正是新教价值观的一种体现。

这就是加尔文学院的校园，一座"有文化"的校园，一座散发出清教文化气息的校园。

从老欧洲到新英格兰

声色拉斯维加斯

如果不是因为参加NCA年会，或许我一辈子也不会到拉斯维加斯来。在我的心目中，拉斯维加斯并不是个好地方，觉得它是奢靡之城、堕落之都，是一座用欲望堆砌起来的城。虽然城市都是"人工"的，是经过人为的设计构建出来的。但是，人们在构建一个城市时，往往是因为那里自然条件优越，人越聚越多，而最终成为一座城市，比如美国东部的纽约、巴尔的摩等城市。可是，谁会想到，在内华达的迷茫戈壁当中，在被四周的荒凉的山岭包围下的这片山谷里，居然"噌"地冒出一座城市来呢？它仿佛是从天上掉下来的，又仿佛是戈壁上偶然出现的海市蜃楼，一阵风过，似乎就会烟消云散。所以，当我走在这座城市里，在脑子里飘来荡去的一个问题是：眼前的一切是真的吗？

提起拉斯维加斯，我总会联想到《旧约》中所记载的"罪恶之城"所多玛和蛾摩拉（Sodom and Gomorrah）。这两座城市之所以"罪恶"，是因为它们充满邪恶；于是，象征"正义"的上帝便用硫黄火将它们毁灭；于是，所多玛便成为"罪恶之城"的象征。

然而，一座城市，不管你喜欢还是不喜欢，只要它因为某种原因获得了某种声望，它总是会吸引人们前去，民众不会以批评家们的观点来选择旅行的目的地。一座不很大的城市，就这样赢得许多"世界第一"："世界娱乐之都""结婚之都"……当然，最主要的是，它与人类最坏行为之一的"赌"联系在一起。拉斯维加斯就是赌城，赌城就是拉斯维加斯。

人不分东西，地无论南北，人性中总有共通之处，赌，便是其一。赌有着牢靠的数学基础和心理基础。它是天然的放大镜和微缩镜。在这种行为中，人把自己交到一个叫"概率"的"上帝"手中。左边是天使，右边是魔鬼，中间是人。据说，无论在东方，还是西方，赌都有很浓重的宗教色彩，在赌者眼里，上帝（神）是公平的。从这个意义上说，西方中世纪产生的决斗，一定程度上讲，也是一种赌，但赌的是命。

还是回到拉斯维加斯的"赌"吧。一下飞机，踏进到达大厅，一股"赌"气扑面而来。在典型的西部音乐的嘈杂声中，一望无际的老虎机闪烁着挑逗的光。一走进下榻酒店大堂，更觉得是走进"赌"的汪洋大海。一张张赌桌，一台台老虎机，让人目不暇接。在拉斯维加斯，可以住宿的地方就可以赌博，可以赌博的地方就可以住宿。真可谓，满城尽是豪赌客。我对赌博一点兴趣都提不起来，但喜欢看别人赌，最爱看二十一点，看赌客面前的筹码怎样越来越少。这张赌台看够了，换张台子再看。没有赢钱的快乐，也没有输钱的刺激，抽着烟，看庄家大把大把地赢钱，看赌客们的千姿百态，只要观"牌"不语就行。喜欢"观牌"也是因为在赌场里可以自由吸烟。这是拉斯维加斯的好处。虽然美国禁烟很严，但在拉斯维加斯，只要有赌场的地方便可以自由吸烟。当你把香烟点着，就有人给你送来烟灰缸。所以，忙了一天，晚上洗完澡，想吸烟时，便披上外套，到楼下赌场去，毫无在美国其他城市吸烟时的拘束感。

在拉斯维加斯的几天，虽然我不是去赌运气的，但始终在眼前晃动的总是那个词casino（赌场），满街闪烁的casino。我们开会的地点是在Rio酒店，而我住的地方是在Palm酒店。所以，每天进到Rio酒店的里面，首先得穿过迷宫似的赌场，有时甚至会在赌场里迷路，最后才能找到会场。一天傍晚，正当我要走进Rio的时候，入口处电子屏上的一行欢迎标语让我扑哧一声笑了出来："熱烈歡迎貴賓蒞臨"（原文为繁体），但笑完以后又觉得不是滋味。拉斯维加斯这么一个国际大都市，世界上有那么多的语言，为什么一定要在赌场前用中文打出欢迎标语呢？答案自然很清楚。走在赌场里，我喜欢观察各种各样的赌客，我发现，不少赌场里华人赌客一般占30%左右，男女老少都有。我不知道他们是因为什么原因及什么目的来拉斯维加斯的，但我知道，华人赌客在这个城里是一个很大的群体。要不然，赌场门口为什么单用中文的欢迎语呢？更有趣的是，这电子屏的下面，是四个设计一致的、装饰性的图案，上面用汉字写着："容易"。"容易"什么呢？赢也容易，输也容易。

赌，虽然很多文化里都有，但几乎毫无例外地认为赌是坏的，赌是堕落的，赌是邪恶的，而且赌跟其他邪恶的东西总是相生的，比如，在中国文化里，"吃喝嫖赌"跟"油盐酱醋"一样，几乎成了一个固定的合成词。所以，"赌"风劲吹的拉斯维加斯，必然会产生诸如此类的生活方式，作为一个旅游城市，自然也会打造相关的"产业"来满足游客的需求。于是，拉斯维加斯作为赌城的同时，又被称为娱乐之都、奢华之城、消费胜地、浪漫之巢。

当夜幕降临，四周的不毛荒山已经沉睡的时候，山坳中的这座城依然灯火通明。出了城，就是死一般寂静的无人区；进了城，却是香艳透迤的欢乐世界。城中最奢华、赌场最集中的拉斯维加斯大道几乎被灯光映照得通体透明。奢华酒店（赌场）一家挨着一家，各有各的风格，各有各的吸引游客的招数。全世界最有名的25家宾馆，大多数都有他们的酒店开在这条街上。拉斯维加斯人似乎要把世界上最好的东西都搬到这里来似的。比如，一家酒店的名字就叫"纽约，纽约"，它的标志性的建筑就是一座缩小了的帝国大厦。巴黎大酒店的标志性建筑，则是高约165米的"埃菲尔铁塔"。再比如，卢克索大酒店（Luxor）则采用了金字塔的外形，而酒店名"卢克索"本身就是古埃及的地名，这可以让从非洲来的贵宾产生认同感。总之，漫步拉斯维加斯大道，我忽然想起柳永描写古代杭州的繁华景象时用的那句词："竞豪奢"。当然，我们不能用"市列珠玑，户盈罗绮"来描写拉斯维加斯，但可以改成：市列老虎机，户盈豪赌客。

在拉斯维加斯的那一周，我住在一家叫Palm的酒店。palm是"棕榈树"的意思，而棕榈树是这座城市最具代表性的树种，也是这沙漠性气候的独特的恩赐。Palm酒店门口的标志性陈设是大门两侧的一天二十四小时都在燃烧的火焰。它被罩在玻璃罩里面，估计下面有煤气管道相通，由于有玻璃罩着，即使有风，也不会熄灭。晚上，我喜欢站在这火焰的旁边，边抽烟，边取暖。一天，朋友问我：这家酒店为什么用这两束火焰做标志，我的回答是：这火焰是一种象征，它象征激情、热情、欲望，它是欲望的火焰，因为它用"力比多"做燃料。

戈壁也能卖出好价钱

世界上的很多城市，本来是可有可无的，比如拉斯维加斯。出现城市的地方，往往是交通便利，自然条件优裕，人们会像水朝低处流那样，不知不觉汇聚到那里。然而，几乎整个内华达以及亚利桑那，荒漠、戈壁，一望无际，人们没有理由一定要在这个地方建一座城市。拉斯维加斯，便是这样毫无道理地在这人迹罕至的地方，横空出世。

直到19世纪30年代，人们才在内华达的东南部发现了这处山谷。最先发现的是墨西哥人，早期来到这里的多是西班牙人。Vegas在西班牙语里是"草地"或"绿洲"（meadow）的意思。由于这片戈壁中的山坳自然条件较好，人们便把它作为洛杉矶与盐湖城之间的中转站，渐渐地有了贸易。到20世纪30年代，拉斯维加斯还只是个村镇。然而，30年代初期，美国政府在拉斯维加斯东南约40公里的地方修建胡佛大坝，这一科罗拉多河上的水利项目，给拉斯维加斯的发展带来契机。拉斯维加斯成为这一工程的大本营，原先的小村镇一下子人气爆棚。工程竣工后，大坝为拉斯维加斯既提供了水源，又提供了电力。50年代之后，拉斯维加斯便走上了发展的"快车道"，但最终让这座戈壁上的城市插上翅膀的却是博彩业。

美国立国的根本之一是"自由"，但在遥远的西部，自由更因地理的缘故而显得更加自由。西部牛仔、淘金客、冒险家在那片水分被阳光抽走的土地上，享受这天高皇帝远的自由。赌博和卖淫似乎便成为弥补自然条件严峻的一种"福利"。在这干旱少雨的西部，似乎更呼唤欲望的甘霖。

博彩业很快给拉斯维加斯注入了活力。经过半个世纪的发展，它最终成为"世界娱乐之都"（the Entertainment Capital of the World）。它拥有世界上最多的AAA五星钻石酒店，它每年吸引近4000万游客，居于美国各城市之首。市中心的拉斯维加斯大道，这一狭长地带，被称为Strip，浓缩了这座城市的精华。所有的酒店，所有的赌场，无不以最别致的设计，最豪华的装饰吸引着世界各地的游客。这完全是一座用金元打造出来的城市。

虽然拉斯维加斯的别名叫绿洲，但全年大约有310天都是阳光灿烂，绚丽的阳光把拉斯维加斯照亮，但也让它的每一寸土地常年处于干渴状态。耐旱的沙漠树种棕榈树，成为拉斯维加斯的标志性树木。我忽然发现，这座富于色彩的城市，最缺少的是绿色。它所有的建筑无不把色彩感追求到极致，但穿行于其间，我又无时不觉得脚底下就是戈壁滩。在别的城市，马路、人行道之外的地面，往往都铺满草坪，但在这座城市，人们只能用碎石。偶尔也能见到草坪，但仔细一看，原来是人工草皮。

我的一个在拉斯维加斯大学工作的朋友买了一座有游泳池的、"像宫殿"的大房子。房子很便宜，游泳池却成了负担：在房价很低的拉斯维加斯，买得起有游泳池的房子，但负担不起游泳池里的水。所以，一池水他们要用上很长时间。后来他发现，游泳池里的水总是不断减少，而院子里那些植物不浇水也能成活。他很是纳闷：一是以为游泳池漏水，二是以为那些植物真的很耐旱。有一天，我们在他家吃晚饭，秘密才算解开。原来，他那会持家的太太每天都在用游泳池里的水浇花。

要真正了解拉斯维加斯，必须走出它，再从外面走进去。如果你只是从空中来，再由空中离开，你一定不会对这座城市有太多的感叹，而只是觉得它是座奢华的城市。

在一个阳光明媚的早晨，我们借了一辆SUV，"逃离"拉斯维加斯，经15号州际公路，朝加州方向开去。出城不到半小时，出现在我们眼前的便是绵延不断的荒山，茫茫戈壁上再也看不到一个人影。绝对的荒凉，绝对的寂静，绝对的孤独，但我们也因此领略了大自然绝对的完美。置身于这纯粹的自然，再想想身后远处那座豪华的城市，心中有说不出的感叹。"文明"和"野蛮"居然隔得这样近！路上偶尔有很小的市镇，在一个交叉路口，也碰上了一个赶集的场面：从附近赶来的居民，在集市上出售各自的旧货。

……黄昏时分，我们结束了一天的戈壁之旅，开回拉斯维加斯。穿过一处山口，从高处看去，前方的山坳中出现了一片光的海洋——死寂的土地上出现了一处不夜城。在黄昏的天空下，在周围死寂群山的包围中，它像一颗硕大的明珠在闪烁。城里的人各有各的心情，各有各的精彩，他们在光与影中活动，很少去关心城外绵延数百里的荒凉。至于赌场里的男女,他们的心中,只有欲望的此消彼长。

自然的贫瘠荒凉也是一种恶,恶的自然不能给人类带来福祉。于是,人们必须凭借自己的聪明才智,去消除自然之恶,求得生存的空间。拉斯维加斯人真是聪明,他们用数学上的负负得正的方式,"平白无故"地在戈壁上修筑了一座"巴别塔",用人性中的一种"恶"(赌)来对付自然之恶,所谓"以恶抗恶"。

而且,用这种"以恶抗恶"的方式,将这片戈壁"卖"出了好价钱。

华拉派人：科罗拉多河的守望者

在欧洲人进入美洲大陆之前，印第安人在那里不知已经生活了多少年。从大西洋到太平洋，广袤大陆是他们亘古以来的家乡，也是他们最宽阔的床。就像他们起先并不知道自己是美洲真正的主人那样，他们后来也不明白，为什么一下子成了欧洲文明的奴隶。这是最大的不幸，也是一个发展迟缓的文明的悲哀。尽管印第安人与大自然之间有着极其神秘的默契，但是，他们还是缺少高级文明所具有的那种凌驾于整个世界之上的精神渗透力。他们的文明，毕竟是地域性的，甚至是区域性的，是建立在感官所能触及的事物之上的。结果是，不是他们去发现欧洲，而是欧洲发现了他们。

一直以来，在我的印象里，印第安人只是一个非常笼统的存在：一群野人，头上插着羽毛，脸上涂着油彩，腰间别着弓箭，半裸或者全裸，在山林间奔跑，口中还发出令人毛骨悚然的叫声。这次进入亚利桑那高地，终于对印第安人有了些感性的认识。

所谓"认识"印第安人还不敢说，这需要太多的时间去考察和研究。确切地说，我所认识的是美国土著印第安人的一支——华拉派人。

亚利桑那州是美国少数民族聚居点比较多的一个州。科罗拉多大峡谷两侧的高地是印第安人居住比较多的地区。这个地区的印第安人有一个分支说Yuman语，说这个语言的又有三个部落（tribe）：华拉派人（Hualapai）、哈瓦苏派人（Havasupai）、亚瓦派人（Yavapai）。

这里我要说的是华拉派人。"华拉派"（Hualapai）的"华拉"（huala）是"高大松树"的意思，"派"（pai）是"人"的意思。所以，华拉派人大意就是"像松树一样高大的人"。

从内华达东南部的拉斯维加斯驱车向东，约50公里后，便进入亚利桑那州。内华达的戈壁本来就令人震撼，亚利桑那的荒凉更是触目惊心，让人觉得，那一定不是美国。一条公路，穿过无边的戈壁荒滩。天的确是蓝得令人流泪，但蓝天似乎使贫瘠的山岭显得更加贫瘠。荒凉虽然是丑陋的、危险的，但无边无际的荒凉便叫"壮观"，便是"美"，便有了某种审美价值。于是很多人从遥远的国度飞来，从水草润泽的地方赶来，来欣赏这贫瘠，这荒凉，这一望无际的什么也没有。

但在这"什么也没有"的地方，华拉派人从不知什么时候起就在这里繁衍生息。在亚利桑那的北端，在科罗拉多大峡谷的两侧，在奔涌不息的科罗拉多河的滋养下，他们创造着生存的奇迹。从资料上看到，华拉派人所生活的这个区域，有着丰富的资源，他们可以靠高原的本土植物生存，比如土豆、甘蔗、仙人掌以及一些可以食用的草籽，也可以猎捕野鹿、山羊、野兔，还有头顶上飞过的大鸟。但是，我们还是很难想象在那无边的荒漠当中，在夏日强烈的阳光下，在冬日呼号的罡风中，他们是如何抵御自然的粗粝的。学者们总是认为，科罗拉多大峡谷两侧的物产很丰富，但是，这种物产丰富是相对于地域广阔而言的。我的意思是，这里虽有很多物产，但就"单位面积"而言，有时，你几乎什么也看不到。我们能看到的就是戈壁、戈壁、戈壁，以及戈壁上长不高但又死不掉的仙人掌。华拉派人是靠在几十甚至数百公里的范围内，把那些能够利用的、零星的物产收集起来，来满足自己的生存的。

就像荆棘丛里的野兔一样，华拉派人是这黄土地里生出来的精灵。这土地既长出了仙人掌，也"长"出了华拉派人。这粗粝的自然属于他们，他们也属于这片奇异的土地。大峡谷的西侧至今还有很多很多华拉派人的小屋。它们多数是锥形的，用木头搭成，用泥巴抹缝，旁边开一个小门。据说，他们这样搭建自己的住所，一是因为这样可以和大地连接，二是因为锥形屋顶是可以与天空交通。的确，越是生活在恶劣环境中，人跟自然越是接近。在他们的生活中，泥土、石头、木头是基本元素。我惊讶于他们的墓地。在华拉派人那里，所谓墓地就是把死者埋进土里，上面堆上一小堆石子，墓地的周围用一圈木棍围成一圈，与外面隔开。三根木棍，两根竖立，上面再横着搭一根，就成了墓地的"大门"。世界上再也没有这样的简洁了！生命，从一个意义上说，无限崇高；换个角度看，又极其卑微。

华拉派人不信基督教，但是，他们跟其他印第安人一样，属于自然神论者，崇拜生活中最常见的、最离不开的一切自然存在。在他们的生活中，科罗拉多大峡谷中的科罗拉多河最为神圣。在他们看来，它是一切河流中的"脊梁"，是河流之父。他们坚信，他们就是科罗拉多河中的泥沙做成的。的确，科罗拉多河一方面给华拉派人的生命带来滋养，同时，它也是一种震慑心灵的自然存在。站在大峡谷的顶上，俯瞰1800米深的谷底，看科罗拉多河蜿蜒流淌，那是一种极其壮观的景象。至少，我站在峡谷顶上往下看时，只觉得双腿颤抖，那谷底就像是一个看得见的地狱，我所能做的只是"以手抚膺坐长叹"了。峡谷中飞翔的黑鹰，翅膀扇动着死亡的气息。夏天时，洪水暴涨，峡谷内的科罗拉多河便成一头狂暴的狮子，撞击着两岸的石壁。"飞湍瀑流争喧豗"，巨大的声响，让人觉得那是地狱深处的惊雷。华拉派人对它越是感到恐惧，对它就越是崇拜；更何况，他们的生命滋养，正是来自这可怕的恩赐。的确，自然界中我们越是离不开的，就越是致命的。

千百年来，华拉派人——这科罗拉多河的"泥沙"——便是这样与周围的环境合二为一。离开大峡谷，他们就不是华拉派人，华拉派人必须依附于科罗拉多。然而，18世纪中期之后，他们的宁静被永久性地打破了。先是西班牙人，接着是其他民族的白人纷纷到来。传教士、牧场主、淘金者，把他们保持了千百年的生态打破了。他们被驱赶，被屠杀，甚至像当年以色列人被囚虏到巴比伦那样，他们被从自己的家乡赶往南方。这就是1874年的"泪水之旅"（Trail of Tears）。直到1883年当局建立华拉派人保护区，他们的苦难才告结束。五百万英亩的保护区是他们法定的地盘。一方面看，这让华拉派人的家园免受侵扰，像丹顶鹤和麋鹿似的被"保护"起来了；但另一方面，他们的生存空间被压缩在较小的范围内了。

从老欧洲到新英格兰

划给华拉派人的这片保护区在亚利桑那州的西北。科罗拉多大峡谷在地理上绵延数百公里，大致上可以把它分为三个景点：南缘（South Rim）、北缘（North Rim）和西缘（West Rim）。西缘与华拉派人保护区差不多是同构的。先从文献中认识华拉派人，再到现实中接触华拉派人，心中总有无数感慨。被"保护"起来的华拉派人，原先是大峡谷边的绝对土著，一百年可能都见不到一个外乡客，如今却每天都能见到来自世界各地的旅行者。原先只有黑鹰飞过的大峡谷，如今却回荡着小型飞机或直升机的轰鸣声。"鹰崖"（Eagle Point）近年增设了一个全球闻名的设施"天空行走"（Skywalk），让游人从悬在近4000英尺的峡谷上的玻璃桥面行走，制造出21世纪的惊悚。在"鹰崖"附近，看到一个华拉派家庭围坐在一起，敲着鼓，弹着琴，唱着属于他们自己的歌谣。那声音雄浑，深沉，那是高原上最为典型的厚重的嗓音。美！震撼！可是，这歌声既是三百年以前的，也是21世纪的。三百年前，他们只是面对大峡谷歌唱，歌声在大峡谷的上空传扬；如今，他们是对着麦克风在唱，虽然头上插着羽毛，但也戴着抵挡强烈阳光的太阳镜。他们面前的一只箱子里，装着游人丢下的大大小小的美金。是的，他们的歌声虽然很"艺术"，但也很business了。

被"保护"起来的华拉派人，为了生存，不得不接受保护者的文化渗透。

亚利桑那的华拉派人，忽然使我想起宾夕法尼亚、密苏里等州的另一支美国少数族裔阿米什人。不同的是，华拉派人是美洲大陆上的土著，阿米什人是从瑞士、德国等地为逃避宗教迫害移民到新大陆的。相同的是，他们都保存着数百年前的生存方式。阿米什人至今不肯用电,不肯用汽车,固守于泥土,从事农耕与畜牧;华拉派人则依然坚守在祖先的土地上,听着大峡谷上空的雄浑的风声,把科罗拉多河当作生命和灵魂最坚实的依托,成为科罗拉多河最虔诚的守望者。

然而,他们不过是美国文化拼盘上的一个点缀而已。

从老欧洲到新英格兰

遗梦廊桥

第一次获得有关廊桥的知识,是通过电影《廊桥遗梦》;第一次见到真正的廊桥,是在剑桥,就是那座叹息桥;第一次见到那么多的廊桥,是在美国,从宾夕法尼亚到爱荷华,从俄亥俄到马里兰,散布于北美乡间的那些手工时代的产物,不仅连接着此岸与彼岸,也将过去和现在连接起来。

其实,看完电影《廊桥遗梦》的人极少会把注意点放在这桥上。感人的罗曼司,激动的泪水,早已使廊桥本身变得十分模糊。而我也是在读罗伯特·詹姆斯·沃勒(Robert James Waller)的小说原作时,才更加强烈地意识到廊桥在作品中的存在。看来,不读原作只看电影,从来都是不对的。

当然,说来也惭愧。是在电影《廊桥遗梦》最风行的那阵子,我买了一本英文版的沃勒《廊桥遗梦》,但过了大约20年,才在这初冬的一个周末把它读完。两天时间，外面的冬雨下得像春雨，淅淅沥沥，缠缠绵绵，往窗外看一眼，那凄清似乎只有诗歌才能表达。躲在书房里，开着暖气，读一本20世纪的爱情小说，回味发生在1965年8月的那场恋爱，忽然觉得这个本来很凄冷的周末竟是那么温馨。书真好，爱情真好。

书中的爱情故事，或许有其原型，但人们更愿意相信，它只是个故事，一个虚构的故事，一个虚构得比真实还要真实的故事。读沃勒的这本书，除了想起迪伦的歌声一样飘荡着的浪漫，还有的，就是那爱荷华乡间的实实在在的桥。无论是电影还是小说，中文翻译的确很传神。沃勒的书名原文直译出来是《麦迪逊县的桥》（The Bridges of Madison County），到了中文里面却是《廊桥遗梦》。原文里不过是"桥"，到了中文里，则更加清楚明白地指出，是"廊桥"；原文里根本没有"遗梦"，中文就是特抒情。

但是，我，一个在北美寻访过很多廊桥的诗人，还是念念不忘"廊桥"。在农耕时代，"桥"本身就是一个很抒情的意象。"驿外断桥边，寂寞开无主"，多美！而"廊桥"，则是比"桥"更有意味的意象。不过，从语言层面看，中文的廊桥比英文的廊桥更有诗意。在英文里，廊桥叫covered bridge（有盖顶的桥），但到了中文里则是"廊桥""风雨桥"，诗意一下子溢了出来。

在剑桥大学第一次见到廊桥，很是觉得奇异，因为它有一个美得不能再美的名字：叹息桥。它建在圣约翰学院的三庭和新庭之间。圣约翰学院最初的校舍都是在康河的东岸，但随着学生规模的扩大，东岸太拥挤，于是19世纪30年代开始向西岸发展。本来不过是连接东岸与西岸的一座桥，但在剑桥大学却有了凄美的故事：有人说，当年一些学生考试不及格，想不开，从这座桥跳进康河；有人说，一些恋爱的男女，失恋后痛不欲生，从桥上跳进水中。

剑桥的廊桥再美，再诗意，也只是"一"座桥，到了北美后，我终于见到了那么多的廊桥。就像世界上没有两片相同的叶子那样，北美没有一座完全一样的廊桥。成百上千座廊桥，分布在美国的中北部，而保存得最多的则是宾州，居然有219座；而保存得最多、最好的，则是在兰开斯特县的阿米什聚居区。由于宾州拥有全美最多的廊桥，宾州便又被称为"廊桥之都"（Capital of Covered Bridges）。

所谓廊桥，就是给横跨河面的桥梁加一个封闭的盖顶，走在里面，就像走在一个走廊里。建造廊桥的目的是为了避免冬天的大雪把桥压塌；另外，由于当年的桥梁是用木头建造的，为了防止木头被阳光和雨水毁坏，人们便在桥上加上盖顶。渐渐地，它成为桥梁建筑的艺术。这些廊桥一般都不会很长，大多在50到100米之间。它们大多为木桥，但汽车也可以通过。廊桥的发源地在欧洲，是欧洲移民把这种桥梁技艺带到了北美。18世纪到19世纪，北美大地上的廊桥便一座接一座地建了起来。可是，到了20世纪，工业时代把一座又一座的廊桥毁坏。于是，1965年，联邦政府便出台"政策"保护廊桥。沃勒的小说《廊桥遗梦》便是以此为背景，借助拍摄廊桥的《国家地理》摄影记者金凯的偶遇，让廊桥与一段死去活来的爱情联系在一起。

爱荷华州的麦迪逊县一共有7座廊桥，沃勒重点写到其中的3座：罗斯曼廊桥（Roseman Bridge）、西达廊桥（Cedar Bridge）和霍格巴克廊桥（Hogback Bridge）。沃勒写得最多的是罗斯曼桥。可是，在中文版的小说和电影里，罗斯曼桥却没有得到最好的体现。Roseman Bridge的音译一点也不浪漫，意译最好：玫瑰桥、玫瑰男人的桥。52岁的金凯找到45岁的弗朗西斯卡，Roseman Bridge是媒介。

正是因为《廊桥遗梦》的缘故，每当我经过一处廊桥，我总要情不自禁地停下来：或是走到里面，看它的建筑结构，一种思古的幽情油然而生；或是站在原处，看它可爱的模样，联想起书中发生在1965年的那场轰轰烈烈的爱情。从星期一一见钟情，到星期四生离死别，都是因为一座建于19世纪的廊桥。

在宾州的兰开斯特县，有时半天当中你可以"遇见"好几处廊桥。在一座叫"柳树廊桥"（Willow Bridge）的"走廊"里面，从一个文物标签上我才得知，整个兰开斯特县保存完好的廊桥"不到30座"。在一个县，一个多世纪前的廊桥能保留下近30座，已经是很不错的了，但文物标签的作者显然是用了惋惜的口吻：less than 30 bridges。当然，作为一个中国教授，我这里得指出那标签上的语法错误：应该用fewer than，而不是less than。

兰开斯特是美国阿米什人聚居最多的地区。他们不用汽车，只用马车；他们坚持农耕，反对现代科技。他们不用交流电，不看电视，不用手机，或许是他们的这种"原始"的生活方式，使乡村的廊桥得以完好保存。乘车穿行在宾州乡间，我总是被那桥身油漆成铁红色的廊桥深深吸引，虽然我不明白为什么一定要选择这种颜色。

虽然金凯和弗朗西斯卡相恋的罗斯曼桥还在交通，虽然大多数廊桥都能通行，但有些廊桥，或是为了保护，或是由于道路变更，已经失去了桥梁之为桥梁的功能。华盛顿的Hughes桥，如今已经不再使用。桥两头的道路"芳草萋萋"，让我顿生感伤的情绪。在我看来，一座被弃用了的桥，就像一匹再无人骑的马，一把历经百战最终被封存在博物馆里的剑。

每次翻开沃勒的书,我似乎又回到廊桥边。每次看到廊桥,我总要想起两个中年男女脸上那少男少女般的热泪。也许正是这一对都热爱叶芝诗歌、只相处了四天三夜却思念了一辈子的情侣,让我深深地爱上了廊桥。

让它一次又一次地在我的梦中显现。

紫金文库

"浓"妆"重"抹的墨西哥城

凌晨1：50，墨西哥Interjet航空公司飞墨西哥城的航班从肯尼迪机场起飞，清晨5：20降落墨西哥城——我在"天上的旅馆"度过了一个通宵。走下飞机，天还没亮，在半梦半醒间过了海关，在半梦半醒间颠簸到了酒店。墨西哥国立理工大学的朋友们约我们上午10点吃早饭，时间还没到，躺在床上不知不觉睡着了。睁开眼，天已大亮。推开窗，一座无边无际的城市便展现在我的面前。虽然没有多少高楼，看不到边际的城市的汪洋大海，告诉我，这是那座有两千万人口的大城市。虽然还看不出这座城市有什么特点，但眼前几座楼房的房顶倒是吸引了我——远近许多楼房的屋顶都涂成了彩色的。

每到一个从未去过的国家，我特别喜欢观察它的建筑。墨西哥城最标志性的建筑，当然是郊外的太阳金字塔和月亮金字塔，但那是古代印第安人的杰作。穿行在墨西哥城的大街小巷，南美的风情扑面而来。路边独特的美食，餐馆里奔放的歌声，让我觉得离家真的很远很远了。

墨西哥城很大，可是，它却又很破很旧，破旧得让人觉得它有点对不起它所拥有的古老的辉煌文明。我甚至觉得，所谓墨西哥城，就是由许多八九十年代的中国的县城拼接成的一个首都。郊外的日月金字塔遗址，让人对时间产生敬畏；城内的建筑，则令人为这样一个大国惋惜。殖民地时期的建筑，虽然算不上多么古老，但也已经有几百年的历史，可是，这些历史价值很高的建筑，很多都已破败，政府似乎拿不出钱来维护、修复，任野草的根在墙缝中咬啮。

尽管墨西哥城基础设施上令人沮丧，但墨西哥城的丰富色彩把它的破旧极其巧妙地隐藏起来。它艳丽的色彩，迷乱了你的双眼，让你的理性沉睡，使你忽略丰富色彩之下的陈旧与破败。墨西哥城里及周边的很多民居，大多都比较陈旧，但被涂得五颜六色之后，你不但不觉得它们落后，反而觉得它们非常艺术。成为艺术的一切，其价值便在艺术本身了，至于构成艺术的材质，也就可以忽略不计了。

一天中午，我们应邀去城边上的一个墨西哥饭馆用餐。那不是一家豪华餐馆，但它极富墨西哥特色，墨西哥的美食，墨西哥的歌声，更主要的是，它有着墨西哥的典型的色彩。餐馆的设施虽然不豪华，但是，以明黄和橙色为底色的墙壁和天花板让整个空间变得十分温暖，加之下午3点钟的阳光（墨西哥人通常在这个时间吃午饭）透过镂空的天井照进来，让人觉得整个空间既充满美食的香味，又弥漫着阳光的气息。墨西哥艺人的高亢、豪放的歌声，似乎又把空间里温暖的色调一下放大了许多倍。于是，我不禁在心里感叹：这太墨西哥了！

于是，我一直在思考一个问题：为什么墨西哥人那么喜欢强烈的色彩？是因为他们喜欢丰富的色彩呢，还是要用丰富的色彩把建筑的寒碜遮盖住呢？还是两者兼而有之呢？总之，我一方面着迷于墨西哥城里五彩斑斓的色彩，另一方面又在不断地寻找答案。

后来，我从墨西哥著名设计家巴拉干（Luis Barragán, 1902—1988年）那里找到了部分答案。巴拉干的作品，不管是外观设计还是室内设计，往往都是很"简单的"：可以说，他的设计的灵魂就是几何图形加色彩。再嗜睡的眼睛，只要接近他的作品，必然立刻放射光芒。巴拉干在设计时，最擅长于在墙的色彩上做文章。色彩鲜艳的墙壁，使得这墙及其建筑从周围世界区别开来。他说过：街道是侵略性的，甚至是敌意的，但是墙可以创造宁静，在这宁静的空间里便是环境带来的音乐。欣赏了巴拉干的许多设计作品后，我再去回看墨西哥城里的建筑，原来不明白的现在明白了。而我那天在里面用餐的馆子，其实就是典型的巴拉干风格。

当然，巴拉干并不是横空出世，他在色彩上的大胆既是西班牙（裔）艺术家骨子里既有的色彩基因使然，也是墨西哥人色彩天赋的必然体现。这就像鲤鱼必定是生长在淡水里，不会出现在大海里一样。当然，墨西哥人的色彩天赋，既是墨西哥原住民数千年间与自然交流而形成的视觉依赖，也是融入了西班牙人奔放的热情。

墨西哥的主色调是红黄蓝绿。在墨西哥人看来，红色代表太阳，也代表生命和鲜血；黄色代表谷物的丰收，太阳的普照；蓝色则是天空的颜色，也是水的颜色，同时它还象征着土地的肥沃；绿色则代表植物的茂盛。当我们掌握了墨西哥人的色彩"密码"后，再结合巴拉干的设计风格，墨西哥人的色彩谱系与色彩逻辑，大体上便可以解读了。

其实，每个民族都有自己偏爱的特定的色彩，但是，很少有民族像墨西哥人那样，把自己喜爱的色彩运用得那样淋漓尽致。凡用色彩，无不用其极。当你看到墨西哥城边的山坡，从山脚到山上，几乎每座房子都用浓重的色彩涂抹过，当你看到这片彩色的城、彩色的山坡，你除了瞪大眼，恐怕还会张大嘴：天哪，房子居然还可以这样装饰！

第五辑　在阿米什人那里

与现代文明对峙的阿米什人

人们总是把美国和现代化联系在一起。很少有人会注意到，在当今美国还生活着一大群近乎刀耕火种的"部落"。他们不是印第安人。不，印第安人作为一个文化群体，差不多已经消失在美国文化的汪洋大海之中了。我这里要说的是阿米什人（the Amish）。

风光秀美的宾夕法尼亚州是美国立国的13州之一，是加入联邦的第二个州。提起宾州，人们自然会想起它的历史文化名城费城，自然会想起南北战争中的战场葛底斯堡。但这些都已经成为历史的一部分，而规模庞大的阿米什人社区，则成为宾州活着的文化，成为美国现代社会一道独特的文化风景线。行驶在宾州兰开斯特县的公路上，走在你前面的、迎面驶来的马车，会让你产生错觉：这是美国吗？这是18世纪吗？

是美国，没错，但不是18世纪，是21世纪。早在17世纪末、18

世纪初因为宗教迫害从瑞士一带移民到北美的阿米什人,依然保存着他们在300年前的宗教信仰、人生态度和生活方式。他们依然过着典型的农耕生活,远离现代文明,不肯融入美国的主流生活。

他们游离于现代美国社会之外,不相信政府,不服从政府,不依靠政府,不与政府发生关系。他们拒服兵役,托尔斯泰的"不抵抗主义"在他们那里体现得最为充分。他们认为,有了军队就有了暴力。他们不参加社保,不接受官方的捐助,是现代美国文明版图上的"世外桃源"。

他们认为从事农业生产是最接近上帝的活动。不管是住在宾州的,还是俄亥俄州的,还是聚居在加拿大的阿米什人,他们主要从事农业生产,日出而作,日落而息。他们对泥土有着天然的崇拜。他们在从事农业生产时,不用现代化的大型机械。他们不使用化肥,只使用牲畜的粪肥。行驶在兰开斯特县的高速公路上,你会不时看到用马犁田的阿米什人。

他们反对使用汽车。可以说,"汽车"是美国社会的代名词,美国社会的象征。没有汽车,在美国几乎寸步难行。把汽车取消掉,等于把美国人的腿砍掉。但阿米什人拒绝使用汽车,甚至厌恶汽车。300多年来,他们始终钟情于他们的马车(buggy)。而且,他们拒绝使用充气的橡胶轮胎,他们的马车车轮是纯粹的铁轱辘,因为,他们认为,充了气的轮胎使他们与土地隔离。在密密麻麻的美国公路网之间,阿米什人是生活在"网眼"间的"原始人"。

他们拒绝使用交流电。他们认为,电是很多罪恶的源头。电(电线)会使他们和外界通连,而通连就使他们失去独立性。有了电,就有了电视,而电视里的内容总是叫人堕落。有了电,就有了各种娱乐,让人际关系变得复杂。如今,有了电又可以使用互联网,这对他们来说,更是灾难。走进兰开斯特乡间,当你无法分辨哪家是普通美国居民,哪家是阿米什人时,简便的办法是:看是否有电线接入。

他们不许照相。在阿米什人看来,照相是人类虚荣和傲慢的体现。照相就是留下影像,就是突出个人形象。突出了自我,就是不够谦卑。照相在他们看来,也是渎神的,因为只有上帝才配有形象,人类照相就是与上帝争夺荣耀。

他们的孩子不接受美国教育。他们很少把孩子送到美国人办的学校去读书,认为美国式的教育会把孩子教坏,会让孩子染上不良的习气。他们只把孩子送到自己的社区学校去念书。这些学校规模都很小,一般只有一间房子,所以,他们的学校便叫"一间房学校"(one-house school)。孩子们在自己社区的学校念到八年级就算接受了所有的教育。所以,阿米什人的最高学历就是"八年级"。

阿米什人通常用world这个词来指称外界,而在他们看来,world就是傲慢、贪婪、战争、毒品、堕胎、离婚、欺骗、强奸、犯罪、自杀、恐怖的代名词。这就是北美的阿米什人——与整个美国文明唱反调的阿米什人,让那些坐在汽车里的人既困惑、又羡慕不已的阿米什人。在历史文明进程中,很多少数族裔文化早已被现代文明的"铁甲"碾为齑粉,但阿米什人,还有他们的人生观、世界观、独特的生活方式却毫无衰微的迹象。相反,在整个北美地区,他们的人口却以每6年翻一番的速度在增长。

在人类文明的长廊中,阿米什人无疑已成为不折不扣的"文化之谜"。

从老欧洲到新英格兰

他们从哪里来？

　　阿米什人跟早期其他美国人一样，也是来自欧洲的移民。跟其他早期移民一样，阿米什人远渡重洋到北美去，也是为了逃避宗教迫害。

　　这要追溯到16世纪的宗教改革。马丁·路德的宗教改革张扬了自由主义和怀疑论，"永远都不会犯错误的"罗马教廷的权威不断受到挑战。在瑞士出现了一个叫再洗礼派的基督教教派，他们怀疑教会的一些做法。中世纪以来，基督教世界往往给刚出生的孩子洗礼，也就是说，一个婴儿在他什么也不知道的时候，就成了基督徒。而再洗礼派认为，这样的信仰根本不可靠。只有在一个人成年后，在他本人自愿选择并宣誓后，才能成为一个自觉的基督徒。于是，他们认为，那些在婴儿阶段洗礼过的基督徒在成年后还须再次洗礼（re-baptize），这就是所谓的"再洗礼派"

（Anabaptism）。所以，他们拒绝像主流社会那样给自己新生的婴儿洗礼。

他们的做法引起了教会和官方的注意。1625年，当苏黎世市政府要求他们给新生的婴儿洗礼时，他们却给成年人进行再洗礼。于是，苏黎世颁布了法令，凡进行成人洗礼的将判以死刑。1627年，费力克斯·曼茨（Felix Manz）成为该教派的第一个殉教者。再洗礼派的第一个关键人物是门诺·西蒙斯（Menno Simons），他在1637年宣布脱离罗马教廷，成为一个再洗礼派（re-baptizer）。门诺是一个很有影响力的领袖，人们把跟随他的人叫作"门诺派"（Mennonites）。

1550年到1625年期间，被判处死刑的再洗礼派教徒有2500多人。他们有的被吊死，有的被活埋，有的被烧死。残酷的现实迫使他们选择逃离城镇，转入偏僻的乡村，包括德国的阿尔萨斯地区。他们的礼拜由此转入地下状态。他们的藏身之所往往是偏僻的乡野，为了生存，他们不得不在贫瘠的土地上种植庄稼。这大概就是后来阿米什人离不开土地的缘故吧。

1693年再洗礼派中出现了另外一个关键人物雅各布·阿蒙（Jakob Ammann）。严格地说，阿蒙也是追随门诺派再洗礼教义的一员，但是，在门诺派原有教义基础上，他提出了新的改革措施，建议两年举行一次圣餐活动，活动中要给信徒洗脚。他还提出了更加严格的教义，为了坚定信仰，必须对开除出教会的信徒进行"闪避"（shunning，相当于"关禁闭"）。阿蒙的改革造成了门诺派内部的分裂。那些跟随"阿蒙"的人便被叫作"阿米什"（Amish）。至此，再洗礼派便分裂成了两支。

为了逃避宗教迫害，从门诺派分离出来的阿米什人很快便

从老欧洲到新英格兰

开始于18世纪早期移民北美。1737年,一艘叫"迷人的南希号"(Charming Nancy)的帆船带着21个阿米什家庭驶向新大陆。其实,1620年,也有一艘驶向北美的船,那是著名的"五月花号"(May Flower)。相同的是,那也是逃避宗教迫害;不同的是,那上面载着的102名乘客都是清教徒。就是说,逃离欧洲的阿米什人比逃离英国的清教徒晚了117年时间。到18世纪中后期,阿米什人在宾州建成了他们在北美的第一个定居点。

1815年开始,北美迎来了阿米什人的第二波移民高潮。虽然很多阿米什人首先选择了宾州,但他们当中也有很多散布到了北美的其他许多地方,包括加拿大。到19世纪中期时,为时约一个多世纪的阿米什人移民潮方告结束。到目前为止,美国宾夕法尼亚州、俄亥俄州、印第安纳州、伊利诺伊州、爱荷华州、肯塔基州、密歇根州、明尼苏达州、密西西比州、密苏里州、纽约州、马里兰州、田纳西州、威斯康星州、缅因州等27个州以及加拿大均有阿米什人居住点。较大的3个定居点是俄亥俄州的霍尔姆斯县(Holmes)、宾州的兰开斯特县(Lancaster)、印第安纳州的埃尔克哈特县和拉格兰奇县地区(Elkhart/LaGrange)。如今欧洲本土已经没有阿米什人。

美国发展的过程就是工业化、现代化的过程。然而,在过去的约300年间,阿米什人并没有与美国社会同步。一方面美国在引领世界科技,另一方面则是阿米什人坚持生活在300年前。

他们将自己"分离"开来

阿米什人18世纪之前生活在欧洲。因为在教义上与主流基督教相左,他们不断遭到迫害,于是,便开始了离群索居的生活,转移到了瑞士和德国的偏远地区,过着半地下的生活。移民到了美国之后,为了纯洁他们的信仰,仍然坚持与外界隔离。他们称自己是"阿米什人",称他们群体之外的美国社会为English。这个English不太好翻译,似乎不能简单地翻译成"英国的""英国人"。他们称外部社会为English,大概是基于这样两个原因:一是当初他们刚到美国时周围生活着的很多人都是来自英国的移民,二是他们周围的那些移民基本上都是说英语的,而他们自己则是说德语的。总之,他们自己不是English,他们是Amish。

可以用四个"S"来概括他们的价值观:surrender(顺从),即顺从上帝的意愿;submit(服从),即服从教区的权威和规范;

separate（分离），通过不同的生活方式、不同的服装、不同的教育，将自己与外界分离开来，从而更加以教区和家庭作为他们生活的中心；simplify（简化），即过简单、谦卑、宁静的生活。

在美国社会的大熔炉里要过上宁静的生活，要让自己与外界分离开来，并不容易。阿米什人与外界的分离并不是通过围墙或栅栏，而是通过他们的价值观、生活方式等。事实上，无论是在阿米什人比较集中的俄亥俄州，还是宾州，阿米什人的定居点并不是像我们想象的那样被隔离在一个特定的区域。宾州的兰开斯特县是阿米什人比较密集的地区。开车行驶在乡间公路上，远近都是阿米什人的民居。但是，阿米什人与一般的美国居民的民居并不是分离开来的，东边这家是阿米什人，西边那家可能就是美国人。当然，我们可以通过一些标志性的东西来区分美国人的家和阿米什人的家。门前停着汽车的，是美国民居，屋后拴着马的是阿米什民居。有电线引入、有电视天线的，一定是美国民居；而外面晾晒衣服的一定是阿米什民居。所以，阿米什人和美国主流社会的"界线"不是画在地上，而是刻在阿米什人的心里。

阿米什人在美国生活的约300年的历史就是与现代科技、美国价值观和人生观对抗的历史，但是，他们不是为了抵抗现代化而抵抗，也不是为了标新立异而拒绝美国主流社会观念。他们将自己分离开来，跟嬉皮士们张扬个性、故意站在社会的对立面是完全不一样的。阿米什人在观念上、生活方式上脱离美国主流社会，首先有其宗教基础。他们非常保守地遵守《新约·罗马书》第12章第2节的那句经文："不要效法这个世界。"在这里"世界"（the world）是世俗、邪恶的代名词。其次，为了不被这个"世界"玷污，他们设法让自己与外界"分离"（separate）开来，而生活中的许多东西，特别是现代科技却是"玷污"他们的"罪魁祸首"，比如，汽车、飞机、电力、电话、电视机，包括后来的互联网。飞机会把人带到很远的地方去，让人远离故土。更为便捷的汽车，更是会让人频繁地离开社区和家庭，并且会把外面坏的东西带进来。电话会打扰他们生活的宁静，有了电话，人和人就可以不经常见面。至于电视机，那里面装的全是叫人学坏的东西，而互联网在他们看来更是洪水猛兽。

不用电，不看电视，不打电话，同时，不参加社会保险，不接受政府资助，不依赖于外部社会，阿米什人尽管生活在美国发达的公路网之间，他们还是将自己有效地"隔离"开来了。此外，他们几乎统一的服饰也让他们"自成一体"。一个（群）阿米什人不管走到哪里，人们都会认出他（们），并惊呼一声："瞧，阿米什人！"

总之，阿米什人的一些标志性的生活方式，让外界一眼就可以看出他们是阿米什人。而他们的这些标志性的生活方式，同时也是对他们生活行为的一种约束。比如，阿米什人结婚之前不留胡子，一旦结婚便开始蓄须，于是，胡须便成为一个阿米什男子结婚的标志。有人说，阿米什人的这一习俗很好，有利于道德生活。试想，假如一个结了婚的阿米什人想花心就很难了。一般的美国人也许临时把结婚戒指摘下，假装单身，但一个阿米什男人总不能为了一次一夜情而把胡子刮掉。如果他真的把胡子刮掉了，第二天回到社区、回到家里又怎么交代呢？

那么，阿米什人把自己与外界"分离"开来，孤立起来，他们是不是孤单呢？不是。将自己与外界"分离"开来之后，他们便有更多的时间与家庭成员、朋友交往。家是他们生活的轴心，社区是他们活动的中心。可以想象，夜幕降临了，在阿米什人家中，没有电视，没有电话铃声响起，没有人开车远行，也无须焦急地等着哪个家人开着车从远方归来。一家人总能一个不缺地围坐在桌边，在沼气灯昏黄的灯光下享受着自己的劳动果实。如果没有孩子出生，如果没有亲人病逝，一年365天，围坐在桌边吃饭的人数每天都是相同的。晚饭之后，男人会阅读，女人则缝制衣服。不需要打电话出去，也没有电话打进来。当城里的酒吧里还在狂欢时，他们早已沉入梦乡。

"分离"让他们的生活更宁静。

电是"恶"的源头之一

近300年来，阿米什人在北美大地上坚守着他们精神的城堡。确切地说，他们既是在坚守，也是在抵御。坚守靠的是他们内心的精神信仰，要过极其简朴、宁静的生活。抵御则是要和现代文明抗争，既要抵抗尘世的欲念，又要抵抗种种科学和现代技术。

他们为什么要抵御现代科技呢？现代科技难道会与精神信仰发生冲突吗？

对阿米什人而言，答案是肯定的。作为基督教最为保守的一支，阿米什人认为，现代科技会与他们虔诚地信仰上帝发生根本的冲突。他们认为：科技会使人类自高自大，助长人类的傲慢，从而使人类藐视上帝的威严；人过分地依靠技术自然就不会真心信奉上帝；科学只会让人类的生活变得复杂、纷繁、浮躁，科技并不能使生活变得更好，相反，科技只会使生活失去安宁，而没有了宁静的生活也就没有了宁静的心，没有了宁静的心只会离上帝越来越远；现代科技让人们变得奢侈，电费、有线电视费、汽油费、网络费，等等，全是浪费，而在他们看来，过节俭的生活，靠双手在土地上劳作，才是最纯洁的；现代科技对他们的家庭会带来可怕的冲击，自行车会把孩子带到几十公里外的地方，汽车会把家人带到几百公里之外，飞机则会把家人带得更远；现代科技会让他们过分依赖外部社会，会使他们不得不与外界发生关系，只有摒弃现代科技，他们的世外桃源才能成为真正的世外桃源。

总之，只有保持与现代科技的距离，他们才能真正与外界"分离"开来。

然而，电，这个看不见的东西，则会让他们与外部世界的关系剪不断理还乱。干脆，阿米什教区的长老们断然决定：阿米什人拒绝电力！有了电，就有了电视，就可以使用电脑，外部的价值观就会随之进来；有了电，生产就可以省力，省力就使人变得懒惰；有了电，就可以扩大生产规模，生产规模扩大了，人的贪欲随之而来。于是，电便成了罪恶的源头之一。

我第一次到阿米什人社区时，最为诧异于阿米什人对电的拒绝。如果你对此还不惊讶，不妨闭上眼睛试想一下，如果没有电，我们一天的生活将会怎样度过。

美国人爱迪生于1879年发明了世界上第一只实用的白炽灯泡，1882年，世界上第一家发电厂在纽约曼哈顿投入运行。进入20世纪后，电力的使用在美国越来越普及，一些阿米什人也开始使用电力。这时，一些阿米什人的主教开始担心，他们害怕那细细的铁丝会把他们的社区与外部世界"捆绑"在一起，认为使用电力最终会使阿米什人教区土崩瓦解。于是，到20世纪20年代时，纯正的阿米什人社区都把使用电力作为他们的禁忌。

这样一来，阿米什人社区一下子陷入"黑暗"当中，他们似乎一下子回到了18世纪。

阿米什人反对使用电力，是因为有了电力就有了各种电器，而这些电器会让人变懒，会叫人变坏。还有一个十分重要的原因是，电力是通过输电线送进来的，他们觉得那些电线从城里一直接到乡下，就把他们和外部连在一起了，这样他们就觉得不够独立，不够"分离"。也就是说，用电线把他们的房子与外界连接在一起，就是一种象征，象征着他们与外部世界有"交流"。阿米什朋友布朗对我说："你想想看，假如一根电线连到了我的家里，而这根电线又跟我们社区之外那些English家庭连在一起，我们不也就跟他们连在一根线上吗？这让我们受不了！"出于同样的原因，凡是有管线与外界连接的各种资源，他们也一律排斥，比如自来水管线、煤气管线。

真的难以想象！同在美国，当拉斯维加斯市中心灯火辉煌、灯红酒绿的时候，在俄亥俄和宾州的乡间，还有那么多人拒绝使用电力。

不过，写到这里，很多人可能会把阿米什人与非洲的原始部落混为一谈。我们要记住一点，不管阿米什人多么保守，不管他们怎样拒绝现代科技，但他们毕竟是生活在美国，他们毕竟是欧洲文化的后裔。

他们反对科技，崇尚自然，视农耕为纯洁，但在我看来，他们是既拒绝现代科技又懂得适度利用科技的聪明人。

没有了电力公司提供的电，至少有两个方面的影响：一是照明，二是生活和生产。在主教们发出不准使用电力的禁令之后，他们开始用12伏的电池。电力公司的110伏的交流电是通过电线传来的，使不得，但他们用电池就不存在与外界有"交流"的问题了，这就是阿米什人的逻辑。我们不得不佩服阿米什人的这种智慧。于是，他们可以用手电筒照明，可以用直流电带动一些小型电器。后来，他们又利用沼气照明，甚至用沼气、水力、风力、太阳能来发电。他们认为，虽然用电了，但这是安全的电，与外界没有"瓜葛"的电，因为他们保持着与外界的"分离"，因为他们用的电是来自内部，没有与外界发生关联。在生产过程中，他们在使用一些大型农业机械时，则用内燃机来发电。他们甚至可以用沼气发的电来带动他们自制的洗衣机、冰箱、牛奶搅拌机等。

阿米什人就是这样小心翼翼地处理着他们与现代科技的关系，保持着与外部世界的距离，固守他们的精神家园。

远离汽车，远离诱惑

当我第二次来到兰开斯特县，看到乡村公路上迎面驶来的马车，我已经感到很"淡定"了，虽然我会赶紧拿出相机，拍下那马车，还有马车玻璃窗后面的戴着宽边草帽、胸前挂着长长胡须的阿米什男子。虽说"淡定"，但还是要感叹好一会儿——300年前，他们驾驶着马车；100年前，他们还是驾驶着马车；如今，在这个汽车简直比人还要多的国家，他们还像100年前、300年前那样，驾驶着马车。所以，在宾夕法尼亚、俄亥俄等州的阿米什人聚居地区，公路上除了其他交通标识，又多出了一个不常见的交通标识："当心马车"。

总之，在美国，是否拥有汽车便成为阿米什人和一般美国人的一条界线。

跟使用公共交流电一样，拥有汽车同样成了阿米什人的禁忌

（taboo）。在阿米什人看来，科技的一切、物质的一切本身也许没有什么道德问题，但很多科技的东西会改变人们的生活方式，而生活方式的改变则又会改变人们的观念，总之，这些改变会动摇阿米什人社区的根基，会威胁他们以家庭、教区为中心的生活，会使他们失去自己的身份，迷失在世俗社会的"浊流"当中。

当汽车开始在美国人的生活中出现的时候，阿米什人的主教们便开始意识到汽车是个危险的东西。他们觉得：汽车会导致享乐主义；汽车会使人张扬个人主义，会让人变得很自大；汽车与阿米什人所提倡的节俭生活相抵触，保险、燃油、维修这些费用都是他们不能接受的；汽车会威胁到教区和家庭生活，有了汽车，人就可以远行，就会被很多外界的东西诱惑，家就不能成为生活的中心；汽车可以让人走到很远的地方，可以看到很多新鲜的东西，人就会被更多东西诱惑。于是，不能拥有、不可使用汽车便成为阿米什人生活的又一个象征。

从阿米什人不可以拥有汽车这一点可以看出，他们在选择和使用交通工具的时候很重要的一个原则就是要"原始"，要符合自然，要体现谦卑的原则，并且不能让使用者远离社区。很有意思的是，很多保守的社区连自行车都不得使用，因为自行车会让孩子们远离父母的视线。在他们的观念中，孩子们永远要生活在父母看得见、喊得着的范围内。此外，摩托车、机动雪橇、沙滩车在阿米什人社区也是禁用的，因为这些东西在他们看来，是供人们享乐的，要不得。

前面我说过，阿米什人非常聪明，智慧。既然不能开汽车，他们便在自己的活动"领地"内用一种叫"踏板车"（scooter）的工具来替代。我第一次认识这个词是从一个叫"玛雅"的美国孩子那里知道的。她在我们家住了大半年时间，她称我们用的电动自行车为"scooter"。等我第三次到阿米什人社区的时候，我才知道什么是真正的"scooter"。其实，严格地讲，scooter就是安着两只轮子的小踏板车，上面装着一个手柄，人可以用一只脚踏在上面，用另一只蹬着前进。也有小一点的，没有手柄，人可以跪在上面滑行。阿米什人可以用这种交通工具道理很简单，它不会把人带到离家很远的地方。一些阿米什人的孩子会蹬着这种小踏板（滑板）去上学。这样，小踏板便成了自行车和步行之间的一种折中。另外，这些孩子可以用轮滑鞋作为交通工具。

在兰开斯特县的一个阿米什人家，我在拍他们家的scooter的时候，发现旁边放着两辆自行车。我一直感到纳闷：他们不是不许孩子骑自行车吗？回来后，我反复研究那张照片，才发现，虽然它们是自行车，但没有自行车的脚蹬。后来，我向生活在阿米什人聚居区的朋友布鲁斯请教，终于明白：当初就阿米什人能不能骑自行车有过一段争论，保守的主教们认为，带有脚蹬的自行车太"现代"。这样一来，虽然有的阿米什人家拥有自行车，但都是没有脚蹬的；所以，这种"自行车"也相当于踏板车。

当然，不可以拥有汽车的阿米什人并不意味着不可以乘汽车。如果遇到特殊情况，如运输方面的特殊需要，他们会向外界租用汽车。阿米什人的孩子在16到18岁的时候，是一个自由期，这期间，有的孩子甚至考取了驾照。但是，等他们到18岁宣誓加入教会后，就不得再去碰汽车了。

总之，在交通方面，马车便成了阿米什人家里的"大件"，同时也成了阿米什人独特生活的显著标志。根据用途不同，阿米什人的马车分几种类型。最大的一种是家庭马车（family wagon），可以坐下父母和几个孩子；他们去购物时则是驾驶购物用马车

从老欧洲到新英格兰

(market wagon)，人坐在前面的车厢里，后面可以放货物；如果外出人少，他们就驾驶一种轻便的敞篷马车，可以坐两三个人；情侣约会时驾驶的马车叫courting wagon，这种马车跟轻便马车差不多，是敞篷的，是要求情侣们尽量不要藏匿自己的隐私。

当然，马车也能走得很远，从兰开斯特县周围的阿米什人社区到县城里，也就是十几、二十几公里的样子。为了防止马车走得太远，阿米什人的马车一律都不用橡胶轮胎，而是直接采用铁轮毂。他们用于农业生产的拖拉机也不用橡胶轮胎，也是为了防止社区成员到离社区太远的地方去。

阿米什人不开汽车，无疑是对现代文明的摒弃。可是，他们把马车开到路上后，又开始对现代规则妥协。非常有趣的是，大多数阿米什人社区都遵守通行的交通规则，为了安全，他们在马车的后面装上了黄底红边或红色的三角形反光标识；马车的左前方和右前方往往都有反光镜，有的马车后面甚至还有两个转向灯，当然，它们用的是12伏电池电源。尽管如此，很多老派的主教还是认为，这样做太"现代"了，太张扬了。

当我们每小时120公里时速还觉得是一种束缚的时候，当各式各样的汽车从阿米什人的马车旁边飞驰而过时，阿米什人依然不紧不慢地赶着他们的马车，"嘀嗒，嘀嗒"地行驶在乡间公路上，悠然地欣赏着田野里秋天的景色。他们的活动范围，可能一辈子都不会超越出他们目光所及的地平线，但是，他们心灵深处的宁静只有他们自己能深切感受到。

可是，我们有谁愿意把车停下来，把车里的音乐关掉，仔细听听在那片土地上已经回荡了300年的"嘀嗒嘀嗒"声呢？

要电话，还是不要电话？

科技每前进一步，都对阿米什人的生活带来一次威胁。现代科技的每一个发明，都影响着阿米什人生活的独立性。自来水会将他们的社区和外界连成一片，于是，他们拒绝，坚持用自己的水井；煤气管道会将他们的社区与外部连接起来，于是，他们拒绝，只用罐装煤气；电线不但会使他们与外界相连，而且，有了电力，电视机、互联网等等的"坏东西"会进来，于是，他们拒绝，要么不用电，要么用直流电，要么用他们自己发的电。

电话呢？电话总不该是什么"坏东西"吧？可是，他们还是拒绝。

电话是在1878年发明的，到20世纪前半期基本上在美国普及。在一些阿米什社区，有人也开始使用这种新鲜玩意。由于电话需有电话线与外界相连，很快就受到长老们的干涉。后来，一些聪明的阿米什人在几个家庭之间搞内部电话网，但最终被制止。事情是这

从老欧洲到新英格兰

样的：有人在打电话时，说了别人的闲话，在社区造成了不好的影响。主教很生气，叫两个当事人去忏悔，并且勒令他们以后再也不可以打电话。渐渐地，在很多保守的阿米什人社区，电话便成为他们生活中的又一个禁忌。

阿米什人抵制电话，主要是基于以下几个原因：一是电话线会把阿米什人和外部社会连接起来。跟输电线路一样，这种象征性的连接，他们在心理上不能接受。二是人们在打电话时，也就是不当着别人的面讲话，也就是背着其他人讲话，所以，打电话的人很可能会议论别人的事情，会影响社区的和谐。三是既然什么事情都可以在电话里说，社区内的人也就不需要见面了，这就影响了人际交往。而数百年来，阿米什人之间的交往从来都是面对面的交往。四是如果有电话与外界相连，与外界的交往就得不到控制，外部的观念很可能就会影响他们。五是电话会打破阿米什人生活的宁静。他们日出而作，日落而息，不需要跟看不见的人交往。他们的农场一般都是在房子的周围，家里午饭准备好了，孩子跑到田里去喊一声Daddy就行了，不用借助手机。教区里，每两周举行一次集体礼拜，一次礼拜结束后，会把下一次礼拜的地点告诉所有人，也不需要打电话。

就这样，"电话"这么个"好东西"被阿米什人看作"坏东西"。

然而，随着时代的发展，是用电话还是不用电话，成为他们的选择之"痒"。在美国，阿米什人是生育率最高的群落，每个家庭平均有7~8个孩子，多的家庭有十几个孩子。随着人口的急剧增长，他们在宾夕法尼亚、俄亥俄的定居点已经容纳不下那么多人，其中一些人便开始往土地价格比较低的一些州迁移，开辟新的定居点。这样一来，一些家庭便有旁支生活在别的州，这些家庭便需要有远程的通信手段。此外，由于人口急剧增长，土地的产出已经难以维系生计，一些阿米什家庭做些生意，有了自己的business，出售自制的奶酪、家禽、家具、工艺品等。他们有的甚至还开了小商店。没有电话，又怎么做生意呢？再者，万一碰到意外情况，他们又怎么报警呢？

于是，阿米什人因为"分离"而陷入两难境地。

我们发现，阿米什人其实也有"与时俱进"的一面。由于时代的发展，以及生产、经营的需要，很多阿米什教区允许使用公用电话，甚至允许教区居民在谷仓或者马厩里安装电话。有时是几家人合用一部电话，大家分摊电话费。这部电话一般是安装在离几户人家不远的一个小棚子里，这个小棚子叫telephone booth，或者telephone shanty。但是，任何人都不得在自己住的房子里安装电话。

由于电话是安装在"电话棚"里，阿米什人所谓使用电话，一般只是打电话而不是接电话。由于电话不在房子里，如果有重要的事情需要联络，他们会双方约定一个大致的时间。比如，约好了要接电话时，他们会在"电话棚"附近干活，听到电话铃响时赶紧去接。由于电话不在房子里，他们生活的宁静也就不会被电话打破。风雪交加的夜晚，他们睡在温暖的被窝里，绝不会像我们这样，担心会有人打电话来叫我们去加班。

如果说阿米什人对电话的谨慎态度是由于电话是通过电话线而与外界相连的话，那么，手机应该没有这个问题吧？不过，在守旧的阿米什人看来，手机则更加"现代"，更加世俗。而且，如果有了手机，教区就不能像勒令居民把电话装在谷仓、牛棚里那样把手机留在"电话棚"里，很多人就会把手机带到房子里去，这与他们的规矩是绝对抵触的。他们不愿成为科技的奴隶。

是要电话，还是不要电话？阿米什人在审慎地接受科技与严格地保守自己的信仰之间，坚持着微妙的平衡。我们作为"外人"，从来没有考虑过使用不使用电话的问题。如今，手机几乎成了我们的第三只手、第三只眼睛、第三只耳朵。没有一部手机在握，就好像少了身体上的一个器官似的。手机，甚至已经像病毒似的在毒害着我们的生活，而且我们不但不能摆脱这种病毒，相反，这种病毒居然还能给我们带来快感。

想想阿米什人对电话的态度，我们对手机的认识会不会发生一点改变呢？

独特的"马文化"

有了汽车，人类开始告别农耕文明和游牧文明。没有汽车，美国就不再是美国。然而，在美国的版图上生活的阿米什人，仍然坚持使用不需要加油的动力——马。不管油价怎么涨，他们的"机器"所使用的却是永远不涨价的、取之不竭的"燃料"——草料。石油有用完的那一天，而青草则"春风吹又生"。

几百年来，美国社会发展的历程就是现代化的历程，而阿米什人时刻注意与美国主流社会"划清界限"，固守着他们的精神家园。不用筷子的，算不上中国人；不开汽车的，算不上美国人。驾着马车的，究竟是不是美国人？阿米什人是不是美国人其实并不重要，重要的是他们成功地把18世纪再现在21世纪。

当年他们在欧洲遭到宗教迫害来到北美时，为他们打开一片生活天地的是马。今天，在北美的土地上陪伴着他们的，还是马。在

从老欧洲到新英格兰

满地都是汽车的美国，阿米什人虽然属于"少数民族"，但他们的"马"文化，总是那么让人心驰神往，浮想联翩。

马是阿米什人的好伙伴，马几乎成了他们的家庭成员。

用马拉车使他们能保持较为原始的交通方式和几乎不变的生活节奏。他们认为，无论是骑马还是驾驶马车，可以给他们的内心带来宁静。使用马匹的生活，可以使他们的生活保持一种舒缓的节奏。坐在汽车里，踩油门的"诱惑"，总在不停地影响着你，而坐在马车里，马总是以那样的速度行走着，18世纪是这样，20世纪是这样，21世纪还是这样。从路德家到约翰家的路程永远是十分钟，因为他们用的是马车，不能"加大油门"。他们坐在马车上，比我们有更多的机会去看远山的景色，去闻道路两边的草香，去听风声在耳边呼呼吹过。

水牛是亚洲农耕文明的传统，用马匹耕地，是他们从欧洲带来的传统。他们认为，用大型机械耕地会把土地压板，而用马匹耕地，可以保持土地的疏松。古老的土地，原始的耕作方式，加之他们不使用化肥，而是用马厩里的肥料，这使得他们的收获成为名副其实的"绿色食品"。

阿米什人虽然拒绝现代科技，但是，他们在生活和生产中也经常使用一些用内燃机带动的机械，以及其他自动装置，用于收割玉米、小麦，挖土豆，耙田等。特别让我们匪夷所思的是，即使在使用这些有现代色彩的机械时，他们也离不开马匹。比如，他们会把收割机安装在马车上，用马在前面拉，机器带动的收割机在后面工作。于是，我们便看到一个十分有趣的画面：前面是传统的马匹，后面的马车上装的则是用内燃机带动的收割机。他们完全可以用拖拉机来牵引收割机，或者直接使用我们常见的那种牵引与收割为一体的收割机，但是，阿米什人的逻辑跟我们不一样。他们觉得，那样的联合收割机太"现代"，太自动化，要不得。这是一个缩影，一个传统与现代既结合又妥协的缩影。总之，不管使用怎样的机械，马匹总是少不了。

阿米什人都是驾驭马匹的高手，男女老少都会驾驶马车。他们驾着马车走亲戚，参加礼拜，去附近的购物中心购物。阿米什人的孩子七八岁的时候就开始使用马匹。十四岁的杰克告诉我，他第一次驾着4匹马犁田的时候很是兴奋。可是，他遇到了一个问题，每次犁到田地的一端时，他不能顺利地把马群调转过来。后来，他哥哥教了他两遍之后他就会了。这就是典型的阿米什人的教育，主张向日常的生活和劳动学习。

生小马驹是阿米什人家里的大事。哪家生了小马驹，就像我们有谁家里买了新车一样。孩子会从马厩里欢天喜地地跑进屋子，上气不接下气地叫喊："爸爸，爸爸，生啦！生啦！"

汽车有名牌的和非名牌的分别。在阿米什人那里，所有的马都是"平等"的，所有的马车款式没有多大差别。所以，他们彼此之间绝不会去攀比，说我家的马车是"奔驰"牌的，你家的马车是"林肯"牌的。他们觉得，开汽车会使人自高自大，用马车则会教人谦卑。当人们怒气冲冲地开着名牌汽车横冲直撞的时候，阿米什人却依然温文尔雅地驾着他们没有品牌的马车，多少年来，以不变的节奏，行驶在乡间的路上。

这就是阿米什人独特的"马"文化。

穿得一样

"佛靠金装，人靠衣装。"这句话用在阿米什人身上只对了一半。对于我们"外人"来说，"人靠衣装"是指衣装对我们人类的重要性，强调的是要往好处穿，往有个性的方面穿，强调的是你穿啥像啥。跟我们"外人"不同的是，阿米什人不是往好处穿，更不是往有个性方面穿，而是要追求服饰的朴素性，越能抹去个性就越好。

在我们认识了阿米什人对待现代科技的态度以及他们的生活态度之后，可能会觉得，他们一定是一个落后于时代的群落，一定是蓬头垢面、邋里邋遢的一群。

绝对不是。

正像阿米什人是世界上最追求简朴、最谦卑的群落那样，他们的服饰也是最为朴实的。但是，他们的服饰虽然朴实，却又是极其洁净、极其整齐划一的。当一辆马车从你的身边驶过，你从马车侧面的玻璃窗里，可以看到一个戴着黑色礼帽和金丝眼镜、身着黑色礼服和吊带裤的男人的侧影，像一个教士，也像一个贵族——这是一个典型的阿米什男人的形象。

阿米什人的服饰因为所在教区不同而有所差异，但一些总的原则是一致的。作为基督教保守的一支，他们在服饰上总的原则是：服饰要简单，每个人穿的衣服尽量不能有差异性，在穿着上不得有虚荣心；服饰要尽量忽略个体特征，严禁因为穿戴而产生傲慢心；服装的用料、质地、款式必须服从传统，一般都是自己缝制衣服，讲究节俭、朴实、统一，不得标新立异；不得穿太过鲜艳的衣服，服饰的颜色必须跟大自然和谐一致。

阿米什男人（包括孩子）一般不用皮带，而是穿黑色的吊带裤。他们的衬衫一般是纯色的，而且局限于白色、棕色、栗色或浅蓝色。通常他们戴用麦秸编制的宽边草帽，礼拜时，他们则要讲究一点，戴黑色的宽边呢帽，穿黑色的礼服、白色的衬衫和黑色吊带裤；小男孩的着装也和成年人一样。远远地看去，整齐，美观，庄重。作为一个"外人"，我甚至觉得他们很"酷"。

阿米什女人的服饰同样是以保守、简洁为基本原则。她们一般穿一直齐脚踝的长裙，衣服的颜色要符合自然，一般为黑色、淡蓝、淡绿。所有的女性一般都要戴白色的或淡蓝色的软帽。她们在家里一般喜欢赤脚走路。她们不得化妆，不可戴首饰。阿米什女人的软帽几乎成了这个群落的服饰符号。它有着很深的文化渊源和显著的基督教色彩。阿米什女人不仅仅是在参加礼拜的时候必须戴软帽，就是在平时的生活中也时时刻刻带着，因为她们不得让他人看到自己的头发。其实，很多阿米什女人终身不剪发。她们往往把头

从老欧洲到新英格兰

发束成一个圆髻或编成辫子,用软帽罩着。但她们不可以在外人面前展示她的秀发,理论上讲,只有她们的丈夫才有机会真正看到她们的头发。

对于阿米什男人的头发,教区也是有规定的。男人一般不得留长发,头发一般不得超过衣领。阿米什男人婚前刮胡子,一旦结婚,他们就得蓄须。按照他们的规定,婚后男人要保留下巴上的胡须,但不得留上面的小胡子。所以,当一群阿米什男人走过来时,我们从他们有没有胡须就可以看出,谁已经结婚,谁是单身。

"人靠衣装。"一般说来,服饰总是张扬人的特点。然而,在阿米什人的文化中,强调要抹去个人特点。衣服穿在身上,绝对不能产生张扬的效果:"看看,我这衣服多漂亮!""看,我有这个,你没有。"在阿米什人那里,不管男女老幼,他们世世代代都穿着几乎没有变化的服装。这就是阿米什人:信仰一样,生活观念一样,生活方式一样,穿得也一样——远远地走过来,他们就像是一支有男有女、有老有少的军队。阿米什人的服饰,与其说是服饰,不如说是"制服"。

阿米什人孩子的服装跟成年人的基本一致,可以说,孩子们所穿的衣服就是成年人衣服的缩小版。阿米什人不会把孩子们打扮得花枝招展的,他们要孩子们从小就要过谦卑、内敛的生活。

走出阿米什人的世界,有时我们觉得很惭愧。想一想,我们在服饰上要花多少时间,多少金钱!去年的衣服,今年可能就不肯穿了。衣柜里装满衣服,每天早上起床,还为穿什么发愁。

对于服饰,阿米什妇女南希说:"每天早上起床,我从来不用去想我要穿什么。我没有选择。我会穿昨天穿的那套衣服。"是的,她的奶奶穿的是这种衣服,她的孙女还是。

阿米什人有句谚语:"最美的妆饰莫过于微笑。"(The most beautiful attire is a smile.)的确,一个时代有一个时代的服饰,但"微笑"这件"服饰"从来都没有过时,也永远不会过时。

从老欧洲到新英格兰

只有一间房子的学校

阿米什人的孩子6岁时开始上学,上学的孩子们都有一个很好听的称号:"学者"(scholar)。

阿米什人的学校规模很小,一所学校一般只有20至30个学生;学校只有一间房,于是,他们的学校便有了"雅号":"一间房子的学校"(one-house school)。

阿米什人的孩子一般只上8年的学。"八年级"是他们的最高学历。

——这就是阿米什人的教育。正像他们对待科技的态度让外界觉得匪夷所思那样,他们的教育也成为美国文化中的一"怪"。

通常认为,美国的教育是世界上最好的教育之一,但是,阿米什人却不愿意把自己的孩子送到美国主流社会的学校去读书,不管是私立的还是公立的。至少90%以上的阿米什家庭是把孩子送到自己社区的学校去读书。他们担心美国的学校会把孩子教坏，电视、互联网会把不良的思想传给孩子们；而美国学校里所教的科学、伦理、性教育等课程，对于阿米什人来说，毫无意义；美国生活所强调的个人主义、精英主义、竞争意识，更是会动摇阿米什人的价值观。

阿米什人学校规模一般在30人左右，而且只有一间房子。从一年级到八年级，所有的孩子都在一间教室里上课。这有点像以前我们在农村见到的那种复式班。老师教完了一年级的学生，教二年级的，教完了三年级的教四年级的。给这个年级上课的时候，其他年级自习。

他们的教室虽然只是一间80～100平方米大小的房子，但修建得很别致实用。一个社区的学校往往是建在农田里，地皮一般是某个社区居民捐出来的。教室前一般有一个小操场，可以开展体育活动；有一口水井，供孩子们饮水；教室后有一个卫生间。教室的中间，整整齐齐地摆放着粗重的、磨得发亮的桌椅，可见是用了一年又一年。这些桌椅的编号不是用数字，而是用花的名字，比如，水仙、玫瑰、郁金香等。教室的两侧和后面，则是长板凳和小椅子，大概是给最小的孩子准备的。

教室的屋顶上有一个钟，这钟是安放在屋顶上的一个几十厘米大小的小亭子里。连着钟的绳子通到教室里面。老师拉动绳子，拉响钟声，表明开始上课。

由于人口的急剧增长，当一个教区的学校容纳不下本教区的孩子时，他们不会扩大原有学校的规模（比如把一间房扩充到两间）。他们一般会再建一座学校。建学校所需的地皮，往往也是由本教区的哪个居民捐献出来；所需经费，也都是大家共同筹集。教区鼓励集体主义，校舍的维护都是居民们主动承担的。

从老欧洲到新英格兰

阿米什人学校的老师一般是女老师，而且必须是单身的。她们都是家长们从教区里选拔出来的。老师们没有接受过专门的师范训练，更没有接受过高等教育；她们的最后学历是八年级。换言之，在阿米什人的学校里，八年级的可以教八年级的。他们的教材和读本是自编的，经过教区审定的。他们不用美国人的教材。他们的教育，是美国教育体制之外的教育。

孩子们在家里的时候一般是说德语。进了学校后，他们开始学英语。英语是学校的授课语言。孩子们前三年重点要学英语，第四年起开始学习德语语法。除了语言，孩子们在学校还学习算术、拼写、阅读、历史、地理、书法。学校不鼓励孩子们有创造性和竞争力，服从、温顺、自律、谦卑是孩子们应有的美德。

阿米什学校里决不教高深的东西，至于科学，他们认为没有什么价值。虽然学校教给孩子的内容都很简单（一个只有八年级文化程度的老师，也不可能有多么高深的学问），但孩子们学得非常扎实。由于孩子们既没有游戏机，也不看电视，更不上互联网，他们在学习上要比一般的美国孩子更专注。有研究发现，阿米什孩子的拼写能力要远远强于一般的美国孩子。

正如我前面所说的，几百年来，阿米什人总是游离于美国主流社会之外。阿米什人不用电，不开汽车，政府无权干涉。可是，涉及教育的时候，情况就不一样了。在20世纪30年代之前，阿米什人还是把孩子送到自己教区附近的美国人的乡村小学去读书的，但是，家长们越来越觉得，学校里教的那些东西跟他们从事的农业生产没有关系，而且，学校也将孩子们带向更为广阔的社会，学校所教育的内容更是与阿米什人价值观严重冲突。于是，他们便开始自办学校，自编教材，自聘教师。于是，他们的"一间房子的学校"

便在阿米什人的各个定居点散布开来。美国政府没有办法，因为这牵涉到宗教宽容问题。阿米什人的学校有一点与政府法律是相冲突的。根据美国联邦的法律，每个孩子在15岁之前都必须在学校接受教育。可是，阿米什人的孩子一般都是在6岁入学，到八年级毕业时一般都是14岁。如果家长让14岁的孩子待在家里，就是犯法。就有不少阿米什家长因此坐过牢。后来，阿米什人想到了聪明的办法，一是让八年级毕业的孩子在学校再待一年，二是把八年级毕业的孩子送到朋友的农场或商店里去"见习"，算是"继续教育"。考虑到阿米什人是"少数民族"，政府后来也就睁一只眼闭一只眼了。

虽然阿米什人的教育制度非常"原始"，但他们的入学率却是100%；虽然阿米什人的教育水平很"低"，但他们的文盲率却是0%。

从老欧洲到新英格兰

社区是生活的基石

阿米什人社区存在的前提是要和外部社会"分离"（separate）。拒绝交流电、不使用汽车、限制使用电话、穿着属于自己的服装、开办属于自己的学校，使他们与外部社会有效地"分离"开来。他们的社区，也因此成为北美大地上的一个个独立"王国"。在这些独立"王国"里，儿子听从父亲，父亲听从牧师，牧师听从主教，所有的人都得服从教区，而教区的核心意义在于服从上帝，上帝成为他们生存的最高指引。总之，在现实生活中，社区成为阿米什人的基石。

阿米什人在很多方面都是独立于政府的。他们拒绝服兵役，他们拒绝参加社会保险，社区内部实行互帮互助。当某个家庭遭遇重大疾病时，社区会帮助支付高额医疗费；当哪个农夫遭遇车祸，邻居们会一起帮他收割庄稼；如果谁家的谷仓遭遇了火灾被烧毁，社区里的人很快会集中起来，帮助他家重建。

在阿米什人社区的互助活动中，最具代表性的就是建谷仓。谷仓是阿米什人生活中不可或缺的一种设施。他们有句谚语："没有谷仓的农场就不是农场。"（A farm is not a farm without its barn.）谷仓除了存储粮食之外，还是他们举行各种活动的场所。阿米什人一般没有专门的教堂，他们每两周一次的集中礼拜，是由本社区内的家庭轮流举行的。此外，像婚礼、葬礼、洗礼等大型活动，也常常是在谷仓里举行，所以，每家都会有一个像样的谷仓。逢到哪家要建谷仓，几百个邻居一清早就赶到，打桩、锯木、开板、组装，一座谷仓一天之内就能竣工。阿米什人除了精通农艺，他们一个个也是能工巧匠。

阿伦和拉结的结婚礼物是阿伦父亲送给他们的谷仓。夏天的一个下午，阿伦在焚烧垃圾的时候，烧着了谷仓。火借风势，他的谷仓不一会儿就化为灰烬。这让阿伦和拉结悲痛万分。这时，他们的邻居们伸出了援助之手。首先，当天晚上，他的邻居把那些无家可归的牛羊赶到了自己家的谷仓里。第二天，又有一些邻居来帮助他们把废墟清理掉。再过了些日子，几百个阿米什邻居带着各种工具到了他们家，一天之间帮他们把谷仓建好了。阿伦和拉结承担了25%的费用，阿米什援助中心承担75%的费用。至于几百人的劳动，那全是义务的。

参加到阿伦家重建谷仓活动中的阿米什人多达600多人。重建的决定确定后，这个消息便口耳相传，不用打电话，不用发电子邮件。到了开工的时候，几百人一大早便会聚集到施工现场。男人在工地上忙，妇女负责做饭，各司其职，有条不紊，而且，每个人都很快乐，乐呵呵地说："众人干活，活不重。"（More hands make lighter work.）

如果哪家在农忙的时候要办丧事,邻居们也会全力帮忙。一些邻居帮助主家料理丧事,另一些邻居会帮他家把庄稼都收上来,把谷子打好归仓。

在阿米什人的社区,个体并不重要,重要的是整体。

家，是一件永恒的礼物

2014年4月中旬的一天，我第一次到阿米什人家里吃饭。走进丽莉家的客厅，最吸引我的是她家墙上的一行字："家是一件永恒的礼物。"（Family is a gift that lasts forever.）

如果说社区是阿米什人的基石的话，家就是他们生活中的磁石。他们的家一般都是建在自家农场的中间或者边上，这使他们的家与生生不息的泥土紧密联系在一起。从外观上看，阿米什人的房子跟一般美国人的房子没有什么区别，都是两层楼房居多。所不同的是，美国人的房子有电线接入，阿米什人的房子没有。阿米什人的家门前总是晾晒着大人小孩的衣服，他们相信，上帝赐予的阳光是最健康的。而一般的美国人则认为，把衣服晾晒在外面，是最恶心的事情，他们洗完衣服后一律烘干。

阿米什人的家庭规模一般都比较大。与一般的美国人家庭相比，他们的房子也更多。除了居住之外，他们还要有谷仓、牲畜房舍。在美国各种族当中，阿米什人保持着最高的生育率。一般的家庭都有7~9个孩子，多的家庭要有10个以上的孩子。所以，一个阿米什人家族，直系的、旁支的，往往有四五百人。他们的婚礼、葬礼都非常庞大。一个叫南希的阿米什妇女去世时，有99个孙子、孙女、外孙、外孙女来参加她的葬礼。一个阿米什老人说不清自己有多少孙辈是很正常的事。相应地，一个阿米什人孩子便有许许多多的叔叔、伯伯、姑姑、阿姨、舅舅、舅母。在家族庞大的、温暖的"蜘蛛网"当中，孩子们就像一个个幸福的蜘蛛。一起干活，一起生活，一起娱乐，形成一个自给自足的世外桃源。

家，是阿米什人永恒的港湾。早上7点钟，丽莉的丈夫带着已经八年级毕业的孩子到田里干活，还有三个孩子去学校上学，丽莉则带着更小的三四个孩子在家里料理家务。晚上，全家人坐在汽灯下面享受宁静的晚餐。没有人加班，没有人出差，一个也不少。

"在一起"是阿米什人家庭最常见的生活方式。阿米什人不用电，冬天取暖只能用煤气。他们并不是给每个房间送暖气，暖气主要是送到客厅里。这样做一是为了节约，二是要让一家人尽量待在一起。晚饭后，孩子们写作业，父亲读书，妻子收拾厨房然后做针线活。没有网络，没有电视，也没有电话打进来。即使有电话机，那也是放在离房子很远的"电话棚"里，或是在牲口棚里。的确，与外界"分离"为他们"在一起"提供了可能。

孩子是阿米什人家庭重要的组成部分。不过，用他们自己的话说，孩子可以"爱"，不能"宠"。在孩子们很小的时候，父母便向他们灌输服从的理念：服从父母，服从教区。父母经常教育孩子两点：一是"沉默"（silent），二是"听话"（listen）；并且，他们还告诉孩子们，拼写这两个词用的是同样的字母。的确是这样，把silent（沉默）几个字母的顺序变换一下，就可以拼成listen（听话）；同样，把listen的几个字母的顺序变换一下，就可以拼成silent。

　　教育孩子不仅是学校的责任，也是家庭的义务。阿米什人家长不会把孩子只交给学校来教育。他们对孩子的教育是"全天候"的。就是不在学校里，孩子们也无时无刻不在学习。父母们会用传统的观念来教导孩子们："上帝有两个住处，一个是在天上，一个是在温顺、感恩的心里"，"你没有办法阻止麻烦的到来，不过，你也没有必要给麻烦提供椅子"，"很多事情是由错误造成的，但最常见的错误往往是来自我们的嘴巴"，"善良给出去之后，还会不断回来的"，"划出来的线，就不可能真的被擦干净"。他们特别强调要教育孩子们诚实，告诫孩子们"诚实没有程度之分"：诚实就是诚实，不诚实就是不诚实；不存在"比较诚实"，或"有点不诚实"。这样的家庭教育是阿米什人社区得以代代延续的关键。

　　阿米什人家庭里的孩子比我们的孩子更加接近自然。虽然很多阿米什人家的门口也有滑梯等供孩子玩耍的设施，但他们很少给孩子买现代化的玩具。他们的"玩具"是不同季节里的庄稼，是牲口，是门前的蔬菜和花朵，是各种农具或工具。孩子从开始走路起就学做各种家务甚至农活。三岁的女孩就开始帮助妈妈在菜地里拔草、浇水；八岁的男孩就开始跟着爸爸学习用马耕地。跟我们的孩子相比，阿米什人的孩子离太阳、月亮、露珠更近。

　　家庭是社区的细胞。当这个细胞长得很大时，就分裂成更多的细胞。如果男孩子较多，他们成家后会另立门户，要购买新的农场；或者，父母在孩子结婚后，会住到小一点的房子里去。儿孙满堂的老人们从来不担心赡养问题。

　　……现代生活已经让我们的许多家庭变得越来越不像家了。全年当中，我们有时只在一两个节日的时候，家人才团聚在一起。然而，阿米什人的每一天都是"团圆节"。

与泥土亲近最纯洁

"我生活在这片土地上,我的爷爷,我爷爷的爷爷也是。"米勒很自豪地告诉我们。米勒跟他千千万万的同胞一样,世世代代与泥土亲近。

大约350多年前,阿米什人在欧洲遭到宗教迫害时,他们躲避到偏远的山区,靠耕种维持生活。这使得他们与泥土结下了不解之缘。更主要的是,作为基督教极其保守的一派,他们认为,从事农业生产也是与上帝贴得最近的生存方式。春天,耕出的新泥,发出自然的清香,那是上帝带给人类的礼物。种子发芽,长出嫩嫩的禾苗,在他们看来,那是上帝的功力;一只小牛犊呱呱坠地,那是上帝赐给的生命;秋天,走在金黄的田野上,他们深深地感受到上帝的恩典;当冬天大雪把土地覆盖,他们依然觉得上帝就在他们身边。所以,在阿米什人的心中,泥土是最原始的存在,是上帝头一天将天与地分开后的产物。与泥土亲近，就是与上帝同在。从事农业生产也是天底下最接近自然的工作。

此外，或许是因为要与外界分离，他们才这样坚守土地；或许是因为坚守土地，他们才有可能与外界分离；或许正是因为他们坚守土地，不肯从事其他职业，他们最终能与外部世界保持着距离。总之，如果阿米什人放弃农耕生活，他们社区生活的根基也就不复存在。

大多数阿米什人家庭的农场在80英亩左右（1英亩约等于6市亩）。除了种植庄稼，像麦子、玉米、大豆、土豆等农作物之外，他们有的从事牧业生产。一般说来，农牧业生产可以让他们过上富足的生活。如果有盈余，他们可以扩建房屋，添置农具机械。

旧派的阿米什长老反对社区成员从事工商业。他们认为，农耕生活是一种自足的生活，不容易让人产生贪心，因为土地的产出总是一定的，这就不会助长人的欲望；相反，如果从事商业活动，谁都不会满足于已经获得的收益。再说，由于阿米什人所受的教育只有八年时间，他们的孩子不上高中，更谈不上大学，而且他们的教育内容与外界的就业需求又是不吻合的，阿米什人就是想在外面找到工作也不太现实。换言之，阿米什人的教育制度也注定了他们的后代只能好好地待在农场上，终身与泥土为伴。

不过，由于阿米什人的出生率太高（北美地区的阿米什人人口每6年就翻一番），原有的农场已经容纳不下那么多人口，农场上的产出甚至维系不了生计。试想一下，一个拥有80英亩农场的家庭如果有5个男孩，这5个男孩结婚后都要有独立的农场，80英亩地分到5个儿子头上，每个人不到20英亩。于是，一些阿米什人家庭为了维持生存，就向外界买地，但东部发达地区土地价格很高，于是他们便到中西部地价较低的州去开辟新的农场，建立新的定居点。

迫于生计同时也是满足社区的需要，一些阿米什人家庭现在也开始从事其他行当。比如，开办小型的家庭工厂，生产农业机械，出售乳制品，经营小商店，出售阿米什人的家具、工艺品等。阿米什人除了是种田的好手，也是能工巧匠。他们都是建房子的高手，他们的建筑队不仅服务于本社区，也为社区之外的美国人提供服务。他们的建筑工艺深得周围美国人的赞赏。

当然，不管在农业生产之外他们还从事什么行当，把地种好，把牛养好，这才是他们的正业。要不然，他们就不叫阿米什人。

不要照相

阿米什人的生活中有许多禁忌：不得用交流电，不得用汽车，不得用网络，不得用手机……一方面要维持起码的生存需要，一方面要严守自己的信仰，睿智的阿米什人在科学技术与自己的信仰之间，找到了许多平衡点，也做出了一些妥协。比如，不拥有汽车，但可以租用汽车，不在家里安电话，电话却可以装在马厩里。

阿米什人的很多禁忌是很容易得到解释的。比如，他们认为汽车会让社区居民远离家庭，并过多地接触外部社会，所以，不得使用汽车；电视会让社区成员接触到外部社会的世俗观念，会动摇阿米什人的信仰，所以不得使用电视机。但是，有些禁忌则很难理解，比如不得照相。一开始，我很是纳闷，觉得这个禁忌实在没有"道理"——虽然禁忌都是"不讲道理的"。后来，我才从《圣经》中得到答案。

作为基督教中极其保守的一个派别,阿米什人非常严格地按照《圣经》上的条文生活,甚至严格到了令人难以想象的程度。反对偶像崇拜,是基督教的基本教义,但是,除了阿米什人,没有其他基督徒为了反对偶像崇拜,以至于连照片都不能拍。可是,在阿米什人看来,给一个人拍照片,就是给他留下一个"形象"(image),就是拍摄自然界中的形象,也是给事物造"像"。只要造"像",便有了形象,就是渎神的,而给自己造"像"则更是一件傲慢的事情。人在上帝面前应该保持谦卑(humility),而让自己的形象确定下来,在他们看来,就是自大,是不可接受的。总之,在阿米什人看来,照相就是偶像崇拜。

越是成为禁忌,就越是让人们好奇。阿米什人越是反对照相,人们越是按捺不住要用镜头去记录他们独特的生活方式。非常有趣的是,尽管阿米什人反感对他们拍照,但他们的形象还是以各种媒介方式到处传播。外界总是以各种方式,正面或侧面地偷拍阿米什人的生活。当然,我同样不能"免俗"。到了阿米什人社区,总会控制不住掏出卡片机,飞快地拍几张。有一次,我们到一个阿米什人家里去"体验"生活,虽然不好意思当着主人的面拿出相机,但还是在主人不注意的时候,在她家偷拍了几张。

4月的一天,我们去一个阿米什人社区。虽然阿米什人认为农耕是最神圣的劳作,但为了生计他们也会做些买卖。在村口,我看到一个阿米什人站在一个广告台面前,低着头。走近一看,才知道他的业务是用马车载着游客到阿米什社区观光,服务项目是,乘坐阿米什人的马车,游览阿米什社区著名的廊桥(covered bridge),总行程是5英里,总时长是55分钟,价格是18美元。我注意到,在招揽生意的那个阿米什人应该是在六十开外,他把宽边

从老欧洲到新英格兰

草帽压得低低的,似乎是避免被拍照。虽然我在心里说着"对不起",但我还是偷偷地拍了几张照片。也许这些阿米什人已经想开了,既然将自己暴露在芸芸众生面前,被拍总是难免的。或许,他们对于拍照也已经比以前妥协了很多。你瞧,他的广告上不也是用了摄影图片在宣传阿米什乡村的风光吗?

其实,就像对其他现代科技阿米什人会采取折中的办法那样,据说,在很多阿米什人家庭,对于照相的禁忌也已经很"相对"了。我有个朋友,叫布鲁斯,他生活在俄亥俄州的阿米什人聚居区;他告诉我,在一些阿米什人家里,孩子们甚至可以拥有相机,因为他们还不到18岁,还没有宣布加入教会,所以,他们在生活中受到的限制会少得多。

有很长一段时间我被一个问题困扰着:对于严格遵守不拍照的阿米什人,他们的身份证和护照上贴不贴照片呢?布鲁斯在来信中回答了我的问题。原来美国一些州政府,比如俄亥俄州,会给一些阿米什人发放不贴照片的(non-photo)身份证或护照。生活在俄亥俄的一些阿米什人夏天的时候会到加拿大去打鱼,他们得随身带着护照。

当然,阿米什人反对拍照,主要是反对对着他们的脸拍照。如果你只拍他们的房子和农场,他们也不会生气。我的朋友布鲁斯是个摄影爱好者,他经常把自己拍摄的阿米什田野的风光照拿给阿米什人看,他们看了也非常喜欢。

沉默的阿米什人

谈到美国的"少数民族"阿米什人时,人们往往用淳朴的、善良的、温和的、内敛的等词汇来描述他们。在外界看来,他们说话往往很少,所以又称他们是"沉默的阿米什人"。

阿米什人爱沉默并不是因为他们冷漠。他们爱沉默的特点在一定程度上是宗教品质的一种体现。胡须一直挂到胸前的诺曼是一个阿米什人教区声望很高的主教。他讲话声如洪钟,很容易让人们联想到带着犹太人出埃及的摩西。

如果不沉默,那就是爱说话;话说多了,便是饶舌;饶舌必生是非,必传谣言,影响邻里关系。这是阿米什人最痛恨的。诺曼主教最爱用故事来影响教区的居民。他最爱讲下面这个故事:

有一天,一个教区执事去找本教区的一个有名的长舌妇。见到她后，交给她一袋羽毛，并叫她到每家去，在每家门前各放几根羽毛。她照他说的做了。然后，她回来把空了的袋子交给执事。执事则对她说："现在，我要你回去把你刚才丢在各家门前的羽毛捡回来。"

"什么！让我把那些羽毛再捡回来？"她着急了，"风早就把那些羽毛吹得无影无踪了！"

"你说得很对，"执事说，"而你所说的那些话，跟这些羽毛也一样，再也收不回来了！"

阿米什人之所以如此沉默，还在于他们认为我们说的很多话是多余的；更主要的是，他们特别强调，一个人所说的话一定要真实，一定要言行一致。他们反对轻易承诺。他们有句谚语："与其食言，不如在你把它说出来之前，就把它吞下去。"他们也反对动不动就起誓、发誓。他们一生中一般只有两次起誓：一是在18岁成年后，宣誓加入阿米什人教会；二是结婚时的起誓。他们宣誓加入自己的教会后，很少有离开自己社区，去加入美国主流社会的；他们宣誓结婚后，婚姻更是不会破裂的。阿米什人的家庭是世界上最稳定的家庭。用诺曼主教的话说，他还没有听说过有阿米什家庭离婚的事。

中国文化中有"言多必失"和"一诺千金"的说法。而阿米什人的"沉默"可不可以看作是一种美德在另一种文化中的遥相呼应呢？

第六辑　新英格兰的木屋

紫金文库

新英格兰之旅

"新英格兰"（New England）是美国东北部的六个州，由北至南依次是，缅因州（Maine）、佛蒙特州（Vermont）、新罕布什尔州（New Hampshire）、马萨诸塞州（Massachusetts，麻省）、罗得岛州（Rhode Island）、康涅狄格州（Connecticut），它们也是美国最早独立的几个州。由于在这个地区最早定居的多是来自英格兰的清教徒，他们把英国的生活习俗、价值观、宗教观带到了这里；他们甚至懒得给占据的地方起名，干脆把英国本土的地名像贴标签似的贴在北美这片广袤的土地上。他们来自英格兰，于是干脆把他们最早占据的这个地区叫作"新英格兰"。这样，他们便有了两个英格兰，一个是"老"的，一个是"新"的。一些小一点的地方，便按同理确定地名。英国有伦敦（London），美国有新伦敦（New London）；英国有约克（York），美国有纽约（New York）；英国有泽西（Jersey），美国则有"新泽西"（New Jersey）。这些早期的英国殖民者似乎觉得在英国地名前加"New"（新）的办法太过麻烦，便干脆直接把英国地名挪到美国来用，用英国的地名占据了北美许多美丽的原野和山川。于是，很多英国地名便原原本本地挪到了美国，曼彻斯特、剑桥、兰开斯特，等等。

新英格兰地区是我一直向往的旅行目的地，可是，虽然多次赴美，却未有机会前往新英格兰地区。多年来，我之所以向往这一地区，更多的是因为文化史和文学史的缘故。正如新英格兰地区是美国最早的政治中心那样，它也是美国文学的发祥地。狄金森、爱默生、梭罗、霍桑、普拉斯……这些名字，既闪烁在文学史发黄的书页间，也闪烁在新英格兰的大地上。当我第一次读到霍桑《红字》男主人公慷慨激昂的陈词："新英格兰地区的人们……"，我只能拼命想象，"新英格兰"究竟是什么样？在西方文化史的课上，我曾绘声绘色地给同学们讲，当一艘叫"五月花"的船把一批清教徒带到美洲大陆，美国真正的历史便开启了；可是，我没有到过马萨诸塞州，没有现场感，总感觉底气不足。

当然，向往这片土地，大概也是一种美学上的期盼。或许是巧合，我每次到美国基本上都是在11月中旬。看到宾州一带五彩斑斓的秋叶，觉得那是一场视觉的盛宴，色彩的奏鸣。略有遗憾的是，感恩节前夕宾州红叶已经失去了最好的容颜。我总是暗暗地想，下次应该早一个月来，应该往北方走，因为越往北走，树叶越好看。如果走到加拿大，那里的叶子一定是红透了。于是，我期盼，希望有邀请从新英格兰地区发出。

"心想"终于"事成"了。

应美国新罕布什尔州基恩州立大学（Keene State College）的邀请，我和五位江苏诗人将参加由该校主办的"诺山之魅：诗歌连接大洲"（the Magic of Monadnock：Poetry Bridging Continents）的中美诗歌交流活动。由于其他几位签证出了问题，只有我和诗人兼书法家子川最终成行。

终于可以去新英格兰了，终于可以亲临新英格兰的文学现场了。

2017年10月8日下午，从浦东机场起飞，于当地时间8日下午抵达芝加哥。随后转飞新罕布什尔州的一个小机场曼彻斯特。刚下飞机去取行李时，忽然有人喊："嗨，义海！"怎么会有人能走到认领行李的地方接客人呢？但我一下子反应过来了，曼彻斯特机场是一个很小的机场。在美国，接客人的可以走到行李认领的转盘那里。来接我们的是基恩州立大学的罗杰·马丁教授。取了行李，我们便上了罗杰的"现代"汽车，开始了我们的新英格兰之旅。

由于南方暖湿气流的影响，今年的新英格兰地区比往年要潮湿。罗杰的汽车不断穿过薄薄的雾气。我坐在副驾驶的位子上，既兴奋，又紧张。兴奋的是，我又抵达了一片人生的处女地；紧张的是，担心上了年纪的罗杰把车开到路边的丛林里去。

约50分钟的车程后，我们到了基恩市作家群一个朋友卡尔的家中。根据罗杰的安排，我们本来是要住在一个叫东山农场客栈的旅馆，但由于我们提前一天到，只好临时住在卡尔家。虽已近午夜时分，卡尔和妻子琳达还在等着。短暂的寒暄后，大家便各自回房休息。

由于时差反应，第二天早上不到7点就醒来了（算是不很惨），开启我对新英格兰的真切感知。下到一楼客厅，窗外烟雨蒙蒙；烟雨中，对面山坡上的红叶显得格外诗意。一种既美好又陌生的感觉

从老欧洲到新英格兰

使我忘掉了时差反应。更让我惊讶的是，这烟雨、这红叶、这起伏山岭，是卡尔家独享的。跟丹麦人不一样，美国人爱住大房子，而卡尔家的房子却是大得"不像话"。除了主人卧室，还有几处客房。每个客房不仅有独立卫生间，还有独立起居室、办公室、厨房。我对卡尔说，这不是house（房子），这是一座mansion（大厦）。他只是谦虚地笑笑。据卡尔说，他家周围三里路都没有人家。他花了几年时间终于找到这块地，并买了下来，自己设计建造了这座硕大的房子用来养老。卡尔以前在联合国供职，现在和妻子都退休了。如今住在这个大房子里，他可以自在地写作，并享受几平方公里、专属于他家的风景。是的，这就是新罕布什尔州，一片被森林占据的土地。在无边的丛林里修一些路，叫作乡村公路；在浩渺的林海中点缀一些房子，叫作家。正像我后来结识的朋友Zachary骄傲地告诉我的：我们一般没有邻居。所以，到了万圣节的时候，孩子们想玩"不给糖就捣蛋"（treat or trick）的恶作剧都没法玩，因为很多人家都没有邻居；所以，在"新州"，每逢万圣节，各家都希望有人来"捣蛋"（trick）。

9日上午，罗杰来卡尔家一起吃早饭，然后开车送我们到东山农场客栈（the Inn at East Hill Farm）入住。在来美国之前，我便知道我们是被安排住在这个客栈（费用都是由一批新英格兰的田园诗人募集来的，不需要我们承担），于是开始想象农场客栈会是什么样，一定很田园，一定很幽静？住过"宾馆"，住过"大酒店"，住过"度假村"，但"客栈"（inn）似乎更有古典的意味——我自然而然地想起"龙门客栈"，想起英国罗宾汉（Robin Hood）时期的习俗。于是，心向往之。等我们住进去，才发现，它简直田园得不行——仿佛是到了19世纪的英格兰。

我和子川还有从马萨诸塞州来的诗人苏珊住在二楼，二楼一共就3个房间，中间是很大的一个客厅，里面摆放着英格兰风格的家具，柔和的灯光白天和晚上都亮着，让人觉得格外温馨。从底楼的入口处上来时，看到门楣上有一个小牌子Grandmother's Attic，我们三个就是住在这"外婆的阁楼"上。房间很大，很温馨。农场气息与现代气息相融合。维多利亚时代的桌子和柜子，会让你的一颗心很快安静下来；写字台前一面椭圆的镜子，让人想起浪漫主义时期贵妇人胸前镶着肖像的玉佩；房间一角的安乐椅，总让你觉得，不在它上面坐下来读华兹华斯，就是一种罪过。每天早晨醒来，会听见对面马厩的马在嘶鸣，或者打着响鼻，或是不安分地奔跑。拉一下百叶窗，清新的阳光便在房间里的地毯上画上温馨的格子。我忽然有了一种幻觉，仿佛又回到了我在英格兰考文垂的那间卧室。

早饭前，我会在农场上漫步半个小时。从住的地方往前走，就是一片幽深的树林。越是没有人迹，应该越是感到恐惧；可是，并没有，因为有古老的树林与我同在，有树叶上的露珠与我同在，有清晨悦耳的鸟鸣与我同在，有穿过树林的阳光与我同在。走着，走着，我忽然遇到一个70多岁的老翁，撑着双拐，在林中散步。我们不约而同地互致问候。是的，人心情舒畅，就会情不自禁地跟所有人打招呼。我问老翁，往湖边怎么走？他喘着气，非常认真地告诉我，是的，农场的边上有一个宁静的湖。我是后来才去看瓦尔登湖的，其实，这农场边上的湖似乎并不比瓦尔登湖逊色。隔着湖，往远处看，就是新罕布什尔州最有名的莫诺山（Mt. Monadnock）。我这次来参加的这个诗歌活动，其命名就是来自这座山的名字。

诗人苏珊是从马萨诸塞州开车过来参加活动的，所以，每天早上，苏珊会开车带我们去基恩州立大学参加活动。一路上，聊天，看夹道的风景，听苏珊爽朗的笑声，20分钟的车程不知不觉就过去了。几天中，跟苏珊结下了深厚的友谊。

为期近一周的交流，活动安排得很密集，双方诗人以中美田园诗为主题，开展了一系列的研讨和朗诵活动。诗人兼书法家子川还给当地中学生做了书法表演。我在梅森图书馆做了一场关于"诗歌与诗歌翻译"的报告。每场朗诵会既激情四射，又温情脉脉。朗诵结束后，总有那么多的听众上来寒暄、祝贺："太美妙啦！我真的很享受！""可不可以帮我签个名？"朗诵会大约一个多小时，可是结束半个小时后大家依然不肯离开。诗歌能有这么大的魅力，为之付出，无憾！

第一天下午在基恩州立大学演播厅举行的英文诗歌连写（poetry renga）活动别有趣味。活动分为7个组，每个组5个诗人（作者），一人一句接龙，循环两次，最后集体写成一首11行的诗，整个活动下来就是7首诗。虽然是5个人合写一首诗，但每首诗居然都能前后和谐。活动过程中，忽然有个记者上来采访我。没想到，第二天我的照片出现在当地报纸 *The Equinox* 上。我向基恩州立大学赠送了近期创作的两本双语诗歌集，没想到被陈列在图书馆大厅的专柜里。原来诗歌并不是我所想象的那么寂寞。

本次活动都是诗人罗杰一手策划。活动结束的那天下午，罗杰终于一身轻松，大概是高兴过头，当场宣布："今晚到我家去barbecue！"于是，他先安排车送我回客栈更衣，然后再接我到他家去。

半个小时车程到他家。公路边一条长满杂草的小路，通向丛林深处；丛林深处，一幢看上去很破旧的小楼，这就是罗杰家。因为房子是建在斜坡上，所以，从正面看是一层，从背面看是两层。跟很多新罕布什尔的居民一样，罗杰家也是没有任何邻居，与他相邻的，是一望无际的丛林。罗杰的屋前铺着碎石，碎石间生满杂草，杂草一直长到门前的台阶边。很多人都以为到美国就是看繁荣，看现代化；其实，那不过是美国的一面。我到美国，更是想看这里的自然，而新英格兰地区，应该说，是美国最自然的地方之一。它能"出产"爱默生和梭罗，也就不足为奇了。

　　明天就要离别了，罗杰拿出他珍藏的各种威士忌，让我们一一品尝。带着微醉的感觉，回到东山农场客栈。明天即将离开，我久久不肯去睡，一个人在农场上慢慢地，慢慢地走……第二天，朋友Zachary开车来接我们去波士顿，途中在梭罗的家乡康科德停留，去瓦尔登湖"朝圣"，用瓦尔登湖的湖水，为我们的新英格兰之旅划上一个湛蓝的句号。

从老欧洲到新英格兰

住在东山农场客栈

远赴新罕布什尔州之前,诗人罗杰·马丁就在行程安排中告知,我们将下榻在风景如画的东山农场客栈(the Inn at East Hill Farm)。"农场"与"客栈"这两样结合在一起,一定能产生诗意的"化学反应"。我前面说过,住过"旅馆""宾馆""大酒店""度假村""招待所",就是没有住过"客栈";住"客栈"就像是回到古代似的,而能回到古代,真是一件很奇妙的事情。所以,成行之前,我的想象力似乎已经把我带到了那片陌生的土地。

由于是提前一天抵达新罕布什尔,而东山农场客栈一房难得,所以第一天只好在作家朋友卡尔家过渡一下。第二天上午,罗杰带我们到农场上去。踩着雨后的彩色的落叶,呼吸一口清新的空气,感受着空气中隐隐约约的牛粪的气息混着雨后草地的香味,我开始了农场客栈的诗意栖居。

农场被群山包围，群山的最高点就是基恩市的名山莫诺山（Mt. Monadnock）。办完入住手续后，把行李搬进客房，我在新英格兰算是有了一个临时的"家"。环顾四周，每样陈设都是那样的和谐怡人，现代气息中糅合进古典的韵味。宁静的灯光，典雅的小书桌，舒适的靠背椅，墙上19世纪风格的水粉画，让我产生了又回到老英格兰的错觉。客房就是给客人休息的场所，但是，如果你对周围的一切都很欣赏，那你就是生活在美学当中了。住在东山农场客栈的那些天，总觉很多事物都美好得不真实，仿佛是生活在一部乡村电影里。

东山农场客栈的怡人由内而外。走出客房，便可以在农场上漫步。散落在农场上的小木屋都是各具风格的客房。白色的木栅栏，弯弯曲曲的，五线谱似的，将旅客活动区和农场作业区象征性地分开。虽然各间客房都布置得典雅舒适，但从外面看，每座木屋似乎都很陈旧。陈旧很好，它能让人安静下来；陈旧更让彩色的花朵彰显它们的新鲜。走不多远，总会见到被砍成一截一截的圆木，那是冬天的柴火，是新英格兰地区的特色。正是北美落叶季，斑斓的树叶在大大小小的树下集聚，形成一个个彩色的圆。没有人去打扫，只让它们独自美丽着。

一有空我就到楼下的客厅里去闲坐，翻看客栈里为旅客提供的各样花花绿绿的资讯，我也因此对东山农场客栈有了更多的了解。

农场位于新罕布什尔州的西南端，莫诺山的北侧。往西走就是佛蒙特州，往南走就是马萨诸塞州。农场所在县是柴郡县（Cheshire County），所在镇叫特洛伊（Troy）。1765年，农场来了第一个居民，在这里开荒种地。他当时是住在山洞里，夜晚则燃起篝火，驱赶从莫诺山跑下来的狼。这个最早的居民结婚后，便

从老欧洲到新英格兰

在这里建了第一座小木屋,很快生了10个孩子。到19世纪初,这个有180公顷(约2700亩)的农场开始接待来自马萨诸塞州的农夫,渐渐地,在1834年,它最终形成农场兼客栈的经营模式。在此后的岁月里,农场建起了更多的木屋,增加了更多的设施,包括室外游泳池,逐渐成为既有现代风格又具农场特点的客栈。在整个180公顷土地中,150公顷的面积仍然经营农场,这就使得东山农场客栈成为名副其实的农场客栈。如今,它已经成为全美有名的度假区,很多生活在城里的人都希望能到这乡下客栈住几天,让孩子们有机会亲近自然,以至于总共65个床位的客房需要提前3个月才能订到。的确,农场对孩子们的吸引力非常大,因为孩子在这里能得到最多的宠爱。客栈的宣传语之一是:"孩子在这里是国王。"(Where kids are kings.)

住在东山农场客栈,你可以体验到异乎寻常的农场感受。一早起床后,你可以带着孩子到农场上去捡鸡蛋,然后送到厨房里让厨师帮你煎;你可以深入到牛棚,亲自挤奶;在进早餐前,你可以踩着经年的、松软的落叶,在树林里漫步,阳光穿过林子,斜斜地照在小花上;你还可以走到湖边,穿一件挂在水边的vest,划船于湖心,将自己融化在湖光山色中。

每天的早餐总是充满着仪式感,令人印象非常深刻。我一般在七点半到餐厅,同去的诗人子川还有来自马萨诸塞州的诗人苏珊已经坐在那里。由于子川不会英语,苏珊不会汉语,他们两个只好"干瞪眼",只等我到了才有交流。我们的餐桌上放着一个牌子"马丁",因为我们在东山农场客栈的一切都是马丁安排的,所以,我们也就没有了身份,我们只是"马丁的客人"。"马丁的客人"由于要到基恩州立大学去参加活动,所以总是餐厅的第一拨客人。坐定之后，服务员就来了，问我们要吃什么、喝什么，我们报过一遍后，她就通知大厨去做。除了咖啡和面包，我总是要请大厨给我煎两个鸡蛋，毕竟这是农场上的自产。

是的，一切都很新鲜，一切都很怡人，以至于我几乎没有时差反应。当然，最让我不忍离去的还是农场边的那片湛蓝的湖水。清晨，来到湖边，没有一丝风，湖水像一面蓝透了的镜子：镜子里有白云，有远处的莫诺山的山影，还有岸边色彩斑斓的树林。在我后来去了瓦尔登湖后，我才发现，农场边的这片湖，其实并不逊色于瓦尔登湖。在新英格兰地区，有很多很多跟瓦尔登湖一样美的湖，它们唯一缺少的是瓦尔登湖那样的名气。

梦里不知身是客，一周贪欢。整顿行装，我得离开东山农场客栈了。离开客房前，我给客栈留下一张便条，表达我对他们服务的欣赏，并留下我给服务员的礼物，然后上了Zachary的车，去梭罗的家乡康科德，去探访我日思梦想的瓦尔登湖。

从老欧洲到新英格兰

跨文化的诗意"连歌"

诗歌是什么?从某种意义上说,它也是一种游戏,精神和美学的游戏,心灵和语言的游戏。所有的诗歌并不是出自必然,而是语言与精神的偶然相遇。既然诗歌具有这种偶然的特性,它可以是从一个诗人的性情深处流出的清泉,也可以是多条感性与理性融合的溪流,从众人的心中流出,最终汇聚在同一张洁白的纸面上。

在新罕布什尔州基恩州立大学的校园里,我第一次见证了诗歌以合作的方式写成。"诗歌连接大洲"的第一场活动便是诗歌连写,我从组织这次活动的诗人罗杰那里第一次接触到renga(连歌)这个词。所谓"连歌",就是若干人合写一首诗。

那天的活动分为7个组,每个组有5位诗人或作者,其中确定一位领头的诗人。活动开始后,领头的诗人写下第一行诗句,其他诗人依次轮流创作,最终写成一首11行的诗歌。领头的诗人写第一、第六和第十一行，其他诗人每人各写两行。

7个小组围绕7张台子展开了诗情的合作。一张白纸，几支水彩笔，期待着灵感碰撞的种种诗意的可能。7张台子，35个作者，再加上志愿者和观摩者，基恩州立大学演播厅里，一派诗意盎然的景象。

来自新罕布什尔州和马萨诸塞州的诗人，以及基恩州立大学的部分师生参加了这次诗歌连写活动。由于有中国诗人参加这次诗歌连写，便使之具有了跨国、跨文化的性质。没想到的是，该校的校长梅琳达·特雷德韦尔博士（Dr. Melinda Treadwell），也兴致勃勃地参加了这次活动。她先发表了热情洋溢的致辞，然后作为参与者，加入到其中一个组。

很多诗人跟我一样，都是第一次参加诗歌连写，很是兴奋。虽然除了领头的诗人，其他人每人只有两行诗，但大家都很投入，绞尽脑汁，竞相"语不惊人死不休"。诗歌连写，至少有两点特别重要，一是自己的诗行要能契合上文的意境，二是要善于写出"突兀"一点的诗行，给下一行诗的作者"出难题"。所以，当一个作者落笔时，本组的其他作者总是全神贯注，看他怎样"笔落惊风雨"。当一个作者写下"神来一笔"时，下行的作者就开始挠头。当一个作者完成他那一轮的书写后，他则可以轻松片刻，甚至会到别的小组去看看热闹。

一个小时后，各个小组都完成了各自的创作；7个小组完成了7首11行诗。虽然每首诗都是出自不同的作者，但连在一起一样富于意味。

这是我和诗人亨利·沃特斯所在小组所写的诗歌的前四行。虽然这4行出自4人之手，现在看起来，觉得它还是有意味的（第4句

从老欧洲到新英格兰

是我写的）：

Between leaf-fall and the bare branch
The sun's rays refuse to reach
A canopy of debris below
But something tiny still grows

在叶落与光秃的枝杈间
阳光拒绝抵达
下面是破碎的树冠
但有些细小的东西仍在生长

这次"连歌"活动,让我对诗歌创作以及西方大学的校园文化活动有了新的认识。

其实,"连歌"最早是在12—14世纪的日本十分流行,当然日本人也是受到了中国古代的类似传统的影响。所不同的是,日本的"连歌"跟俳句(haiku)一样,形成了一套非常严密的格式与韵式,对每行诗的音节数,每首诗的韵脚,都有非常严格的规定,跟我们作律诗、绝句的规矩差不多。

不过,日本的诗歌传统,离开了中国古典诗歌便无从谈起。早在汉代,"连句诗"便开始风靡,其"发明者"当为汉武帝。元封三年（公元前108年）,汉武帝现做七言诗一句,令下属按韵接句,中国文学史上的第一首"连句诗"《柏良诗》由此诞生。其前四句是：

日月星辰和四时(帝)

骖驾驷马从梁来(梁孝王)

郡国士马羽林材(大司马)

总领天下诚难治(丞相石庆)

从那之后,"连句诗"在中国的诗歌史上便绵延不绝,成为一种传统;而在日本,直到13世纪时才开始盛行。所不同的是,日本人把它发展成一种独立的、独特的诗歌的形式。

后来,西方诗人最早认识"连句诗"应该是从日本人那里,并且直接从日文里吸收了"连歌"(renga)这个词汇。不少西方诗人便开始模仿它,不过古代日本人写连歌的那些规矩他们并不想遵循。但这种通过两人以上的合作进行诗歌写作的方式,触发了他们进行实验性诗歌创作的灵感。于是他们写出"拼接的诗歌"(linked verse)、"合写的诗歌"(collaborative poetry)、"链式诗歌"(chain poem)。十分典型的是20世纪30年代,法国超现实主义(surrealism)运动中,布勒东(André Breton, 1896—1966年)和艾吕雅(Paul Éluard, 1895—1952年)等诗人曾采取这种方式写成了整本诗集。超现实主义诗人之后,仍然有不少诗人采用这种方式进行诗歌写作。当然,我的朋友罗杰在基恩的大学校园里安排这场活动,并且得到校方的支持,大概也是因为它跟美国高等教育所倡导的团队合作精神是合拍的。从"连句诗"到"连歌",再到"合写的诗歌",可见诗心相通,文心相契。同时,是不是也应和了钱锺书所说的"东海西海,心理攸同;南学北学,道术未裂"呢?

也许我们会觉得这样的诗歌写作形式多少有点游戏的意味。其实,文学创作本身,从某种意义上说,难道不是游戏?不过,透过游戏的形式,我们始终能看到诗意的本质。

从老欧洲到新英格兰

诗情：莫诺山上寻梭罗

结束了在新英格兰新罕布什尔州的诗歌活动，回到家中，一身疲惫，也一身诗意。疲惫，乃是因为跨时区旅行；诗意，乃是因为终年常沉沦于琐碎与平庸，能这样连续一周与诗歌亲密无间，好好地在诗中浸润了一次，岂不"诗意"？

打开电子信箱，发现诗人罗杰·马丁已经发来邮件，在问候的同时，还发来他的博客链接。他已经把我们在基恩市的活动发布出来："地质形态有一种能抓住作家的魔力。正像中国的莫干山那样，新罕布什尔的莫诺山同样吸引着古今的作家们。"

罗杰所说的莫诺山，全名叫莫纳德诺克山（Mt. Monadnock）。在中国，很少有人知道这座山。应该说，是罗杰把这座山介绍到了中国。为了便于称呼，我们把它简称为"莫诺山""诺山"。莫诺山位于美国新罕布什尔州南部的柴郡县，不仅是该县的名山，也是整个新英格兰地区的名山。莫诺山并不高,海拔才965米;但是,山不在高,有诗则名。在短短的美国文学史中,它跟许多美国作家的名字联系在一起。或许也是由于超验主义哲学家爱默生、著名作家梭罗在莫诺山留下了足迹,文人到基恩市不到莫诺山去,似乎就是虚行一趟。爱默生是莫诺山的常客,并留下了他的名诗《莫诺山》。梭罗在1844到1860年期间,多次旅行到莫诺山下的基恩市,并在山上做过植物学的考察,而且他的母亲就是柴郡人。或许正是因为莫诺山是这一地区的标志,周围的几个城镇特洛伊(Troy)、斯汪泽(Swanzey)、都柏林(Dublin)等镇,都声称莫诺山是自己的。

我这次参加的诗歌活动正是用莫诺山作为名片的。继续从罗杰的博客里选一段:"星期三,作为'诺山之魅:诗歌连接大洲'活动的一部分,这次跨文化交流安排了中国和美国诗人共同攀登莫诺山的活动。大家一行8人在向导欧奈尔(O'Neal)的引导下,顺着梭罗径一直攀登到梭罗岩。"登莫诺山有几条路径。当年,梭罗登莫诺山走过的那条路,如今便叫"梭罗径"(Thoreau's Trail),最是有名;而梭罗在登顶之前坐过的那块岩石则叫"梭罗岩",或"梭罗座"(Thoreau's Seat)。虽然本地诗人多次登过莫诺山,但这天早上每个人都是兴致勃勃的。毕竟莫诺山不只是一座自然形态的山,更是一座文化山。每次登山实际上就是与历史交汇,让心灵受洗。

我们首先来到半山腰的"半山客栈"(Half Way Inn)遗址。据说,莫诺山有记录的登山活动始于1725年,到19世纪时,越来越多的游客来到这里,于是半山腰上便建起了一家客栈。莫诺山遭遇过几次大火,客栈被烧毁后,便没有再重建。如今,这里只剩下墙基和一块纪念碑,让游人唏嘘。在"半山客栈"附近,我们在一片丛林中找到了"梭罗径"的入口。踏着乱石,踩着松软的落叶,我们蜿蜒向上。同行的诗人亨利·沃特斯是一位自然学家,所以他总能准确地告诉我们哪声鸟鸣是出自哪种鸟儿,哪种植物专属于哪个海拔。忽然,他停下脚步,指着一块大石头上的苔藓说:"这个是能吃的。当年梭罗登莫诺山时,就经常从石头上挖这种苔藓吃。"

终于,我们攀登到了"梭罗座"。从"梭罗座"可以鸟瞰新英格兰地区无边无际的森林。一路上经过的乡间公路,所看到的散落在林间的民居,现在全都不见了,全都淹没在无垠的绿色中。偶尔能看到的几处小湖和沼泽地,则像是一些不规则的镜子,映照着细碎的白云。

开始读诗。我们在"梭罗座"旁边纷纷坐下,开始读诗:对山读诗,对云读诗,对天空读诗。登山之前,罗杰已经选好了梭罗的一些诗,准备到山上读。在当年梭罗到过的地方、坐过的地方读梭罗的诗,还有什么比这更诗意,更能表达对梭罗的崇敬呢?从这个意义上说,诗人登莫诺山,与其说是一种体育运动,不如说是一种精神活动。南京诗人子川则用中文吟诵了自己写的旧体诗。两种语言在山上回响,一只山鹰在山顶上盘旋。

基恩州立大学的马克·龙博士虽然没有读梭罗的诗,他读的是埃蒙斯(A. R. Ammons)的一首诗,而这首诗验证了梭罗登到山顶时的富于哲理的感受:

当诗人攀登到叫"山顶"的地方
他所感到的是一种绝望与空虚

听着，听着，大家从一种抒情的意境，一下子进入某种哲思的状态。是的，登山的终极目的是要登顶，奋斗的目标就是理想的实现；可是，当我们身处群山之上、白云之下时，是不是也有一种缥缈感呢？

应和梭罗的这句话，大家决定放弃登顶。顺着"梭罗径"，我们回到山下，赶赴都柏林镇，去看诗人沃特斯的林间木屋。

田园诗人罗杰·马丁

如果不是因为参加"诺山之魅：诗歌连接大洲"，我一辈子也不会认识美国诗人罗杰·马丁（Rodger Martin）。

因为罗杰，我终于有机会认识了新罕布什尔州；因为罗杰，我终于到了一座只有两万人口的美国东北部的小城基恩市；因为罗杰，我才有幸结识了那么多新英格兰地区的诗人；也是因为罗杰，我对想象中的新英格兰地区的认识才更加质感。

认识罗杰，先是在线上。为了策划这次中美田园诗歌交流活动，虽未谋面，我们前后在线交流了将近一年时间，反复修改我们的活动方案。从确定人员，到确定中国诗人作品的英文译文，到邀请函的拟定，到住宿的安排，到朗诵作品的选定……我和他交流的电子邮件加起来，差不多有一本书那么厚了——大概是太平洋太宽了，为了见一次面，居然有那么多的事情要做。

在一个又一个的团队成员被美国签证处拒绝之后，我和同行诗人子川终于可以"飞"了。当我和子川乘坐的小飞机在曼彻斯特的小机场降落时，我们终于相信：这次活动真的拉开帷幕了。

在机场行李认领处终于见到了罗杰：60岁开外，头发花白，留着"斯大林式"的胡子，浑身洋溢着四十岁的热情。坐上罗杰的已经很旧的"现代"汽车，我们的新英格兰之旅正式开启。在线交流了那么多，现在总算看到彼此的"真人"，大家都非常兴奋。我二十多小时的旅途疲倦一下子烟消云散。

作为一个抽烟者，每次到美国下飞机后都要有一段痛苦的经历。连续旅行24小时左右，离开机场的第一件事就是想抽烟。可是，打火机在登机前已经交掉；下飞机后，在你找到火种之前，你已经上了朋友的车；到了朋友家里，可能根本没有打火机。所以，每次远行，这事对我来说，真是个事儿。所以，临行前，我打算请罗杰给我准备一盒火柴或者一个打火机。当然，还是有点犹豫的，因为，美国跟北欧国家不一样，其主流社会很少有人吸烟，而我这样做会不会影响我的形象呢？不过，我还是下定决心请罗杰帮我这个忙，毕竟我们在线交流近一年时间，彼此间有了"感情基础"；再者，抽烟在美国是个为主流社会不接受的坏习惯，如果等到了那里才让他知道我是抽烟的，不如让他提前有个思想准备。于是，我在邮件中向罗杰发去了我的申请，当然，是用非常文学的方式，用了很多吸烟和戒烟失败的典故，比如马克·吐温的、丘吉尔的，目的是要把不良印象降到最低程度。

落地后，由于见面后彼此很兴奋，我早把这事忘了。离开机场大约20分钟后，只见罗杰用手在工具箱里摸索什么，随后把两盒火柴塞到我手里："义海，这是你的火柴。"坐在副驾驶位子上的我感到很不好意思，但我和罗杰之间的距离一下子更近了。

罗杰很快成为一个可以信赖的朋友。当然，他首先是一位诗人，他周身透露出的是诗人的热情和真诚。

这次中美诗歌交流活动，可以说，都是他在一手操办，他是每场活动的"总撰稿""总导演"，甚至还是"演员"。不管是学术研讨会，还是诗歌朗诵，或是登山野外活动，每一个细节他都考虑得那么细致。

罗杰身上也有很可爱的地方。星期三晚上，在基恩市历史学会有个诗歌朗诵活动。下午的活动结束后，他突然宣布，他要去冲个淋浴。正当大家还在纳闷的时候，他回来了。几天来，他始终是一身T恤衫和牛仔裤，而现在站在我们面前的似乎是另一个罗杰：打着领带，一身正装。我顿时明白了，因为今天晚上要在历史学会（Historical Society）朗诵，这是要对市民开放的一个活动。不修边幅的他，现在浑然"正经"起来。这也是美国人实用主义哲学的一种体现吧？

罗杰到过中国，对中国文化情有独钟。从他的身上，我甚至看到了中国人的待客之道：他不是用美国人待客的方式接待我们，而是按照中国人接待中国人的方式款待我们。美国人待客，往往是"点到为止"，罗杰对我们却是倾情付出。诗人们一起聚餐时，其他人都自己埋单，唯独不让我们付账，理由是，我们是"中国客人"。

从很多细节我看到，罗杰身上有着中国情结。活动期间，他专门安排两次"中国茶时光"。他把自己家里从中国带回来的茶拿到学校，与大家分享。让我惊叹不已的是，他居然还有全套的茶具，二十几只喝中国茶的茶杯。茶沏好后，他扯开嗓门开始吆喝："红茶，绿茶，请大家喝中国茶啦！"我再次看到一个"可爱"的诗人罗杰。

　　……临别前夜，罗杰"严肃"起来，留恋之意溢于言表。我们的最后一餐本来是"工作餐"，但他临时决定请我们到他家去吃烧烤，并邀请今天来陪伴我们最多的Obien和Zachary一同前去。我们在罗杰的林中"小屋"中度过了最后一个难忘的夜晚。

　　作为田园诗人，罗杰的家格外田园，新英格兰风格十足。黄昏里，夕照下，罗杰的屋子与周围的树林融为一体。杂草几乎长到了门槛边，门边堆得高高的柴火，不禁让人向往新英格兰冬夜的宁静、寒冷与温馨。

威士忌之夜

记得那是星期四,临别前夜。罗杰"严肃"起来,留恋之意溢于言表。我们的最后一餐本来是"工作餐",但他临时决定请我们到他家去吃烧烤,并邀请今天来陪伴我们最多的Obien和Zachary一同前去。我们在罗杰的林中"小屋"中度过了最后一个难忘的夜晚。

作为田园诗人,罗杰的家格外田园,新英格兰风格十足。黄昏里,夕照下,罗杰的屋子与周围的树林融为一体。杂草几乎长到了门槛边,门边堆得高高的柴火,不禁让人向往新英格兰冬夜的宁静、寒冷与温馨。

柔黄的灯光从罗杰的屋子里透出来,烤肉的香味伴着淡淡的雾气从厨房里飘出来。这既勾起我的食欲,同时,又渲染了离情别绪。走进餐厅,只见朋友Obien和Zachary正在厨房里做着准备,而罗杰开车去买啤酒了。下午的时候,得知要到罗杰家里吃晚饭,忽然想到去买一瓶红酒，并请Obien代劳，但Obien告诉我，威士忌是罗杰的最爱，于是他便替我做主买了一瓶10年窖藏的苏格兰威士忌。我把这瓶酒混藏在柴火堆里，等罗杰回来给他一个惊喜。

"最后的晚餐"开始了。大家举起啤酒瓶，叮叮当当地碰起"杯"来。啤酒喝得差不多了，肉吃得差不多了，罗杰这才打开自己的"宝藏"——威士忌。他先从酒柜里找出一瓶14年窖藏酒，给每人小半杯。只见他在喝之前，先对着杯子深深吸了一口气，似乎要把那酒香送到身体的每一个地方。看他那还没喝就先陶醉的样子，我这才明白他的确是一个威士忌"爱好者"。

这14年的窖藏酒，罗杰给我们喝了小半杯后，就把瓶盖拧紧收了起来。就在我们觉得他有点吝啬的时候，只见他又搜出一瓶28年陈酿。为了品味每种酒的微妙之处，他让我们把杯子拿到水龙头下冲洗一遍。这瓶酒只剩三分之一了，这回他给每个人倒的则更少。28年的"隐藏"，自然要释放出更加别致的酒香。当这酒香在诗人之间弥漫，这酒似乎找到了最好的归宿。

"将进酒，杯莫停。"越喝，酒的年份越高；越喝，越让我觉得李白不只是中国的"特产"；越喝，我们在时光的长廊里越走越远。罗杰不断地从酒柜里翻出好东西，我们便不停地去洗杯子。就在我们以为把罗杰喝得山穷水尽的时候，只见他又拿出一瓶威士忌。他举起那酒瓶，就像捧起圣杯一样，脸上洋溢着一种光芒，得意的光芒，神圣的光芒。这是一瓶1907年的威士忌！是他从一艘打捞上来的沉船上买得的，这酒在大西洋的海底沉睡了近一个世纪后终于得见天日。瓶中酒已所剩极少，这回他只在我们的杯子滴了几滴。说实在的，我没有喝出什么特别滋味，与其说喝的是酒，不如说喝的是时间，是古老，是传奇，是惊讶。我简直产生了幻觉，眼前出现了北大西洋上的惊涛骇浪，风把帆儿撕扯，水手表情惊恐。

就在我以为这威士忌之夜最激越的乐章已经奏完的时候，罗杰给我们送上了一瓶最"抒情"的酒，这瓶威士忌的名字叫"作家的眼泪"（Writer's Tears）。作家的眼泪？我这才明白，为什么说威士忌是一种最富于想象力的酒，最有意境的酒。的确，苏格兰人在出产世界上最好的威士忌的同时，也给世界贡献了他们的想象力。他们总爱给威士忌起一些诗意的名字，"春日的早晨""乡野落日"，等等。当我喝下这杯"作家的眼泪"，我更加坚信，酒既是一种物质，也是一种精神。不同的酒有不同的意境，不同的情调，不同的诗意。读诗需要想象力，喝威士忌同样需要想象力。

不知道罗杰是不是刻意在这"最后的晚餐"的最后，奉上这"作家的眼泪"。虽然美国人在临别前不会依依惜别，但"作家的眼泪"似乎已经代替我们流泪。

离开罗杰的小屋，新英格兰深秋的寒气已经十分逼人。穿过僻静的乡间路，回到东山农场客栈。整个农场似乎都睡了，但农场上空的星星醒着；周围的树林似乎都睡了，但我还却不愿用睡眠把这美好的夜晚荒废掉。

Zachary

　　Zachary是我这次访问新罕布什尔基恩州立大学结识的新朋友，他是梅森图书馆的馆员。受他"领导"的指派，在我访问的后三天，他担任我的"专职司机"（chauffeur）。

　　Zachary的姓和名（Zachary Giroux）在英美人中都不常见，翻译成中文也不好听："扎卡里"，所以，我还是喜欢用英文发音称呼他。Zachary是个欧洲大陆上的名字，记得罗马教廷曾经有个叫"Zachary"的教皇（679—752年）。更早一点，在二世纪时，欧洲大陆上有个叫"维也纳的扎克里"的殉教者。18世纪之后，美洲的欧洲各国移民渐多，美国人中叫Zachary的渐渐多了起来。至于我这个新朋友的姓，其实也不是英美式的，它显然来自法国，名字末尾的x按照法语的发音规则，是不发音的，这对讲英语的人来说，有点奇怪。

从老欧洲到新英格兰

我跟Zachary的相处,虽然只有短短的两三天时间,但彼此结下了很深的友谊。两三天的时间,在车上、在湖水边、在梭罗的家乡康科德,我们经历了许多难忘的时刻。每次去美国,因为到不同的地方,见到不同的人,我对这个国家的理解也相应地不断深入。

Zachary是个胖乎乎的小伙子,单身,跟父亲和继母住在一起,有一女友在缅因州读硕士。小伙子的灵动,跟他胖乎乎的身材形成强烈的反差。一路上,他的殷勤、周到、好客,与新英格兰深秋的景色相得益彰。我之所以要为他写这篇文章,是因为以下两点:一是,Zachary是一个典型的多元血统的产儿,跨文化研究的"样本";二是,他和我之间天南海北地神侃。

Zachary确实是一个跨文化研究的"样本"。那天下午,我跟着他穿过马路,到对面的停车场。上车之前,他先打开后备厢,拿出一本绿色封面的厚重的大书,递到我的手上。我"哇喔"了一下,心想,这礼物我喜欢。可是,他随即便告诉我,这是一部芬兰的史诗,而他的祖上就是在芬兰。骄傲之意,洋溢在脸上。介绍完之后,他便把那本书放回后备厢。那一瞬间,我才明白,他把那本书递给我,并不是要送给我,而是要告诉我,他的祖上是来自芬兰,而他为芬兰的文化自豪。要是我当时说了"谢谢"(表示接受礼物),就有点尴尬了。这时,我也因此更理解跨文化交际中的一条"金律":在跨文化交际中,当你不能确定最佳选择时,不妨慢半拍,慢半拍会让你避免很多尴尬。

上车后,Zachary便从刚才的芬兰史诗说起他的来历。他的老祖宗是在芬兰,曾祖父从芬兰移民到加拿大;他的祖父在加拿大娶了苏格兰血统的妻子,然后从那里移民到了美国的新英格兰地区;他的父亲出生在加拿大的法语区,于是他们家便有了法语姓氏;到美国后，他的父亲又娶了一个意大利血统的太太。这样，Zachary一家就有了芬兰、苏格兰、意大利等民族的血统；相应地，他也就有了几个文化背景。他生活在美国，是一个地道的美国公民，但是，他又有着芬兰文化的认同感；同时，意大利文化不可能没有在他的身上留下任何痕迹。这样一来，他便时刻生活在文化比较当中。这也让我忽然想起一个比较学者所说的，西方人是天生的比较文学研究者。是的，在美国，三户人家当中必定有一家具有跨文化的背景。这着实让我们的比较学者感到沮丧。我们的比较学者，虽然有的能通外文，但缺乏跨文化的先天优势，我们缺少的就是这种跨文化的切身体验。

　　Zachary很健谈，而我呢，为了让旅程充满乐趣，则尽量寻找彼此共同的话题。他是波士顿凯尔特人队的粉丝，我们一起聊NBA，聊这个赛季的球员转会；他是天主教徒，我们便探讨天主教在北美的传教路线，讨论《圣经·旧约·创世记》的文化隐喻问题。这是跨文化交流中一个非常重要的原则："认同"。由于有了很多共同的话题，他也就对这个来自中国的诗人和学者不觉得"异质"。当我们的车从一处高岗上冲下去时，我们便一起高唱约翰·丹佛的《乡间路》："Country road, take me home, to the place I belong..."

　　从Zachary那里，我学到了一些从书本和词典里学不到的"说法"。

　　新英格兰最美、最富于色彩的季节是秋天，漫山遍野的红叶，让人赞叹大自然的造化。很多游客会在这个季节到新英格兰地区（马萨诸塞州、新罕布什尔州、佛蒙特州……）去看叶子。当地人看到这些可爱的外乡人，便给了他们一个称号"观叶客"（leaf peepers）。而今，我也成了一个名副其实的观叶客。美国各州都有自身的特点，而各州之间也有互相不买账的地方。新罕布什尔州南面的马萨诸塞州也是新英格兰地区非常重要的一个州，它其实比新罕布什尔州的资格更老：1620年满载清教徒的"五月花"号便是在马萨诸塞州靠岸的。新罕布什尔多丘陵山地，多森林湖泊，马萨诸塞则多平原。前者地广人稀，享有"没有邻居"的居住环境，后者则人口稠密，特别是在大波士顿地区。于是，新罕布什尔州人便觉得马萨诸塞州"不好玩"，那里的人也不好玩，并给他们起了个绰号"平地人"（flatlanders）。这个flat不仅是指地形的"平"，也是指人本身。

总之，一路上我们总有聊不完的话题。行驶在高速公路上，一路的地名也成了聊天的话题。美国的很多地名，往往都烙上了最初的定居者的语言印记，有的是英语的，有的是法语的，有的是德语的，有的甚至有北欧痕迹。于是，每看到一个地名，我们就玩地名溯源的"游戏"，也就不觉得车程遥远。

快乐的时光总是很短暂。离开瓦尔登湖之后，Zachary便送我去波士顿郊外乘地铁去波士顿市区。我们从一个叫Ale's Wife（啤酒老婆）的高速出口下了高速。"啤酒老婆"！一看这有趣的、老英格兰风格的地名，Zachary和我不约而同地哈哈大笑起来。

好兄弟罗尼

罗尼的全名是罗尼·奥宾（Rodney Obien），美国基恩州立大学梅森图书馆特藏部主任。我这次远赴新英格兰跟我直接联系的是诗人罗杰·马丁，但幕后关心的却是奥宾。我收到的邀请函上就有他的签字。

由于一直是罗杰在跟我直接联系，所以奥宾对我来说始终很抽象：是胖，是瘦？是青年，还是老者？直到第一天下午的活动上，我的猜测才算有了着落。

罗尼中等身材，可以用两个字概括他的体貌特征：胖、圆。既然胖，也就圆：脸圆，头圆，肚子圆，由于脸上肉多，眼睛也就给人以被忽略了的感觉。罗尼爱笑，一笑眼睛就更没有存在感了。

罗尼的性情很平和，从来看不到他大喜或者大惊。他说话的声音总是很轻，所以我们的初次的见面，罗尼并没有像大多数美国人

从老欧洲到新英格兰

那样,睁大了眼睛,张圆了嘴,很夸张地寒暄一番。

见面后,活动还没有开始。罗尼便轻声细语地问:"我请你们到楼下喝杯咖啡?"西方人的请你喝咖啡有两种情况:一种是请你和他一起喝咖啡,一种是中国式的"请"你喝。罗尼的邀请属于后者。而且这一邀请是发生在被邀人最需要的时候,因为这是我到美国的第一天。克服时差,没有什么比咖啡更好的。我倒时差的经验就是每天4杯咖啡,把身体的潜能在白天全部激发出来,到了晚上自然就会轰然倒塌。

在几天的活动中,罗尼的关心和体贴,令人感动。登莫诺山的那天,他特意去租了一辆"福特"商务车,让大伙儿一起前往。我们的车停在半山腰上,我们在山上野炊时,他一个人下山搬饭盒。由于身体肥胖,大概也是平时缺少锻炼,爬到山上时,他已经气喘吁吁得不行;气喘归气喘,脸上还是挂着他那憨厚的、标志性的笑。

一个朋友对你是不是真的关心,得看细节。朋友在细节上对你多关照,你便觉得亲切。我的活动照片在美国的报纸上登出后,是他第一个把报纸送给我;我把诗集送给梅森图书馆后,他第一个来告诉我,图书馆已经把我的书陈列在大厅的专柜里;在午间的短暂时光里,他主动提出要带我们参观校园风光;我朗诵或者做报告时,他会主动把我的相机拿去帮我拍照……

黄昏时分,罗尼爱带着我们穿过基恩市的主大街,边走边聊,把最富新英格兰风格的建筑指给我们看。基恩是柴郡县的县城,虽说是县城,不过才两万多人口,跟中国的一个乡镇差不多大,一条南北向的主大街,把这个城市的所有精华都包括进去了。基恩在新英格兰地区中部,在历史上它也算是重镇。作为波士顿的北大门,它可以阻挡来自北方的法国军队的进攻。如今它却没落了,连火车也不从这里经过了。当年的火车站，如今只供人作为遗迹参观。

最后一天下午，诗人罗杰请我们和罗尼到他家去吃烧烤。我忽然想到，去罗杰家做客，应该带上什么礼物才对。于是，我把想法跟罗尼说了，希望他能去帮我办一下，最好是买瓶红酒，回头我跟他结算。罗尼拍拍胸脯，说全由他来操办。

傍晚到罗杰家时，罗尼已经到那里了，从车里拿出一瓶10年陈的威士忌，并解释道，罗杰更喜欢威士忌，这个给他，他一定开心。我问他多少钱，他的脸上先掠过一丝习惯性的微笑，犹豫了一下说："就给我20美元吧。"在后来的今天里，这"就给我"一直在脑子里盘旋。后来，我在马里兰的一家专卖店里发现了同款威士忌，标价是：80美元。这个叫罗尼的美国人也太"中国化"了！

按照我的美国朋友们的安排，由罗尼的同事Zachary开车送我们去波士顿，但考虑到市区堵车，Zachary只送我们到波士顿郊外的地铁站。临行前，罗尼交给我和同行的南京诗人子川两张车票：原来，我们去波士顿市中心的地铁票他都已经替我们买好了。在波士顿郊外，当我把车票插入站闸机口卡槽，感应门打开那一瞬间，我仿佛感到罗尼就站在身后，目送我们远去。

……离开新英格兰虽然好多天了，但罗尼憨厚的微笑时时浮现在眼前。有一次，我准备请他去喝啤酒，但他却说，在这里我请你，到了中国你请我。这话语中透出的是典型的中国式的思维。交流当中，我才得知，他祖上是在菲律宾，而他的潜意识深处也的确有明显的东方痕迹。

在我的一些美国朋友中，罗尼是最像"兄弟"的一个。

从老欧洲到新英格兰

在梭罗外婆家吃晚饭

吃什么不重要,关键是跟谁一起吃饭;吃饭是形式,吃饭的人赋予吃饭以内涵。吃什么不重要,关键是在哪里吃饭;吃饭是形式,吃饭的场合赋予吃饭以意义。

到新罕布什尔后,基恩州立大学的朋友们总是希望我能够在最短的时间内感受到最多的新英格兰的独特之处,而吃饭则是感受风土人情最好的方式之一。

那天,从莫诺山上下来,朋友奥宾一路上都在盘算,要选一个最能体现新英格兰风格的餐馆吃晚饭。最终,我们在基恩城里选了一家最富于美国特色的馆子Timoleon's"家庭风味餐馆"。用Zachary的话说,这个馆子里的东西最能体现"扬基佬"风格。

不过,在基恩市,印象最深的一顿饭还是在梭罗的"外婆家"吃的那顿晚饭。

在成行之前，诗人罗杰·马丁在邮件里就非常兴奋地告诉我，我们要在梭罗母亲出生的那个老房子吃一顿晚饭。这让我对这次旅行充满了更多的期待感。在一座1785年建成的房子吃饭，吃饭的形式已经远远大于内容。

那天下午的活动结束后，大家一起沐着蒙蒙细雨，走出校园，走在基恩市落满秋叶的街道上。十来位诗人在斜风细雨中漫步，来到梭罗母亲的出生地"顿巴老屋"（Dunbar House）。

今天的基恩市作为柴郡县的县城，一共才6万多人；而18世纪，它在新英格兰地区更是一个小城。一个叫阿萨·顿巴的男子，从哈佛毕业后，当了牧师，然后又做律师，跟一个叫玛丽·琼斯的女子结婚。他们便是梭罗的外公和外婆。

1787年，顿巴家有两件大事，一是主人阿萨·顿巴在42岁英年早逝，二是他的小女儿辛茜亚（Cynthia，梭罗的母亲）出生。顿巴去世后，妻子玛丽在这座才建了两年的房子里抚养5个孩子。为了生计，玛丽在"顿巴老屋"所在的主街上开了客栈（tavern）。

1812年，小女儿辛茜亚遇见了一个叫约翰·梭罗的男人，他们结婚后便定居在基恩南面的马萨诸塞州的康科德。1817年，他们的第二个儿子出生，他便是美国杰出的哲学家、自然学家、思想家、作家——亨利·戴维·梭罗。

新罕布什尔州和马萨诸塞州是相邻的两个州，从基恩到康科德大约50公里左右；换言之，梭罗从自己家（康科德）到外婆家（基恩），也就是一天的路程。从传记文献可以看到，梭罗一生曾四次造访基恩城外的莫诺山，但没有明确记载他究竟几次到过"顿巴老屋"。但我们相信，他既然到了基恩，一定会到外婆家去看看。

230多年过去了，"顿巴老屋"经历了风雨沧桑，产权更迭，

从老欧洲到新英格兰

即使如今它已成为一家印度餐馆,但"顿巴"的烙印还在,人们依然叫它"顿巴老屋"。

"顿巴老屋"是一座两层楼的大宅。如今,它的外墙被油漆成明黄、深蓝、橘红,三种鲜艳的颜色使之在众多的房子中鹤立鸡群。这夸张的色彩处理,更让我们看不出这是一座230多年的老房子。

在服务员的引导下,我们到楼上落座。在这座比梭罗本人年纪还要大的房子里,吃什么已经不很重要。事实上,除了红酒和诗歌,我现在已想不起来究竟吃了什么。是诗人的聚会,又是在诗人的外婆家,自然必须朗诵诗歌。罗杰首先朗诵了梭罗《瓦尔登湖》的片段。

中美诗人相聚,思古之幽情,暖色调的灯光,红酒中摇曳的诗情,模糊了两个多世纪的"时差"。我是在2017年,还是在1934年?我是在1822年,还是在1796年?灯光,没有时间的痕迹,也没有年代的标记。抬头看,粗重的横梁,敦实的立柱,却是最典型的新英格兰风格。因为,在森林遍地、古木丛生的新英格兰地区,人们总是毫不吝惜地用巨大的圆木来造房子,这让房子历经百年依然如新。

两百三十多年间,这里都有谁住过?都有谁来过?一百年后,又有谁知道我到梭罗外婆家来过,在这里度过一个诗歌与红酒的夜晚?

瓦尔登，瓦尔登

多少次，我是在梦中见过她，而这次终于见到了她的真容；多少次，在北美时与她擦肩而过，而这回终于来到了她的身边；多少次，我只是透过文字，想象着那"神的一滴"（God's Drop），如今，我终于可以用双手抚摸她额头上的鄰鄰波纹。

当新罕布什尔州基恩州立大学的朋友们告诉我，说这次我可以去见她，去见我梦中的瓦尔登湖，我深深地感到，这次不再是一次平常的跨洋飞行，而是一次非同寻常的精神之旅。用英国作家约翰·班扬的代表作来表达，这是一次"朝圣之旅"（pilgrim's progress）。

文学真是神奇。当一部作品成为经典，它便化作人类精神的"圣经"，而作家生活过的地方，作品写到的地方，也就相应地变成"圣地"。而我始终觉得，没有去过湖区，不能叫真懂华兹华

从老欧洲到新英格兰

斯;没有到过瓦尔登湖,对梭罗的理解就像是蒙了一层雾。

在新州住在东山农场客栈时,每天晚上都是抑制着兴奋的情绪入睡,因为我已经离她很近,她就住在"隔壁"那个州(马萨诸塞)。隔着50公里的路程,夜深人静时,我似乎能听到湖上清风徐拂,细浪拍岸。或许正是由于这种兴奋,我这次北美之行居然没怎么感觉到时差,整个人始终处于亢奋状态。

结束了在基恩市的活动后,星期五早上,Zachary来东山农场接我。一路阳光,一路彩色的树林夹道,穿行在新英格兰的腹地,去往我心中的"圣地",开启我的"朝圣之旅"。先去康科德镇上的"睡谷公墓"(Sleepy Hollow Cemetery)去拜谒梭罗墓,顺便再去看看他的老师爱默生(Emerson)。离瓦尔登湖越近,似乎越是要把美好的期待感拉长,所以,最后才去找传奇的瓦尔登湖。

正值10月中旬,风和日丽。拐过一片树林,走下一处高坡,一片亮晶晶的湛蓝呈现在我的眼前。我看到了真的瓦尔登湖,我终于来到了她的身边。虽然瓦尔登湖四季之美,皆可入诗,但10月份的瓦尔登湖是梭罗特别赞美过的。他这样写道:"9、10月之间,瓦尔登湖是一面十全十美的林中明镜,四周用石头镶边,在我看来珍贵如稀世之宝……它是一面石头打不碎的镜子,它的水银永不磨损。"

站在瓦尔登湖边,我有点心跳加快,甚至热血贲张。山林怀抱中的这片剔透的蓝,阳光照耀下的这粒巨大的宝石,被写进文学史的这片水,如此真实地在我面前荡漾,璀璨,摇曳。虽然梭罗自始至终都用"它"来称呼,但我还是要多情地称ta为"她"。

瓦尔登湖,东西宽,南北窄。站在瓦尔登湖的东首,看着身边的水,一路向西蓝去。几朵洁白的云,此时此刻,似乎是专程赶来，来把这湖水点缀。可是，作为一个崇拜者，当你来到心仪已久的"圣地"，有时还真不知道怎样去表达自己的心情。最好的方法，大概就是用自己的脚一步一步地去从先人走过的地方慢慢地走过，而且是用你的精神去行走。

于是，我们便从瓦尔登湖的东首出发，开始了我们的环瓦尔登湖的远足（excursion）。陪伴我的是美国朋友Zachary，虽然从小生活在新英格兰地区，但他却也是第一次到瓦尔登湖，所以，他特别乐意跟我一起步行。

是的，瓦尔登湖不大，按照梭罗的说法，周长是1.75英里，将近3公里的样子。我们用差不多两个小时的时间，绕行了一周。慢慢地走，慢慢地看，慢慢地体悟，因为梭罗就是一个伟大的步行者。在大自然中，他希望大家最好是saunter（漫步），而不是walk（散步）；于是，我们从瓦尔登湖的东北角出发，绕湖一周，最后又回到湖的东北角。

踩着砂石，沿着水边，一路往前漫步，我惊讶于瓦尔登湖水的清澈。梭罗在《瓦尔登湖》中曾这样写过："湖水是这样的透明，25英尺或30英尺深的湖底都能很容易看清楚。你在湖上划船时，会看见距湖面许多英尺下的一群群鲈鱼（perch）和银鱼（shiner）……"的确，我真的看到了小鱼在湖水中——像170年前那样——游来游去。

至于瓦尔登湖的水，历来以清澈、纯净著称。据说，在梭罗时期，曾有人在冬天的瓦尔登湖上取冰，并把这北方的冰卖到南方的亚拉巴马州。如今的瓦尔登湖，虽然这么多年过去了，这水依然是那样的蓝，那样的清，那样的透明。我惊讶于水的伟大与神奇，惊讶于它不死的生命力。人，三十岁时，额头上就生皱纹；水，风

从老欧洲到新英格兰

起时,也生皱纹,但风一停,皱纹却消失得无影无踪,留给世界一张光洁柔润的脸庞。梭罗在瓦尔登湖边生活时,瓦尔登湖的水,充满着生命力;在他离开瓦尔登湖171年后,这水居然像171年前一样,湛蓝、清澈、年轻。据说,瓦尔登湖属于冰穴湖(kettle-hole lake),有12000年的历史。也就是说,12000年前的水,到今天依然不老,依然年轻如处子。这就是自然!

梭罗在《瓦尔登湖》中这样写湖:"湖是风景中最美丽、最富于表情的姿容。它是大地的眼睛;观看着它的人同时也可衡量他自身天性的深度。湖边的河生树(fluviatile)是这眼睛边上的睫毛,而四周林木郁郁葱葱的群山和悬崖,则是悬在眼睛上的睫毛。"所以,当我们从湖边走过,就是把瓦尔登湖这只大地上的明眸仔细端详。

面对这古老而又年轻的湛蓝,我总是浮想联翩。水有生命吗?水有父母吗?水生孩子吗?水会衰老吗?水快乐吗?水痛苦吗?水寂寞吗?水会死吗?……梭罗离开这个世界后,康科德人一代又一代地繁衍,但瓦尔登湖的水似乎还是那从前的水,就像梭罗在1846年离开时那样。

一切从自然中浮光掠影地走过的游客,不过是大自然中的行尸走肉。大自然既简单,又深奥:它简单得让所有复杂的人无法理解;它深奥得让所有浅薄的人无法进入。这也是为什么梭罗认为:"观看着它的人同时也可衡量他自身天性的深度。"梭罗1844年7月4日入住瓦尔登,1846年9月6日离开,历时2年2个月又2天。在这两年多的时间里,梭罗是一个伟大的观察者,几乎与瓦尔登湖同体,使自己成为自然的一个器官。沿着湖边慢慢地走,你会情不自禁地用梭罗《瓦尔登湖》中的描写与现实做比较。比如,瓦尔登湖中水的颜色，梭罗就观察得极其仔细。他发现，这湖水，从一个角度看去，总体上是蓝的，但是在不同的时间，不同的地点，它有时又是淡蓝的、绿色的、淡黄的。等我回到家中查看所拍的照片时，我惊讶于他的观察。

瓦尔登湖虽说总体上呈现为东西长、南北短，但其形状是不规则的，湖岸因为凹进的小水湾而显得蜿蜒弯曲。这些水湾从东向西依次是：东南角的"深湾"（Deep Cove），南岸中段的"小湾"（Little Cove），西南角的"长湾"（Long Cove），西端的"冰堡湾"（Ice Fort Cove），西北角的"梭罗湾"（Thoreau's Cove）。这些小小的水湾，使得湖岸显得不呆板，更让徒步者感受到瓦尔登湖水的多姿多彩。因为，当水湾伸进来时，你会看到湖上别样的风景，湖水也呈现出不同的颜色。

……总有分手的时候。离开瓦尔登湖，我是一步一回头。暗暗地下了决心，下次还要来，下次一定要在康科德镇上住下来，并且在有月光的冬天的夜晚，独自走到湖边；坐在湖边，听冰层的咳嗽声，听冰层下面小鱼的梦话……

在南下的火车上，享受着美式火车的慢速度，看着路边闪过的、只是在地图上和文学史里见过的地名，回味着新英格兰之旅的点点滴滴。从波士顿到巴尔的摩，四五百公里的样子，居然要走7个多小时。好在，我从瓦尔登湖边买了两本口袋书——梭罗的《瓦尔登湖》和《散步》。一路上，可以读梭罗，可以回味瓦尔登湖，可以浮想联翩。

从老欧洲到新英格兰

到处都是瓦尔登

如果说，河是流动的诗歌，湖则是诗意的水。美丽的湖，期待诗人去发现；而诗人，总能找到这诗意地栖居在大地上的、丛林间的水的隐士。当然，也存在这样的巧合，美丽的湖边似乎总是诞生伟大的诗人——位于英格兰西北部坎布里亚的湖区滋养了华兹华斯，而马萨诸塞州康科德的瓦尔登湖则成就了梭罗。

走在新英格兰地区，我忽然觉得：梭罗就是这个地区的"土特产"。盘根错节的丛林，清澈深邃的大河，晶莹秀丽的湖泊，这些都是诗情的温床。出生在马萨诸塞州的诗人，如果不抒写自然，就像生长在海边的人不吃鱼而想吃牦牛肉，所以，梭罗注定是一个"自然之子"。我不知道19世纪中期的康科德镇是什么样子，但我知道，今天的康科德依然被丛林包围，瓦尔登湖仿佛是林叶上的一滴露。

是梭罗找到了瓦尔登湖，还是瓦尔登湖使梭罗有了一个精神的家园？这似乎是一个硬币的两面。对梭罗生活环境不了解的人很可能认为，是瓦尔登湖成就了梭罗。如果没有瓦尔登湖，也就没有我们今天所读到的梭罗。以前我也曾依稀这么认为，但到了新英格兰地区后，我彻底改变了这种看法。我甚至觉得，如果没有一个叫梭罗的人写瓦尔登湖，一定会有另一个诗人来赞美它；如果梭罗不在瓦尔登湖边自建一个小木屋住下，并写下被很多热爱自然的人当成"圣经"的《瓦尔登湖》，或许，他会在另一片湖水边住下，并以另一个湖的名字写出一本类似的书。从这个意义上说，梭罗是必然的，也是偶然的；同样，瓦尔登湖是必然的，也是偶然的。

不得不承认，瓦尔登湖是世界上最美的湖之一。但是我说瓦尔登湖"也是偶然的"，是指就算梭罗没有"遇见"瓦尔登湖，热爱自然、热爱漫游的他，也会在新英格兰的大地上邂逅一个同样迷人的湖。因为，在新英格兰地区，与瓦尔登湖一样美的湖其实还有很多，所以，可以毫不夸张地说：在新英格兰，到处都是瓦尔登。

从地质学讲，瓦尔登湖属于冰穴湖（kettle-hole lake），这类湖是冰川运动造成的。简单地说，在冰川时期，一块巨大的冰块在地质运动的强大推力下，嵌入到土地里面。冰融化后，留下一处不规则的深坑，而融化下来的冰水便成为湖水。"冰穴湖"的英文词很是形象，kettle-hole lake。kettle是"壶"的意思，hole是"洞"的意思；所谓"冰穴湖"，就是由于冰川运动而形成的壶状的湖。瓦尔登湖就是在距今10000到12000年之前，由于冰川运动而产生的冰穴湖。

冰穴湖在北半球分布较广，而北美地区包括新英格兰更是常见。从新罕布什尔州到佛蒙特州，到马萨诸塞州，到康涅狄格州，一路上我见到了很多这样的冰穴湖。新罕布什尔境内有费尔布里克湖（Philbrick）、普纳马湖（Ponemah）等；马萨诸塞境内有新湖（Fresh Pond）、牙买加湖（Jamaica Pond）、间谍湖（Spy Pond）、瓦尔登湖（Walden Pond）。其实，梭罗在《瓦尔登湖》中写到的不仅是瓦尔登，还有另外几个湖，比如弗林特湖（Flint Pond）、鹅湖（Goose Pond）、白湖（White Pond）。

从体量来看，瓦尔登湖在所有的湖中算是中等的，大约两千多亩的样子。在汉语中，"湖"的概念过于"包容"，水面宽广如太湖的，称为湖；庭院中一亩地那么大的水塘，有时我们也称之为湖。而"瓦尔登湖"，在英语中只是一个"池塘"（Walden Pond）。可是，特别讲究装饰和优雅的汉语，是不会直接把它翻译成"瓦尔登池塘"的，那样未免太没诗意，于是，英语中的很多ponds都被我们翻译成了"湖"。

湖是镶嵌在地上的水晶，大地上有了湖，就像人有了灵性。在从新罕布什尔到马萨诸塞的路上，给我开车的Zachary知道我对湖情有独钟，一看到湖他就停车，让我有机会欣赏风光各异的湖。虽然我惊讶于瓦尔登湖的纯净之美，但客观上讲，那些散布在新英格兰地区的大大小小的冰穴湖，其实各有各的美。特别是在新州基恩市的郊外，好几处湖都令我流连忘返。如果有人告诉我，说我在基恩市所住的东山农场客栈边上的那个湖就是瓦尔登湖，我真的愿意相信，我真的不会失望，因为它也确实非常美。跟瓦尔登湖相比，东山农场客栈边的那个湖（它甚至连名字都没有），由于水面较小一点，似乎更宁静，更安详，周围的环境也更"野"一些。它比瓦尔登更别具特色的是，它用平和的胸怀，拥抱着莫诺山的倒影。我永远不会忘记Zachary开着车绕湖寻找拍摄水中莫诺山倒影的那个黄昏。

从一处冰穴湖到另一处冰穴湖，让我对新英格兰有了更多的了解。这些湖都得到了很好的保护，特别是它们的原生态得到了保留。Zachary给我讲了当地政府的一个规定：你可以在湖边钓鱼，但不能把这个湖的鱼或者水草，弄到另一个湖中去。这是一种生态平衡意识。或许因为这样的保护意识，我们今天还有机会看到与19世纪、18世纪一样生态的湖。

这些美丽的湖，就像是镶嵌在新英格兰大地上碧蓝的眼睛，世世代代凝望着天上的行云，让所有热爱自然的人驻足，在湖水中窥见人性的倒影；这些美丽的湖，也像丛林中光洁的脸，永不长出皱纹的脸，宁静又安详。于是，便有一个叫梭罗的诗人遇见了它们当中的一个；于是，瓦尔登湖让千千万万没有见过它的人记住了它的名字；于是，我要说，瓦尔登湖是幸运的，因为从马萨诸塞到新罕布什尔，还有许多它的堂兄堂姐、堂弟堂妹，唯有瓦尔登湖得到了神圣的名分。

如果那天梭罗散步时选择了另一个方向，如果那年梭罗选择了另一处湖边住下，或许文学史上就不会出现名为《瓦尔登湖》的书。

从老欧洲到新英格兰

一个21世纪的梭罗

认识亨利·沃特斯（Henry Waters）是在抵达基恩州立大学的第一个下午，在中美诗歌交流的第一个活动"英文诗歌连写"（poetry renga）上。当时，我们是分在同一个组。在接下来的活动中，我和亨利在几个场合用中英文朗诵彼此的诗歌。渐渐地，我们便成了朋友。

亨利虽然三十刚出头，但他的人生颇为传奇。他出生在芝加哥，成长于印第安纳和密歇根的南部。在哈佛学院时，他的专业是拉丁语和希腊语；但毕业之后，他却去了西西里，学习养蜂术（bee-keeping）；再后来，他又去了爱尔兰，学习驯鹰术（falconry）。所以，在参加活动的诗人中，他的身份是诗人兼博物学家（naturalist）。

而且，亨利不仅跟梭罗（Henry David Thoreau）同名，都叫"亨利",而且还是梭罗的忠实"信徒"。1845年,亨利·戴维·梭罗在瓦尔登湖边为自己建造了一个远离尘嚣的小木屋,并在美国独立日那天住到了瓦尔登湖边,在湖边度过了两年多的"离群索居"的生活。没想到,在一个半世纪之后,我的这位也叫"亨利"的朋友,在远离人群的地方也建造了一座小木屋,并在那里已经居住了三年时间。没想到,这次到新英格兰地区能见到一个"活生生的梭罗",一个"当代梭罗",一个"21世纪的梭罗"。

根据诗人罗杰的安排,活动的第三天是登莫诺山,然后去探访亨利·沃特斯的小木屋。亨利一早就到了山脚下,脖子上挎着一台高倍望远镜,这是他做科学考察的必备工具。我好奇地透过望远镜看了一眼,远处树叶的纹理都清晰可见。走不一会儿,亨利就会举起望远镜,对着远方瞭望。他总能很准确地把飞过的每种鸟儿的名字说出来。每到一个新的海拔,亨利总会给我们讲解山上植物的分布特点。所以,莫诺山之行,也可以说是一次博物之旅。

从莫诺山上下来后,我们和罗杰、奥宾先去看一处纪念碑,亨利则匆匆赶回他的小木屋做些准备。大约两个小时后,我们的车开到了亨利的小木屋所在的山下,得下车步行。这片山林属于新罕布什尔州柴郡县的都柏林镇。几年前,亨利动了为自己建一座小木屋的念头。很巧合的是,当年梭罗住到瓦尔登湖边时,是二十八岁,而亨利也差不多是在这个年龄住进了柴郡县乡下的这片山林。

正当我们几个顺着山坡往上爬时,亨利从前方的丛林钻了出来,下来给我们带路。于是,我们跟在他身后,钻进了丛林。每走几步,他就回头看一眼我们,生怕我们走丢。的确,如果亨利不出来接我们,我们还真的会迷路呢,因为丛林里并没有清晰的人行步道。钻过了很多树林,翻过了很多乱石,亨利的小木屋终于出现在我们面前。

亨利的木屋用纯木材搭建，跟梭罗在瓦尔登湖边的小木屋相比，亨利的木屋面积要大得多，大约二十几平方米的样子。小木屋已经经历了三年多的风雨，外表看上去很陈旧，在旺盛的自然面前，它显得很谦卑。走进小木屋，颇有宽敞感，因为亨利在设计的时候故意增加了木屋的高度，这样可以在不扩大木屋占地面积的情况下使之显得宽敞、明亮。

小木屋虽然不大，但四周开了七八个窗户，而且，没有一个窗户上是装了窗帘的。很显然，他是要让自己的木屋成为自然的一部分：阳光穿透树叶照进丛林，也照进他的木屋。不管是下雨还是飘雪，自然都离他很近。亨利告诉我："我是希望建一个房子，可以在那里安心读书、写作、吃饭、睡觉、弹钢琴。当然，我也不是要与外界隔绝。事实上，我理想的房子应该是自然的延伸，应该有'户外感'，应该是一个能让风雨交响的地方，一个能让所有的光照进来的地方。"他的这个选择与梭罗十分相似。我们对梭罗有一个误解，认为他是一个"离群索居"的人。其实，梭罗是一个相当社会化的人，就是住在瓦尔登湖边的小木屋里的那两年，他还是经常到康科德镇上去，与社会各界保持联系。而我的朋友亨利，虽然他住进了丛林，住进了木屋，但他并不是一个当代鲁滨孙，他在学校里担任教职。选择入住山林，是他的一种人生态度，是他的自然观的外在流露。总之，亨利的小木屋成为基恩市郊外独特的一"景"。新英格兰地区的诗人都知道，亨利是一位"住在小木屋里的诗人"。

小木屋的内部与它的外表形成强烈的反差。虽然木屋建成已经有三年多时间，里面的木材依然很鲜亮，似乎还能闻到新鲜木材的香味。走进木屋，右边是亨利的工作区，占据了屋子的北侧和西侧，墙上的书架几乎做到屋顶；左侧则是他的生活区，安装了取暖用的火炉，还有极其简单的炊具。木屋最里面有一块挑高的地面，那里摆放着亨利的钢琴；钢琴的上方则是一个相框，相框里便是亨利的偶像——梭罗。

小木屋里没有床。正当我感到纳闷时，亨利指了指我坐的那张硬板沙发，说那就是他的床。原来，这沙发白天是折叠起来的，晚上放下来是一张小床。毕竟木屋的空间太小，小得不可能放进大床。更主要的是，梭罗的生活理念就是要"简单"（simple），越简单越好；而我的朋友亨利如今也是把自己所有的一切都装进了这不到三十平方米的木屋：他的动植物研究，他的诗歌梦想，他的音乐，还有他对自然的迷恋。

小木屋是建在一个山坡上，周围被高大的树林包围。远近没有人烟，亨利一个人独占这片山林，独享这林中的静谧与寂寞。没想到，在21世纪的今天，在离梭罗故乡约50公里的地方，一个小伙子也像梭罗当年那样，把自己的灵魂安放在丛林中，让自己的肉体栖居在自然的怀抱里。当然，亨利对梭罗的模仿，绝不是那种浅层次的、外在的"跟风"。

我们所认识的梭罗主要是文学家的梭罗，而忽视了他作为博物学家和哲学家的一面。梭罗与自然的关系，远远超出了我们所理解的"亲近自然"。当年，他的足迹遍及新英格兰地区，除了纵情于山水，还做了大量的植物学、动物学、地貌学等多个科学领域的研究。在这一点上，我的朋友亨利跟当年的梭罗特别像。在诗歌界的朋友中间，他是诗人；作为梭罗的哈佛校友，他的"主业"是做自然科学研究，特别是鹰类研究方面。在登莫诺山时，只要有鸟儿歌唱，他就会告诉我们，那是什么鸟在唱。我不知道，亨利是不是从大学阶段就开始"模仿"梭罗,总之,他的身上有太多像梭罗的地方,特别是在把文学与动植物研究结合在一起这一点上。

亨利与典型的美国人不太一样,人很温和,甚至还有点腼腆。他嘴角总是挂着微笑,每次开口说话前,会习惯地啧啧嘴,笑一笑。他的眼窝比较深,这一点跟梭罗很像。更多的时候,他总是很沉默,但表情总是很专注。他的头似乎总是有点向左偏,让人觉得,他时刻在沉思。加之他是哈佛的毕业生,他周身透出一种呼之欲出的高智商。大概是长期做野外实验的缘故,他的皮肤显得有点黑,显出一种沧桑感。

亨利的情商也是很高的。那天我们到他的小木屋去,他匆忙回去做准备。等我们来到他的小木屋前,我笑了。原来,他把我的朋友子川的一句诗写在木屋前的黑板上:"南北东西茶半盅。"他汉字一个也不会,但他从英文翻译得知这句诗很符合语境,便用粉笔把它写在黑板上,作为给中国客人的礼遇。有一次跟一伙美国诗人吃饭时,我朗诵了一首我在英国期间写的英文诗《电台里的辩论》。大意是,BBC里的内容太无聊了,第二天早上,"我把收音机煮了当早饭"(I cooked the radio for breakfast)。今年的新英格兰奇冷,前两天他在给我的邮件中这样写道:"午夜时分,我孤零零地一个人在小木屋里,悲哀地听着BBC电台,很想知道,如果我把收音机扔进火炉,将会发生什么。"没想到,我席间朗诵的一首诗,他现在还记得,而且还能很幽默地化用在他的邮件里。亨利的大脑不愧是哈佛大脑。

在拜访亨利小屋的那两个小时里,我整个人处于高度兴奋状态,里里外外地看,似乎是要把一切装在记忆里,带回中国来。踩着林子里落了一层又一层的松软的落叶,我远远近近地把亨利的小木屋仔细端详。小屋的四周都是丛林,不知纵深几何;从丛林里看小屋,小屋就像个很不起眼的木头盒子,在自然面前,显得那么谦卑。离小木屋大约十来米的地方,有一个更小的小木屋,占地大约一平方米。我笑了,明白了它的功能。小屋南面有很多柴火堆,这让我间接地明白,这里的冬天会有多寒冷。小木屋没有从外面接来的电线和水管;亨利用太阳能发电,用水箱储蓄天然之水。

当然,亨利不是脱离人类文明的"自然人",他的小木屋里有书,有茶,还有威士忌。坐在木屋里,喝着威士忌,让丛林包围我们,看阳光透过叶子照进来,可以体味家在自然中、自然在家中的感觉。

由于晚上还有朗诵,我们起身告辞。可是,亨利表现出欲言又止的样子。原来他是希望我们再留一会儿,希望我们能听他用钢琴弹一个乐曲。这当然好!于是,大家又坐了下来。亨利打开钢琴盖,弹了起来,一首勃拉姆斯的《降B大调第二钢琴协奏曲》在小木屋里弥漫开来。完美的音乐,总是源于自然与心灵。在这远离尘嚣的丛林里,用一副东方的耳朵,听一位崇拜19世纪的梭罗的美国当代诗人,弹一首19世纪的德国古典音乐,一时间,我忘记了自己身在何处。大家静静地听着,每个人的脸上都闪烁着圣洁的光芒——被音乐点燃的光芒。

勃拉姆斯是德国19世纪浪漫主义运动中的代表性的作曲家之一。德国的浪漫主义是典型的怀旧的、向往中世纪的浪漫主义。贝多芬的音乐激进得可以摧毁一个旧世界,但勃拉姆斯却总是沉湎于对旧世界的怀念。我似乎明白,亨利为什么喜欢勃拉姆斯。

在21世纪第17个年头的秋天的一个下午,一个叫亨利·沃特斯的美国诗人,在他的小木屋里,在丛林的深处,弹着一首19世纪的钢琴曲。他面前的墙上,挂着梭罗的肖像。

在南下的火车上读梭罗

在波士顿南站（South Station），踏上南下的火车，标志着我的新英格兰之旅已经结束。

车厢里大约有十来个乘客，空空荡荡的；火车摇摇晃晃地晃出南站，车厢外飘着丝丝秋雨，相对于火车这巨大的"猛兽"，雨声是那样的无力。已经红了的叶子，颜色更深了，在秋风中坚持着令人揪心的色彩——所有这一切似乎营造出一种意境：淡淡的惆怅，淡淡的诗意，淡淡的疲倦，淡淡的人生。

我自幼酷爱法国的卢梭，沉醉于他"回归自然"的执着；后来又远赴英伦，在华兹华斯的家乡，我对卢梭的认识又进了一层；如今，走过新英格兰，走完瓦尔登湖的"朝圣"之旅，我终于可以让自己本来已经很安静的心再安静一点。我更加懂得梭罗的精神导师（mentor）爱默生所说的那句话："从男人体内升起的是太阳，而从女人体内升起的是月亮。"自然的阴阳与人类的阴阳，其内涵真的能跨越文化的疆界。我也更加喜欢梭罗在瓦尔登湖边写下的："在一个愉快的春日的早晨，一切人类的罪恶全部得到了宽赦。阳光如此温暖，坏人也会回头。"

喜欢速度的美国人，居然把火车弄得那么慢。离开马萨诸塞州，略过罗得岛州，擦过康涅狄格州，途经纽约，横穿新泽西，挨着特拉华州，进入马里兰州。7个小时的车程开到了8个小时。还好，正好可以反刍一下这些天来的五彩斑斓的瞬间；还好，从瓦尔登湖边买到了梭罗的两本书《瓦尔登湖》和《漫步》，正好可以把我陪伴。

徐迟先生说过，《瓦尔登湖》是一本"寂寞的书"。寂寞的旅程，读一本"寂寞的书"，再合适不过——在寂寞中消费寂寞，也就不再寂寞。而窗外新英格兰的丛林、湖泊、草地，仿佛可以与书中的自然应和。一筒薯片，一杯咖啡，一卷好书，时间可以变成任你差遣的奴仆。

火车过了罗得岛之后，停了很长时间，等我睡醒一觉，还停在原地不动——这就是美国的火车。

于是，我又打开梭罗的《漫步》（*Walking*）。这本薄薄的口袋书，在国内似乎没有见到过译本，上海三联出的罗伯特·塞尔编的《梭罗集》也没有收入这本小书，所以这是第一次读。康科德已被远远地抛在我的后面，而我现在却开始在摇晃的车厢里，读梭罗在他家乡康科德附近漫游而写成的这本小书。

远足（excursion）是英国人的传统，自然条件得天独厚的新英格兰地区的美国人自然把这个传统带到了新大陆。而梭罗更是一个"卓越的"漫步者。似乎只有在自然中，他才能找到归宿感。他认为，一个人如果没有一个特定的家（particular home），那么，无论在哪里他就像是在家里。所以，只有回到了大自然中，他才觉得自己是回了家；他甚至觉得待在屋子里就是一种罪恶，就是对人类天性的背离。他特别欣赏关于华兹华斯的一件轶事：一个旅行者到湖区去拜访华兹华斯未遇，便请求其佣人让他看看华兹华斯的书房。佣人指了指华兹华斯的书房说，这就是他的书房，但他的研究是在户外。从《漫步》一书中，我们可以看到梭罗与华兹华斯之间的传承关系。

下午5点多，火车绕着城边缓缓开进纽约城，进入Penn火车站。在纽约的城边上，可以看到曼哈顿的高楼林立，而我手上正捧着一本有关丛林漫步的书，颇有点反讽的意味。

早在19世纪中期，美国的工业文明还没有像今天这样发达，但就在那时，梭罗对现代文明已经非常反感。如果今天他来到曼哈顿，会有什么感受呢？手上捧着梭罗的书，眺望着远处高楼，在火车的摇晃中，我的思绪在时光的隧道里飘忽不定。

我坚信梭罗肯定不会与时俱进。作为一个"卓越的"漫步者，他的很多时光是在丛林中湖水边度过的。他认为，漫步是一种艺术（the art of walking），而且是一种"高贵的艺术"（a noble art）。虽然他给自己的这本小书命名为《漫步》（Walking），但是他更推崇人们"悠然地漫步"（saunter）。由此，我忽然发现，虽然汉语非常优雅，非常具有装饰性，但英语在表达"走路""散步"这类意思时，其词汇很是丰富，比如walk（散步，漫步），amble（漫步，缓行），saunter（漫步，悠然地漫步），stride（大步流星地走），stroll（闲逛，徐行），strut（趾高气扬地走，高视阔步地走），swagger（昂首阔步地走，大摇大摆地走），waddle

（蹒跚而行，摇摇摆摆地走），等等。在这么多的词汇中，梭罗用walking做书名，但他最推崇的还是saunter。

火车穿过纽约和新泽西之间的一片相对乡村的地带，进入纽瓦克。我一会儿看书，一会儿看景，咀嚼着这次不寻常的旅行。

梭罗的这本《漫步》名为漫步，当然并不只是讲漫步，确切地说，是漫步触发出来的思接千载、人类性灵与自然万物的超验性交流。既有乡野日落的精彩描绘，也有淳朴民风的描写，更有对人类精神的深层次的探寻。他一会儿回到古希腊，一会儿流连于拉丁传统，一会儿又回到旷野与山林，既像蒙田，但又不像蒙田那样总爱引经据典。总之，梭罗的《漫步》是一本极富流动感的文学作品和思想著作。

火车终于摇摇晃晃地开出了纽瓦克，雨早已停了。我所熟悉的宾州丘陵，虽然隔着车窗，还是让我感到一种亲切感。

读着，读着，我忽然感到这本书有点"面熟"。对，我想起了卢梭的《漫步遐想录》，又想起了钱穆先生的《湖上闲思录》。卢梭的这本书写于1776到1778年，其实未写完就在巴黎辞世。梭罗这本书写于1862年的康科德，他的家乡。钱穆先生的书则写于1948年，在江南大学任教期间。于是，我便突发奇想，梭罗在写这本书时，是不是受到过卢梭的影响，而钱穆先生是不是也拜读过这两位前贤的著作呢？其实，这并不重要，我也无须在这里做考辨。我说这些，乃是要表明一点：书和书之间，有神似也有形似。

我始终觉得，梭罗和卢梭，具有天然的可比性，特别是在对自然的态度上。当然，卢梭没有梭罗那样得天独厚的自然环境，他的才华很多是浪费在沙龙里，浪费在为自己遭受迫害后的辩护上。梭罗是幸运的，新英格兰的丛林和原野，康科德的湖泊，让他的性灵得以舒展。读着书中的景色,再看看窗外的景色,我真的有一种错乱感,但这种错乱感让我感到从未有过的阅读愉悦。

忽然,一束傍晚的阳光透过车窗照了进来。天已放晴,火车已经摇晃到了费城的郊外。雨后的晚霞分外明媚,这样的晚霞也正是梭罗在他的书中反复赞叹过的。已经七年没有到过这座城市了,但它似乎跟七年前没有什么两样。过了费城,天色渐渐地暗了下来。离巴尔的摩还有一个小时左右,我得抓紧读完梭罗的《漫步》。

我发现,梭罗所崇拜和赞叹的自然,既是一般意义上的自然,但也是美洲,特别是北美特有的自然。假如让他生活在非洲,那么,他的超验主义(transcendentalism)大概会呈现出另一种特质。从他所引用的英国旅行家、加拿大总督弗朗西斯·海德(Sir Francis Head, 1793—1875年)的一段话,可以看出他的这种倾向:"在美洲,不管是南半球还是北半球,造物主不仅把他的作品创作得更大,而且是给这幅画着上了更鲜艳更富贵的颜色……美洲的天穹看上去更高,天空更蓝,空气更新鲜,寒冷更严厉,月亮看上去更大,星星看上去更亮,雷声更响亮,闪电更耀眼,风更强劲,雨更大,山更高,河更长,树林更辽阔,平原更广袤。"

读到这一段,我很是震撼。虽然这不是梭罗自己的文字,不过是他的引用,但从中可以得出很多耐人寻味的东西。也可以说,是欧洲中心主义(Euro-centrism)在美洲的"变种":美洲之所以神奇,是因为它是被西方人首先发现又被西方人统治;换言之,这也是北美殖民者"新迦南"意识的体现。当然,我相信,梭罗之所以引用这段话,更是从一个大自然崇拜者的视角出发的。

火车又慢了下来,终于晚于时刻表40分钟左右到巴尔的摩了。Amtrak这慢吞吞的速度真好,能让你的心安静下来,并且能读完一本书。

合上梭罗的《漫步》，拖着行李箱走出车厢。走出巴尔的摩火车站，满目黑人。没错，终于到巴尔的摩了。可是，来接我的朋友常教授始终没有出现。就在我着急的时候，一个黑人出租车司机上前来，问我怎么回事。我的话还没有说完，他哈哈大笑："老弟，你一定是提早下车了。你应该在下一站巴尔的摩国际机场下车。"我连忙给常教授打电话，他的确是在下一站等我。

都怪我没有仔细看车票，都怪我读书误事。

第七辑　跨越重洋的玫瑰

诗人布莱特·福斯特
——一封发往天国的电子邮件

2015年11月22日,感恩节前夕,正当我在宾州和朋友们期待感恩节聚会的时候,收到芝加哥惠顿学院维恩教授的邮件。

在这节日的气氛里,这封带来悲哀消息的邮件,令人格外心痛,让人觉得生命原来是如此脆弱,生和死之间,似乎只是一道随便可以跨过去、但又是永远跨不回来的栅栏。在感恩节前夕,这封邮件将我的感恩都集中到了一个人——诗人布莱特·福斯特(Brett Foster)——身上。可是,我心里总是无法接受。布莱特怎么可以就这样永远离开了我们呢?

2014年4月上旬,我访问芝加哥惠顿学院时,住在维恩教授家里。好客的维恩知道我是诗人,便在惠顿学院的餐厅里安排了一次午餐,约请了他的两个同事跟我一起共进午餐。其中一个便是诗人布莱特·福斯特。我送给布莱特我的双语诗集《迷失英伦》，布莱特赠给我他的新作 The Garbage Eater。布莱特性情开朗，为人谦和，眼睛里总是闪烁着对别人充满赞赏的光芒。他说话声音不大，但总是对你所说的加以肯定。跟他谈话，总让人有如沐春风的感觉。虽然只是一面之缘，"好人布莱特"已定格在我的记忆里。

可是，这么一个生龙活虎的好人，怎么就在分别后不到20个月就永远地离开了这个世界呢？

4月上旬离开惠顿学院后，我和布莱特本可以再次见面，因为我们一个星期后都参加了在密歇根州的加尔文学院举行的"信仰与写作节"（Festival of Faith and Writing）。从活动手册上我看到布莱特有一个会议发言，主要是讲诗歌的翻译。题目是《诗歌就是在翻译中获得的一切》（"Poetry Is What Is Found in Translation"）。只可惜，当时由于活动冲突，我未能去听他的报告，但就从他的这个题目，我可以看出他对诗歌翻译的理解是与众不同的，却是我所支持的。现在想起来真有点后悔：再也没有机会听他谈诗歌翻译了！

回到国内后，我一边忙于日常工作与教学，一边着手编我的第二本双语诗集《五片叶子》。时常想起布莱特，想起他的开朗的笑，想起他的温文尔雅，想起他眼睛里闪烁的亲和的光芒。我把自己要出版双语诗集的打算告诉了他，他非常支持。于是，我们从6月初便开始了频繁的电邮往来，我分期把自己确定下来的译文发给他，他则在word文档上提出他的修订建议。

后来，我们之间的联系中断了一段时间。等我秋天收到他的邮件时，才知道，他患了直肠癌，在夏天经历了一次手术，正在休养中。不过，从字里行间看，他很乐观，对即将开始的化疗充满期待。而我呢，一直以为，美国人对待癌症的态度跟中国人不一样，认为他们只是把癌症作为很多疾病中的一种来医治，不会像中国人那样有很大的心理负担。2014年春我们初次见面的时候，或许他已经得知自己的病情，但从他的表情上一点也看不出。事实上，他在每次邮件中都表现出很乐观的人生态度，并在病中翻译了不少但丁的十四行诗，他说，自己"在诗情上非常活跃"（very active with poems）。

2015年的夏天，我的这本双语诗集差不多完成了。后记中，我引用了布莱特关于诗歌翻译的观点，他在回信中很是感激。我在9月20日和10月1日连续收到他的两封邮件。从他的邮件中得知，他2015年夏天经受了五次手术，但病情并没有好转。不过，从他还在给我发邮件这点看，我依然幼稚地认为，这些只是治疗的一个程序，凭借美国的医疗技术，布莱特的病是一定能治好的。

可是，我也真是太天真了。现在再去看他10月1日的那封邮件（最后一次邮件），才知道他的境况已经很糟糕了。原话是这样的："I do hope I have better news to report to you sometime soon. For now, though, I am grateful for each day, and take each day as it comes to me, some better, some worse."（我真的很希望很快有更好的消息报告你。可是，现在我对每一天都充满感激，日子每日来过，时而好，时而坏。）

没想到，这是布莱特的最后一次来信！我本希望下次去北美时从芝加哥入境，去看他，去把我的新诗集送给他。我甚至希望在感恩节后在芝加哥经停时到惠顿去看望他，可是，他却在感恩节前永远地离开了这个世界。

写着这些文字的时候，我忽然像个傻子似的再到惠顿学院的网

从老欧洲到新英格兰

站上去找布莱特的名字——他的电子邮件地址居然还在!见到它,就像见到他本人似的。

于是,我又像个傻子似的给他发去这最后一封邮件。

> Dear Brett,
>
> Your last mail finally reached me. This is my last mail to you. I never thought you would leave us. I can hardly imagine how you suffered from your sickness. Thank you for your helping me with my translated version. When I got the news from Wayne, I was in Lancaster. I wish some day I could place flowers before your tombstone.
>
> God bless you.
>
> Yihai

他会收到我的邮件吗?天国用电子邮件吗?

寻找布娃娃安和布娃娃安迪

约翰尼·格鲁既是一位儿童文学作家,也是一位才华横溢的艺术家。他所插图的《格林童话》,让格林童话获得了新的生命。他所创作的儿童文学作品,里面的插图都是出自他自己之手。"左手写作,右手插图",这是格鲁的过人之处。

在格鲁的众多作品中,《布娃娃安》和《布娃娃安迪》最能体现他的风格。这两部作品,不仅想象丰富,情节奇特,故事温馨,插图同样精美、传神。差不多一个世纪过去了,那些插图仍然绝不输于当下的图书插图。

我翻译格鲁的作品,其实很偶然。记得是有一年的初冬,在南京开会。下午,出版社的一个朋友忽然打电话约我出去吃饭。天擦黑时,他开车带我去一处高楼上吃牛排。牛排很好吃,但是,吃完后,他从包里拿出一本英文原著,书名是《努姆仙境》(The

Magical Land of Noom），一部儿童文学作品。他希望我能把它翻译出来，并且说了很多颂扬我的话，说我的文字是多么的好，一定适合翻译这本书。

我以前从来没有翻译过儿童文学作品，也没有打算在儿童文学上有什么作为；但吃了人家的嘴软，看在美味的牛排的份上，我半推半就地答应了他的请求。

转眼两个月过去了，寒假来了，忽然想起那天吃过牛排后的承诺。女儿拉丁正好读高三，自以为英语不错，学习上不够踏实。于是，我便拉她跟我一起翻译。之所以跟她一起翻译，也是因为她还处于"后儿童"时代，在语言风格上能吃得准。于是，分工后，我们便同时在两台电脑上各干各的。

寒假结束了，书也译完了。

《努姆仙境》出版后，那个朋友又来找我，说《努姆仙境》销路不错，拟继续做格鲁的书，要我翻译格鲁的《安妮姑娘讲故事》，以及他的姊妹篇作品《布娃娃安》和《布娃娃安迪》。这时，女儿拉丁已经上大学了，我们便异地合作，陆续把这几本也翻译出来。

拉丁之所以愿意跟我一起翻译，很大程度上是因为她非常喜欢这些书中的插图，欣赏格鲁的画风。《努姆仙境》第一版用的是美编插图，到第二版就改用格鲁自己的插图了。《布娃娃安》和《布娃娃安迪》是格鲁献给女儿的两部作品，其中的插图自然是倾注了他的心血。格鲁给这两部作品做插图的同时，将两个布娃娃的设计形象申请了美国专利。可惜的是，格鲁的女儿玛瑟拉去世后一个月，其专利才在美国专利局获得通过（1915年）。经受了失去女儿的悲伤后，格鲁便开始将他获得专利的设计批量制作，与《布娃娃安》和《布娃娃安迪》两部书一起销售。这样，这两部作品与布娃娃玩具在儿童世界里相得益彰。

格鲁所设计的两个布娃娃，根据相关资料，是有其原型的：他是受到了女儿最喜欢玩的一个旧布娃娃的影响，而那个旧布娃娃是玛瑟拉从自家阁楼上找到的。翻译完了安和安迪的故事后，我忽然想，不知现在市面上是否能买到格鲁所设计的这两个布娃娃了。如果能买到，也算是让我这个译者满足一下好奇心。

2014年春天，我去美国开会，计划之一就是要买到这两个布娃娃——布娃娃安和布娃娃安迪。

到美国后，我找了好几家书店和玩具店，都是失望而归。我问店员有没有布娃娃安和布娃娃安迪卖，三十岁以下的店员，大多数都摇头；而五十岁以上的店员，先是一脸茫然，接着才恍然大悟，连说，布娃娃安我知道的，是几十年前流行的玩具娃娃，现在很少有人知道了。我这才意识到，在21世纪的今天，我像个从上个世纪三四十年代穿越而来的一个人，并且还希望买到那个时代的东西，忽然觉得自己是多么"旧派"（old-fashioned）。

但我没有死心，我坚信格鲁是一个经典作家，他根据自己的作品所设计的布娃娃一定还是经典，它们一定还在某个地方，只是我还没有找到它们。

我的旅行在继续，寻找布娃娃的路还在延伸，从伊利诺伊到密歇根。终于，在一个宁静的下午，在密歇根州大急流城郊外的一个儿童用品店里，我终于找到了布娃娃安和布娃娃安迪，终于找到了他们兄妹俩。在一个架子上，我看到了很多的布娃娃安和布娃娃安迪挤在一起。终于找到了！是它们：布娃娃安穿着蓝色的裤子，布娃娃安迪穿着白色的小裙子，它们的头发都是用纱线（yarn）做成，跟书里写的一模一样。

女店员看到我那么惊喜，有点不解。当她得知我是格鲁作品的中译者的时候，她自己似乎也觉得很有成就感。虽然有点贵，就一个布娃娃居然24美元，但我还是毫不犹豫地买了一对。终于圆了心愿。

后来，到别的地方，我又试着继续寻找这两个布娃娃，以验证它们在市面上是否真的很稀罕。在宾夕法尼亚的兰开斯特县，我居然又找到了，既然重逢，我又买了一对。

或许您会觉得这个译者"痴"，但这正是一个译者应该有的品质：翻译一本书，不仅仅是一种文学行为；译者对他所翻译的书要有感情，对书的作者要有感情，对书中的人物要有感情，对跟这本书相关的事情也要有感情。当我把翻译的格鲁的书和两个布娃娃一起放在书架上，那就是一片情意绵绵的风景，就是一个有故事的画面。

其实，翻译格鲁的书，我自己的精神世界似乎也得到了某种净化。孩子的世界总是能纯化人们的精神。有一天，我在盯着布娃娃安和布娃娃安迪看时，忽然有了写诗的灵感。

  布娃娃安
  ——《布娃娃安》、《布娃娃安迪》译后

  布娃娃安从楼梯上走了下来
  她的手上捧着一束
  从巴伐利亚采来的鲜花
  鲜花上的露水用钻石做成

让烛光在露水里面安家

在楼下的客厅里
布娃娃安喝着我煮的咖啡
和我攀谈起来

她的父亲是普罗旺斯人
她的母亲是勃艮第人
他们在《破晓歌》里
怀上了布娃娃安

她的爷爷乘着纸做的飞机
去了云里并在云里安了家
她爷爷的家
下雨时就到地上
晴天时回到天上

布娃娃安爱笑
总是笑得停不下来
布娃娃安不讲故事
因为她自己就是故事
她总是笑着
坐在很多人家的客厅里
听人们讲关于她的故事

从老欧洲到新英格兰

……就这样
我们在桌子的两端坐着
咖啡还没有喝完
烛光却黯淡下去

布娃娃安夜里从来不睡
她最爱看着我们睡着
她最爱数
被窗户抱在怀里的星星

到了第二天晚上
她要把前天夜里数过的星星
再数一遍
就好像从来没有数过

布娃娃安问我为什么要做人类
我告诉她，因为
我的爸爸妈妈不是布娃娃
我的爷爷和奶奶也不是布娃娃

两个布娃娃我都找到了，都被我带到中国来了。算起来，两个小布娃娃今年也有100岁了，但是，就算再过1000年，它们仍然是五六岁的模样。这就是当布娃娃的好处，也是活在童话里的好处。

一个美国人的生活

忽然收到一封电子邮件，看邮件地址，原来是美国著名传记作家阿尔弗雷德·哈贝格（Alfred Habegger）发来的。邮件主题栏写着："关于我家房子的照片"（photos of my house）；再点开邮件，恍然大悟，这封邮件的缘起，居然是我2014年11月份在复旦时不经意的一句话。

11月下旬，我应邀参加复旦大学召开的狄金森国际研讨会，会上第一次见到了大名鼎鼎的哈贝格教授。而且，很巧合，是坐在同一张桌子上吃饭。之前跟哈贝格有过多次电子邮件交往，一是因为要给他的著作《我的战争都埋在书里——狄金森传》的中译本写评论；二是因为复旦大学为了开好狄金森国际研讨会，邀请了国内外的学者和诗人合作翻译狄金森的作品，而我，正好跟哈贝格是在同一个合作小组。

从老欧洲到新英格兰

当面交往（P to P communication）的好处是，很多在邮件里说不清的事情，现在可以慢慢地聊，细细地侃。在研读他的《狄金森传》的时候，我才知道，为了潜心研究狄金森，完成《狄金森传》，他跟妻子奈莉（Nelie）隐居到了俄勒冈东北乡村极其偏僻的"失落的草原"（Lost Prairie）。夫妇俩亲自动手，建造了一座小屋，过起了没有自来水、没有电，更没有互联网的生活。陪伴着他们的，是一堆堆书，一张张资料卡片，以及日复一日的远离尘嚣的生活。换言之，哈贝格也像狄金森那样，成了一个19世纪的人。

于是，我对哈贝格在俄勒冈的"原始生活"产生了浓厚的兴趣。三杯黄酒下肚，便无所不谈了。我便好奇地问起他在俄勒冈的生活，请他描述他在乡间的"原始生活"，并希望在他方便的时候，拍几张他的小屋的照片发给我，如果方便，再发几张"失落的草原"的照片来。

当时，我只是随便说说，分手之后，更没有把这事儿放在心上。没想到，哈贝格竟把这事儿当件事情，将近两个月后，把它作为主题，发来邮件。

还是回到这封邮件上来吧。点开邮件，在读正文之前，我下意识地在邮件的下方找附件，但并没有附件。再看正文，又恍然大悟。他在邮件中这样写道：

> 义海，我来信是要说明，我没有忘记，你希望我给你发照片的请求，以及我当时的承诺。记得当时我是答应要给你发去我和奈莉居住的小屋的照片的。可是，要做到这一点，对于其他人来说，一定是很容易的，但对于过着极其简单生活的我们并不容易。因为，我们目前还没有数码

相机这东西，我们也没有一部能拍照片的手机。不过，我会想办法尽快给你发去照片的。我们打算去找扫描仪扫描一些旧照片，或者，用胶卷拍一些照片，到照相馆冲印。

很高兴在复旦大学见面。

阿尔（Al）

读完哈贝格的邮件，我坐在电脑前愣了半天；确切地说，我是惊呆了，觉得这太不可思议。堂堂的大学教授，鼎鼎有名的传记作家，居然还没有用上数码相机。我立即给我在复旦的朋友打电话，聊起这件事。她告诉我，哈贝格不是手机不能拍照，而是他到今天都没有使用过手机。虽然生活在"苹果"之乡，作为国际著名学者的他，到今天居然都未能用上手机！这也是美国人的生活。

要知道，哈贝格并不是一个印第安原住民。他早年在丹佛大学获得博士学位，后来长期执教于肯萨斯大学，任英文教授。他的学术著作《美国文学中的性别、虚幻和现实主义》（1982）、《亨利·詹姆斯和"女人的事业"》（1989）等，产生了很大的影响；他在传记文学方面的贡献则更大，《父亲：老亨利·詹姆斯传》（1994）为他赢得了多个奖项；他的狄金森传《我的战争都埋在书里》（2001）是最新的一部狄金森传，其中文译文有80多万字，是狄金森研究界最新的重要成果。从哈贝格的生活方式看，他是不是已经out了？但他却成为许许多多的没有out的人所研究的对象。不过，在惊讶之余，我也为自己依然坚持使用不能上网、不能拍照的老手机找到了一个在大洋彼岸的"知音"。

等冷静下来再看哈贝格的生活方式时，我忽然又觉得他的生活方式是可以解释的：也许他是受到了他太太的影响。在复旦的那次晚宴上，她太太奈莉也在场。闲聊时我才知道，奈莉是阿米什人（Amish），而阿米什人是美国的一个极其保守的"少数民族"。数十万阿米什人如今依然坚持不用电，不开汽车，不看电视，更不上网。在宾州的兰开斯特县，我们总是会遇到他们驾驶着18世纪样式的马车，行驶在21世纪的公路上。这就是美国，你永远"读"不懂的美国。

还是回到我们自己的生活中来吧。如今，智能手机已经成了我们不可或缺的"第三只手"；就是卖菜的，其装备都比哈贝格教授的先进。有首歌是这么唱的："如果没有你，日子怎么过？"真可以把它改一下："如果没有网，日子怎么过？"呜呼！"互联网"者，"尘网"也，而我们都是一群被罩在"网"里的、失去自由的、"快乐的"小鸟。

至于我自己，我真的希望哈贝格教授不会因为我的一个不经意的请求，而去买一台数码相机，或是买一个"苹果"。

紫金文库

一个美国人的生活（续）

大约是三个多月前写过一篇叫《一个美国人的生活》的小文章。文章的主人公是美国著名传记作家阿尔弗雷德·哈贝格（Alfred Habegger），最新一部狄金森传的作者。文中记述了我跟阿尔弗雷德的一段交往故事。故事的大概是这样的：2014年11月，我在复旦召开的国际狄金森研讨会上认识了哈贝格教授，知道他为了写狄金森传记，跟太太一起移居到了俄勒冈州偏僻的"失落的草原"（Lost Prairie），并亲自动手造了一座小屋。出于好奇，我希望他给我发来那座草原上的小屋的照片。但两个月后，收到他的电子邮件才知道，他家没有数码相机，也没有能够拍照的手机，确切地说，他根本不用手机；所以，他要通过邮件给我发照片，得将洗印出来的照片拿去扫描才行，但他说，他一定会努力做到。感慨于哈贝格教授的简朴、独特生活，我写下了那篇小文章《一个美国人的生活》。

不过,我跟哈贝格教授之间的故事并没有结束。现在继续讲,姑且叫《一个美国人的生活(续)》。

2015年1月27日写下那篇文章后,三个多月过去了,哈贝格教授那边再也没有什么动静。一方面,由于太忙,我不会总是惦记这件事;另一方面,心想,他生活在美国的大西北,俄勒冈州草原上的时间一定要比别的地方慢,更何况,他还得找一台扫描仪把纸质照片转换为电子的,对他来说,这一定是件不容易做到的事。

就在我几乎不再惦记哈贝格教授的照片的时候,前几天忽然收到一封国外的邮件。由于左上角写地址的地方被一张"改投批条"粘着(我在我们学校的老校区上班,但邮递员把信件投到新校区去了),所以看不到写信人和地址。打开信封,从里面滑出四张照片,恍然大悟:是哈贝格教授把照片寄来了。在1月份的邮件里,他答应要把照片扫描好了通过电邮发来,但他最终还是用最传统的方式,把纸质照片寄来了。

这是四张用柯达相纸印出来的照片。我迫不及待地把它们铺在桌上,以强烈的好奇心,欣赏着照片上的小屋,照片上的风景,自己似乎也一下子到了俄勒冈"失落的草原",仿佛一下子走进了哈贝格的生活。

除了一张照片的后面标注了拍摄的季节外,其他照片的后面并没有明确标注拍摄时间,但我根据照片所呈现的景色来判断,哈贝格教授一定是按照季节来选寄这四张照片的。

第一张照片应该是拍摄于春天,整幅照片透出茵茵的绿,我仿佛能闻到那遥远的草香。照片的近景是一小片鹅黄的小花,它们似乎要告诉我们，春天不过是前不久才来到这里。照片的中景是一片开阔的草地，草地的尽头是照片的远景，远景里呈现的便是这幅照片的主角：哈贝格教授的小屋。由于是在照片远端，加之小屋所处的地方地势略低一点，所以，这小屋便显得格外的"小"。它让我想起19世纪时，另一个美国人梭罗（Henry David Thoreau）在瓦尔登湖边造的那座小木屋，并且心生感慨：在以物质文明而著名的美国，为什么总有那么多人喜欢远离物质文明呢？

　　第二张照片应该拍摄于夏天。在这幅照片里，哈贝格教授的小屋是处于中景的位置。由于没有参照，我无法具体说出它的大小，凭着我的目测，它大概有7～8米宽，15～20米长。整个小屋完全是用木头建成的。在盛产木材的北美，这很常见。就像苏格兰人动不动就用石头造房子那样，北美人喜欢因地制宜地用木头建房子。木屋的前面是一片草地，但不是那种打理得像地毯的英国式的草坪，而是完全顺应自然的一片草地，确切地说，它们是正在疯长的一片草，让人想起那个英文词：wild。木屋的后面是一处斜坡，斜坡上是一片松树林，这林子似乎向我看不见的远方绵延而去。

　　第三幅照片是哈贝格教授的小木屋的内景，照片没有标明拍摄时间，我姑且把它确定为"秋"，尽管我直觉认为这张照片可能是哈贝格教授为了满足我的愿望而摆拍的，因为这是四张照片中，唯一有人物的。在这张小木屋的内景图中，哈贝格站在照片的左侧，似乎在做着家务。木屋的地面铺着光滑的地板，屋子的中央是一根用米黄色的砖头砌成的柱子。在四幅照片中，这是唯一一幅在背面做了较详细说明的照片。共有4行多字：

　　　　这是我们小屋的内景。我们的房子实际上只有一个大房间，这个大房间充当了三种功能：厨房、书房和卧室。照片的前景是一个简单的取暖器，它本来是一只旧铁桶，我把它改装成了取暖用的炉子。

因为照片只拍到了房间的一角，所以，只能看到远端的书房。

第四幅照片不用说，是哈贝格教授小木屋的冬景。这也是四幅照片中唯一标注了拍摄确切时间的一幅。哈贝格用铅笔在背面写着："2008年1月，多年不遇的大雪。"从画面上看，小木屋的屋顶上覆盖着雪，门前堆满了雪，远处的荒原上也是雪。从近景处的小木屋向远处看去，荒原绵延，远近没有一点人烟……

终于一睹哈贝格教授这位令人敬仰的学者独特的生存空间。正是在这远离尘嚣的荒原深处，哈贝格教授完成了80万字的《狄金森传》。

在感慨于他的生活方式的同时，我还感慨于他作为学者的严谨。六个多月前，在复旦时，我也只是随便说说，希望有幸看到他的小屋的照片。没想到他这么认真，最终兑现了他的承诺。只不过，我没有想到他会给我寄来纸质的照片。收到照片后，我请人将它们扫描了一下，自己保存的同时，给哈贝格教授发去一份。想起来，这个故事多少有点"异常"：他，虽然是生活在一个很发达的国家，却是用一种相对传统的方式给我寄来纸质照片；我，虽然生活在一个发展中国家，却是用一种相对先进的方式再给他传去扫描过的电子照片。在网络和设备如此发达的今天，用现代手段传几张照片，对于大多数人来说，不过是举手之劳，几分钟就能搞定，而哈贝格教授却前后用了六个月时间。虽然已经是21世纪，但我还是感动于这19世纪的节奏。

紫金文库

一位"经典的"欧洲老太太

侄子在法国最南方的一个小村子里做考古研究。我既然已经到了巴塞罗那，何不去看看他？我很喜欢这个侄子，因为他基本上是以我为"榜样"，一直读到中科院考古所的博士。

在地图上一比画，从巴塞罗那到侄子所在的Perpignan市，也就一百多公里。于是，便买张火车票，离开西班牙去法国。一个小时后到了Perpignan市，再坐一个小时的公交车才到了侄子做考古研究的法国最南方，地中海边的村子Tautavel村。

侄子让我住他那儿，把与我同去的同事安排到了开家庭旅馆的老太太Eric家。下午的时候，我和侄子先去把同事的行李送去，第一次见到Eric，一个清清爽爽、笑容可掬、热情典雅的欧洲老太太。一进屋，Eric便热情地问我们，喝点什么？是水，还是茶，还是啤酒？我们下午的活动安排得很满，时间很紧，我就说，不喝了，不喝了。可是，Eric的笑容依然停在脸上，又问，喝点什么？侄子这才提醒我，我们"必须"喝点什么。到了一个欧洲人的家里，主人一定要问你"喝点什么"，如果没有喝点什么，本次造访似乎就不成立。于是，我们只好坐下来，喝了杯冰镇柠檬水。

晚上10点多，地中海边的夕阳渐渐消去，我和侄子一起送我的同事到Eric家去homestay。这一天天气很热，Eric把花园里的灯都打开了，让我们在花园里的一张圆桌边坐下。刚落座，Eric又像下午时那样，忽然问道，喝点什么？跟下午时一样，我本能地觉得不想"喝点什么"，一是刚才在侄子屋里吃了一顿自己做的"中国餐"，二是出于经济考虑：我让同事在她家homestay，我们所喝的不还记在我的头上吗？不过，侄子的眼神告诉我，还是喝点什么吧。于是，我跟Eric要了瓶啤酒，喝完一瓶后又拿来一瓶。很好的啤酒，消除了我这一天跨国旅行的疲惫。

第二天一早，我就要离开村子，坐公交车到Perpignan市，再从那里坐火车回巴塞罗那，奔机场飞哥本哈根。Eric很热情，让我和侄子来吃早饭。我们答应了，心想，反正结账时我们付清就行。真是很丰盛的早餐：烤得恰到好处的长面包，上好的黄油，好几种果酱（包括她自己做的草莓酱），浓淡适中的咖啡，还有我最喜欢的西班牙火腿，为我这24小时的法国之行画了一个非常愉快的句号。

同事的这次homestay，我早有了心理价位：Eric这么热情，我们自然应该为这热情埋单，所以，我的心理价位是100欧。可是，Eric实际上只收了我50欧。

"喝点什么？"当Eric不断问我喝点什么时，我忽然回到年轻时学英语时所读到的对话：What do you like to drink？（您想喝点什么？）这"喝点什么"已经深入到欧洲人的骨髓，就像中国人见到客人端茶、敬烟那样。从Eric身上，我看到了"老欧洲"的风范与情调。她开家庭旅馆，无疑是一种经营，但从她的身上，看不出任何商业气息。

她的家是一所平房，红瓦的屋顶，奶白色的墙。院门开在屋后，进得院门，首先看到的是她的一辆"迷你"的小汽车。一条绕墙的石板小路引领客人进入花园，引向她的小屋。跟很多欧洲花园一样，院子里小小白石铺满，各种花儿从白石里生长出来。栽在花槽里的玫瑰，更是抖搂出六月的艳丽。我们晚上去她家时，才发现，小径边每个花槽里，都有一盏小小的灯，小小的灯亮着，既给客人指路，也把花儿照亮，让客人即使在夜晚，也能看到玫瑰的脸。Eric的花园里琳琅满目而不凌乱，有让客人躺在花园里休息的躺椅，有很小的桌子周围配上几张小小的椅子，有很多摆在一起的花园椅子（garden chair），有放在墙角的烧烤炉——就是说，她的这个花园可以迎接不同需求的客人，可以满足客人的各种活动。

从侄子那里得知，Eric并不是法国人，她的故乡在比利时。不知是什么缘故，她来到了法国；也不知是什么缘故，她在法国最南方的这个村子里买下了这座房子。Eric自己有几个孩子，此外还领养了几个韩国孤儿。她会说德语、法语、英语和佛兰芒语。那天晚上我们十点多到她那里时，她正在花园里的灯下读着一本长篇小说，像维多利亚时代的小说里所描写的欧洲女性那样。这也是为什么我从Eric的身上，看到了古老的欧洲，看到了"经典的"欧洲女性。

这是地中海边阳光明媚的一个早晨。用完Eric准备的丰盛的早餐后，我拖着行李箱，继续我的旅程。走出Eric家的院门时，我情不自禁地回了一下头，发现她的一个窗户正对着院门，窗台上摆着

从老欧洲到新英格兰

一盆盛开的玫瑰,玫瑰在8点钟的阳光下无比艳丽,让所有从这里经过的人都会慢下脚步。并不是所有的玫瑰都表示浪漫,但我觉得,这盆玫瑰是世界上最美、最浪漫的玫瑰。

当然,也不必惊讶。毕竟,这是在法国。

在"世界的中心"

远行之所以充满魅力,是因为我们会邂逅不同的风景,不同的人,不同的瞬间。之所以能够邂逅,是因为我们走着与平时工作、生活不同的路径——天天见到的风景,就不再是风景。而只有邂逅,能让我们的生命在一个瞬间鲜艳起来。走在巴塞罗那街头,我们会不可避免地邂逅安东尼·高迪(Antoni Gaudí,1852—1926年)。我们会惊讶于他那大胆的建筑设计,而这种惊讶一般会在我们走进震惊世界的"圣家族大教堂"时达到顶点。

那天上午,从法国南方城市Perpignan火车站走出来,准备去乘公交去地中海边的一个小村子。忽然,来接我的侄子提醒我回看身后的Perpignan火车站,并告诉我,达利在这个火车站总能获得灵感。

我这才停下脚步仔细端详这座火车站的建筑:在法国南方6月

爽朗的阳光下，火车站橙色的主体建筑与碧蓝的天空形成非常夸张的反差，从而使得它具有非常强烈的"存在感"，甚至可以说，它是这个城里"存在感"最强的建筑。火车站在设计上其实并没有太特别的地方，长形的整体形态，中间五个门采用圆拱顶的设计；主体部分约有三层楼那么高，顶上一个很大的时钟，显示我认识它时是上午11：25。那么，这座火车站特别在哪里呢？我觉得是它的色彩。它用红砖砌成，但这种红砖比北欧的土黄色红砖要深，比英国的那种深红色红砖要浅，结果呈现出一种很鲜亮的橙色，这种橙色在地中海边的阳光下，自然会呈现出最强烈的视觉效果。当年达利来到这里时，肯定是被它的视觉效果吸引住。

萨尔瓦多·达利（Salvador Dalí，1904—1989年）是西班牙杰出的超现实主义艺术大师。我素来喜欢他的作品，因为我早期的诗歌创作受超现实主义影响最多，当然更主要的是受以巴黎为中心的阿拉贡、艾吕雅等超现实主义诗人的影响。"诗中有画，画中有诗"，超现实主义的诗歌与艺术，在骨子里是相通的。当然，这不是本文的重点，重点是通过这次旅行，我发现了高迪和达利在艺术追求上的一些共性。

高迪和达利都是杰出的西班牙艺术家，前者的成就在建筑艺术上，后者的艺术成就在绘画和装饰设计上。可是，仅仅简单地把他们归属到"西班牙"实在太过笼统。高迪和达利共同的一点是，他们都是加泰罗尼亚人：高迪出生于离巴塞罗那不远的加泰罗尼亚小城雷乌斯，而达利出生于西班牙东北部的加泰罗尼亚的菲格拉斯城，他们是"老乡"。至于他们在艺术上所做的"离经叛道"的探索，我想，一方面要放在整个西方艺术史中来考察，另一方面则要从种族方面探究。在艺术史的方面，高迪所处的时代，罗马帝国以降的西方经典建筑艺术早已登峰造极，后来的建筑艺术家只能在罗马艺术和哥特建筑的"阴影"下徘徊，怎么努力都是古典设计的"变种"。于是，高迪在线条上找到了自己的归宿，他的不少设计最终成为联合国文化遗产。而达利则在弗洛伊德的潜意识和法国超现实主义之间找到自己最好的表达形式，他作品中所表现出来的变形、梦境、错位，都是我在诗歌中一直追求的。

还是回到我的旅行吧。从巴塞罗那到佩皮尼昂，从佩皮尼昂再到巴塞罗那，我对加泰罗尼亚地区总算有了一个直观的认识。从西班牙的东北部到法国的南方，虽然跨越国界，但在古代它们是一体的，同属于加泰罗尼亚地区，盛行加泰罗尼亚文化。而法国的佩皮尼昂更是古代加泰罗尼亚文化的一个中心，并且曾经是加泰罗尼亚文化圈阿拉贡王国（Kingdom of Aragon）的首都。高迪和达利在艺术上的探索固然跟他们的天赋密不可分，但是，我忽然觉得，他们的加泰罗尼亚文化身份，会不会是他们在艺术上能如此标新立异的一个重要因素呢？这是我的一个隐约的直觉，当然，南欧到西南欧的艺术家跟西欧、北欧的艺术家相比，他们历来都显得与众不同，毕加索是这样，塞尚也是这样。

虽然从国籍上看达利是西班牙人，但从加泰罗尼亚地缘文化看，他的血脉中又有着佩皮尼昂文化传统的渊源。传说，他是在1963年来到佩皮尼昂火车站的，并声称，这里就是"世界的中心"（Centre du Monde, the Center of the World）。一个小城市的小火车站，经一位伟大的艺术家的重新"命名"，便由此不同寻常了。

……离开"世界的中心"，我继续朝南走，朝南的这条街跟火车站前的街道正好形成一个丁字街。沿着棕榈树夹道的站前大街走到底，忽见一个怪异的雕塑挡住了我的去路：一把约有4米高的红色的椅子，椅子上是一个灰色的男人，张开双臂，两腿叉开，肆无忌惮地坐着，看着"世界的中心"火车站方向。这是谁啊？我问路人。达利！哦，是他！他那得意扬扬的样子，似乎在告诉所有从这里经过的人，我就是艺术，我就是"世界的中心"。

跨越重洋的玫瑰

诗情不需要翻译,但诗歌需要。诗歌——这人类最美好的玫瑰,翻译能焕发她更美的姿容。

诗歌翻译,让翻译家们伤透了脑筋,但读者还是不满意,被翻译的诗人同样不满意。于是,翻译家成了两边都不讨好的人。正是由于这样的缘故,一般认为,那些跨越重洋的玫瑰,在她们漂洋过海之前是玫瑰,到了我们这里大概就成了月季。为了让这些"玫瑰"始终是"玫瑰",近几年诗歌界不断组织中外诗歌互译活动,试图让翻译诗更加接近作者原意。

2018年的秋天,在美国双语诗人徐贞敏(Jami Proctor Xu)女士的努力下,在《扬子江诗刊》同仁的组织下,"跨越重洋的玫瑰:中外诗歌互译沙龙"在昆山郊外张浦镇诗意地举行。

所谓互译,就是中外诗人、译者面对面,将外文诗歌翻译成中文，将中文诗歌翻译成外文。这是令人鼓舞的活动，作为诗人兼译者，我的心自然向往之。

受邀的外国诗人有印度诗人高比（N. Gopi）、美国诗人舍温（Sherwin Bitsui）、丹麦诗人辛迪（Cindy Lynn Brown）、德国诗人罗恩（Ron Winkler）、南非诗人恩塔比桑（Nthabiseng JahRose Jafta）。中国诗人方面有小海、老铁、叶丽隽、夏杰、李南。徐贞敏跟我有点相似，她是美国人，但汉语很好，而我呢，也算是双语诗人，我们的任务则是"自己翻译自己"，同时做中外诗人的"协调人"。

中外诗人终于在秋日的黄昏相遇，开启了两天的诗意旅程。虽然说着各自的语言，但诗情是永远不需要翻译的国际语言，至于酒，那更不需要翻译。

第二天下午是翻译沙龙主题活动。到了现场我乐了。连在一起的五个会议室已经布置整齐：每个会议室的门口放置着包括两位互译诗人的照片和简介的展板；进了会议室，则是一张桌子，桌子上插两面国旗，像要进行跨国谈判似的。而我除了"自己翻译自己"，还要翻译印度诗人高比的诗。

按照事先的安排，我们重点挑选一首诗作为翻译、研讨的重点。由于作者就坐在自己的对面，译者可以逐行逐句地与诗人讨论，最终形成译文。高比的诗，除了当中有些印度教的神祇我觉得陌生外，语言上难度不大，所以进展比较顺利；中途我们还可以串门到别的房间看其他各组热闹的讨论。约三个小时后，各组的翻译活动终告结束。当然，我始终认为，有一个人坐在我面前，是很难把一首诗翻译好的。真正的好诗，不管是创作还是翻译，必须是在夜深人静时才能诞生。

我还甚至认为,通过互译最终能译出什么样的作品并不是最重要的,重要的是诗人之间有了更多的对彼此的了解,增添了友谊。第二天下午,作为中外互译活动的尾声,一场未经彩排的露天朗诵会在锦溪镇外的神骥感知农场进行。那天下午,晚秋的阳光艳丽得像阳春三月,中外诗人的即兴朗诵把双方的热情点燃。大洋此岸的玫瑰,大洋彼岸的玫瑰,在风中摇曳……

印度诗人高比

1

邂逅印度诗人高比，是在昆山，是在昆山举行的"跨越重洋的玫瑰：中外诗歌互译沙龙"活动期间。这是我第一次跟印度诗人正面接触。感谢诗歌让来自不同大洲的诗人在同一个屋檐下相遇，让不同肤色的诗人在同一片蓝天下放飞各自的诗情。

高比出生在印度南方的泰伦加纳邦（Telangana），是印度著名的泰卢固语（Telugu）诗人，在泰卢固大学担任教授、系主任，最后从副校长职位上退休。但他始终是一位诗人，同时也是一位学者、翻译家、游记作家，先后出版过52本书，其中包括23本诗集。从他出版作品的数量看，高比是一个高产作家。

高比虽然参加过一些印度之外的诗歌活动，但到过的国家很少。这次则是他第一次到中国来。第一次到中国的高比很是兴奋，中国的一切似乎都能吸引他的关注。他回国一个月后给我发来了一组300多行的组诗《中国诗篇》（"China Poems"）。没想到，我们所习以为常的中国社会生活的方方面面，居然都能成为他诗歌的素材。透过他的诗行，我才发现，中国之行对高比来说，就是一次诗的旅程：

在瑟瑟的微风中
我向前走去
风虽然停了
但我的旅程还在继续

I am walking
Along the rustling breeze
The wind stopped
But the journey continued

从这些清新明快且隽永的诗行中我们可以看出，他是多么享受在中国的每一天！从"风虽然停了"与"旅程还在继续"之间的非逻辑性搭配，我们可以看出高比善于化瞬间为诗意的才能。

2

高比今年正好70岁，是这次参加活动的各国诗人中年纪最长的，所以大家都很尊重他。高比中等偏高的身材，典型的南亚人黝黑的皮肤，雅利安人的眉眼与轮廓。偏深的肤色与灰色的西服混合在一起，往往产生很强的"隐身"效果，所以，当他和灰色的水泥墙站在一起时，我有时很容易忽略他的存在。有一次给他拍照片时，他明明在我面前，我第一时间在取景框里居然没有找到他。不过，高比总是爱围一条格子围巾，这鲜亮的围巾能让他从灰色的背景上"跳"出来，虽然在10月下旬的江南还几乎没有人围围巾。先生是从热带来，一定以为远在印度之北的中国很冷，结果成了整个活动中唯一围围巾的诗人。

德国诗人罗恩、丹麦诗人辛迪，都是从高纬度来，到了中国，虽然已经是10月下旬，都还穿着T恤衫，这跟高比的围巾相映成趣。从低纬度的印度南方来到中国，高比对10月下旬的早凉和晚凉已经难以承受。

> 这寒冷
> 跟我们的可不一样
> 它追逐着你
> 用它的指甲抓你
>
> This cold is
> Not like ours
> It chases
> And scratches with nails

3

在泰戈尔之后，我们认识的印度诗人极少。当高比来到我们中间，我的第一反应是，他是来自泰戈尔的国家，来自诗的国度。可是，对于大多数普通中国读者来说，只知道印度诗歌有个泰戈尔，至于泰戈尔之前和泰戈尔之后还有什么诗人，便再也说不出来。可见，泰戈尔是印度文学的一个传奇。当印度诗人高比走到台上，朗诵他的作品时，大家的眼神是奇特的。

跟很多西方诗人相比，高比有着很显著的第三世界气质。在跨国旅行时，在体验了美国式的傲慢后，我们对第三世界气质才能更加体会得出来。比如，我们一登上美国人的航班，一走进美国人的海关，作为发展中国家的旅行者，你能明显地感受到某种不同的气质。夏天，当我在纽约登上一架墨西哥的航班时，鼻子一嗅，第一感觉告诉我，这不是美国的航班。当墨西哥的乘务员从过道里走过时，第三世界的气质洋溢在机舱里。跟参加这次中外诗歌互译沙龙的德国诗人、丹麦诗人、美国诗人相比，高比显得更加安静，似乎独自构成一个类别。

高比总提一个布兜，里面装着他的诗集还有印度风格的小纪念品。遇到有人跟他交流，他会很乐意地签送他的诗集，同时还要附上一个纪念品。互译沙龙开幕式上，他悄悄地跟我说，如果听众能懂英文，就告诉他给人家送诗集和纪念品。虽然已是古稀之年，高比仍然特别喜欢拍照、留影。别人给他拍过后，他还要让人用他的手机再拍一次。他告诉我，他要把他所经历的一切写进他的游记。这是他第一次到中国来，他特别珍惜这次机会。

4

　　由于我跟高比分在同一个互译小组，我们之间的交流自然也就比较多；但高比的英语实在让我吃尽了苦头，浓重的印度口音，逼得我经常对他说pardon。这种语言上带来的困扰，虽然会影响交流，但也别有一种乐趣。跨文化交往中的有障碍的交流是常见的，一开始双方都眉头紧锁，急切地要将自己表达清楚，迫切希望对方能明白自己的意图。经过一番周折，最终彼此才心领神会，大有云开日出的感觉。

　　在参加中外诗歌互译沙龙的几位外国诗人中，高比是最内敛的一个。他总是默默地看，脸上有时会飘过一丝不易觉察到的微笑。从他回国后所写的诗篇，可以看出，他希望有更多的交流，但语言障碍又使得他的交流十分有限；于是，他只能默默地看，默默地想。他在诗中这样写道：

　　铁的幕帘
　　似乎已经收起
　　但语言的幕帘
　　它还是太不透光

　　The iron curtains
　　seem receded
　　But the curtain of language
　　It is too opaque

高比用opaque这个词来形容在异质文化中的语言感受，是非常形象的。生活在自己的母语世界，语言就像是透明玻璃，存在也不存在；生活在他者的文化中，语言就像是毛玻璃，虽然也透光，就是不能看到明确的影像，语义就像是游动在牛乳中的鱼。但在这样的语言和文化环境中，高比在文化欣赏与文化冲击（cultural shock）之间，努力感受着中国的文化意蕴。

中国茶

有苦味

但我还是

想再喝一杯

Chinese tea

Has bitterness

But I still feel

to have it again.

5

与高比在一起交流，自然会谈到我们都很熟悉的人物。我告诉高比，印度诗人泰戈尔曾经在20世纪20年代初期访问中国，曾经影响了一批中国现代作家，像徐志摩那样的诗人都声称自己是泰戈尔的"弟子"，中国杰出的女诗人冰心所翻译的《园丁集》、《吉檀迦利》影响几代中国读者。我告诉他，在中国，一个人只要受过

从老欧洲到新英格兰

高中以上的教育,哪怕没有真正读过泰戈尔的诗作,都会知道"泰戈尔"这个名字。高比把眼睛睁得很大,觉得不可思议。回到印度后,他给我发来的诗篇中便有这样一节:

> 泰戈尔依然生动地活在
> 中国人的心中
> 而我们呢,恰恰相反
> 正在把他遗忘

> Tagore is very much alive
> in the hearts of the Chinese
> We, on the way along
> Forgetting him.

作家在本土与在海外的这种奇特的际遇,在跨文化的文学交流中并不罕见。伏尼契(Ethel Lilian Voynich, 1864—1960年)的《牛虻》在中国曾经红极一时,可是,在英语世界的文学史里,我们连伏尼契的名字都找不到。当然,伏尼契显然不能跟泰戈尔相比,但泰戈尔在中国的声望之高,的确是高比没有意料到的。

6

我一直认为,在跨文化交往中,应该避免问外国人"你对中国的印象怎样"这样的问题。问外国人对本国的印象,可能会让对方产生两种看法：你很骄傲，或者，你很自卑。的确，经过近几十年的发展，我们终于可以在外国人面前很自豪地介绍中国。事实上，我们在很多方面已经走到了西方的前面。然而，当我们以一种得意的口吻问外国人"你对中国的印象怎样"，我认为是不合适的。有一次，我带着几位从美国新英格兰地区来的诗人在外滩散步。几位美国诗人看着对岸陆家嘴的五彩斑斓，一个个惊讶不已，不停地拍照。我呢，只是在一旁候着，啥也不说，显出一副无所谓的样子。如果这时你问人家"怎么样"，人家会觉得你在求赞美，所以，我什么也不问。他们回国后，我从他们的博客上看到了他们的评价："外滩比我们的曼哈顿不知要美多少倍。跟夜晚的外滩比，我们的曼哈顿简直像一座鬼城。"

我与沉默的高比在一起的时候，并没有听到他对中国做过什么评价，因为上述的原因，我自然也没有问过他。但是，从他回国所写的诗歌中，我终于了解到他对中国的认识、感受、赞颂和感叹，当然，由于他的表达形式是诗歌的，其中难免有"修辞"的成分。

车顶上爬满乘客的印度火车给我们留下了深刻的印象，当高比在中国乘上高铁，他才知道，火车居然可以跑得那么快。很有趣的是，通常我们用high-speed rail来翻译高铁，而高比却用bullet train（直译为"子弹头火车"）。有他的诗为证：

  美国人说
  我们的国家是在天上飞的
  有了子弹头火车
  中国则变成一个飞跑的民族

从老欧洲到新英格兰

America says

Ours is a Flying Nation

With bullet train

China became a Running Nation

于是，我忽然想到，看待改革开放四十年的成就，国人是一种视角，外国人的视角何尝不是很别致的一种！

7

2017年去新罕布什尔州参加中美田园诗歌论坛，主办者把论坛的主题定为"诗歌连接大洲"（Poetry Bridging Continents）。这的确是一个非常好的创意。跨文化的诗歌交流，不仅仅可以让不同民族的诗人能彼此相识相知，其实也可以促进民族间的彼此认同。

第一次来中国的印度诗人高比，从北京到昆山，虽然只有短短10天时间，却足以让他改变对中国的认识。

在过去六十年间

对中国的愤怒

短短十天之间

却化作了爱！

Anger for China

In the last sixty years

But learned to love

In ten days!

他认为，中国和印度应该成为好朋友，印度应该与中国多交往，因为"我们是邻居"。感谢诗歌，是诗歌促进了民族间的交流与宽容。如果不是诗歌，70岁的印度诗人高比也不会来到中国。

高比是依依不舍地离开中国的。他离开长城时，把一块从长城边捡到的石子装进紧贴着心脏的口袋里。那天从浦东机场离开中国，他的航班在其他诗人的航班之后起飞，他用诗句表达了他的离情别绪：

所有的朋友

乘着不同航班飞走了

机场

变成一座空空的巢

All Friends flew

In different flight

Airport

Became an empty nest

一位70岁的老人，内心依然那么细腻！人可以老，诗歌却永远年轻！这就是诗歌的魅力。我无法想象高比当时的心情，但我知道，中国之行在他的一生中永远是一个彩色的轨迹。中国，在他心灵的深处，永远是温柔、温暖的一隅。

8

虽然跟高比相处的时间短暂，但我还是希望知道他对诗人"义海"是怎么看的。他写了那么多关于中国的诗行，会不会也把我写进去呢？终于，我在他发来的数百行诗歌中找到这样四行诗歌：

陈义海
永远不会在一个地方停留
哦，一位了不起的诗人
一个永远的梦游者

Chen Yihai
Never stops at a place
Oh, a great poet
Always a dream wanderer

在他的笔下，我成了一个"梦游者"。或许是吧。但在我看来，他也是一个"梦者"，一个"漫游者"。地球太小，或许我还有机会再见到他；地球太大，真不知能在哪度经纬再与他重逢。而现在我所能做的，就是用这简朴的文字，把我与他的交往定格下来。

紫金文库

（说明：本文所引用的印度诗人高比的诗歌，系出自他通过电子信箱发给我的诗作《中国诗篇》。这些诗歌在中国尚未翻译发表。）

美国诗人梁道本

梁道本，旧金山人，美国诗人。"梁"不是他的姓，"道本"不是他的名。他本名"本杰明"（Benjamin），姓氏"兰道尔"（Landauer）。他原来的姓名完整地写即"本杰明·兰道尔"。"梁道本"是他的中文名字，大概是借用了自己的英文名字的"兰"和"道"这个音，故成。

我一共三次见到梁道本，第一次是在淮安举行的"中国新归来诗人"的颁奖典礼上。在会场回酒店的大巴上，他坐在我的旁边，我便用英文跟他搭讪，他却跟我说："老师，我能用中文讲，没问题的。"这只是一次短暂的接触，彼此留了微信后，有大半年时间也就没有了下文，只知道他在南大做中国新诗研究。

第二次见到梁道本是在昆山。

不过，在这次见面前几天，我已经跟他在微信里有过几次交流。因为我在筹备"中美田园诗歌高峰论坛"（Symposium on Chinese and American Pastoral Poetry），除了邀请美国国内的一些诗人，我打算把目前在中国国内的美国诗人一并邀请一些。于是，我忽然想起我在淮安时见到的那个美国小伙子。可是，我只依稀记得他的形象，只知道他是个诗人，在南京大学读诗歌研究生，但名字根本不记得了。我记得是留了他的微信的，于是，我便打开自己的微信通讯录，从几百个名字中一一查找（其实，跟很多人一样，微信通讯录里的人大概有20%左右自己都已经不认识了，也记不清是什么时候、什么场合加的）。由于我已经忘记他的中文名字叫什么，只能从那么多的名字中看哪个可能是他。"梁道本"！大概是他吧。为了避免因为搞错而尴尬，我先用英文问候了几句以试探对方是不是我要找的那个人。不一会儿，对方用英文做了回复。我于是确信他就是我要找的人，我这才告诉他，我是在淮安时认识他的，并送给他一本书。他说，他当然记得那天我们在大巴上的一面——丢失的"梁道本"找回来了。

我告诉他，我正在举办一个国际会议，是否有空参加。他一口答应了。

我们第二次见面，是因为参加在昆山举行的"跨越重洋的玫瑰：中外诗歌互译沙龙"。由于有了上面的这段在线联络，当我们第二次见面的时候感觉彼此已经是老朋友了。从那时起，我不再称他"梁道本"，而是亲切地称他"道本"。十几位来自五个国家的诗人相聚，是一种奇妙的经历。在几杯黄酒之后，语言的隔膜似乎变得模糊起来。加之道本和我，能"脚踩两条船"，语言就更加不是问题了。诗，是一种国际语言；酒，何尝不是？

这第二次见面，我发现梁道本的中文真的很好，好到几乎感觉不出他是个美国人。当有人挑战他:"你能听懂中国的方言吗?"他很淡定地说:"这要看哪种方言。"所以,跟大家在一起时,除了特别要和外国诗人交谈,他从来不说英语。我们跟他说英语,他不知不觉也会讲回汉语。这是一种难得的语感。

说好一国语言,须知一国文化。语言与文化之关系,有如鱼和水的关系;脱离文化的语言学习,有如鱼在岸上练习行走。毫无疑问,梁道本是一个美国人,身上具有当代美国青年甚至后现代美国青年的许多特征:一米九的个头,轮廓鲜明的脸庞,眉宇间细看像瑞士网球"天王"费德勒;长发在脑后扎成一个辫子,胳臂上一块刺青,左手背上还刺着一个小太阳;左耳朵上则挂着一个墨西哥风格的大耳环,走起路来很拉风。这模样,跟中国文化还是挺有距离的。然而,在言谈举止上,梁道本却是活脱脱的中国范儿。他懂得中国人的礼仪,懂得中国人的长幼有序,甚至可以说,深谙中国人的文化心理,在一些交往细节上,大可用"小巧"来形容。道本喜欢抽烟,并且抽得像个中国人似的。关于跨文化语境中的抽烟,我以为有这样几个层次:一是不抽烟,二是抽烟时悄悄离席到外面去,三是现场都是中国人的情况下抽烟而有外国人时收敛一点,四是即使有外国人也照抽不误。道本已经进入第四个层次。抽烟当然不好,我只是从文化的角度说这事儿。不过,我更要表达的是,梁道本他对文化语境有一种直觉上的敏感,达到了跨文化交流中"入乡随俗"的较高境界。如果他回到美国,一定是另外一种表现的。

对成语的了解和运用,是外国人学习汉语的最大障碍之一。当他得知我在写一篇小文章记述他时,他在微信里"秒回":"老师,学生受宠若惊。"记得那天晚上在昆山喝黄酒时,酒过数巡后,梁道本的语言能力和天资表现得更加突出。酒桌上的说话机锋，极能反映一个人的语言天分和对文化的综合感悟。不过，就在这时，我也将了他一军，问他"插科打诨"是什么意思。他一时间给"将"住了。我说，你刚才就是在"插科打诨"。他一下子似乎明白了，说，好啊，看来我还要进一步插科打诨。

第三次见到梁道本是在我组织的"中美田园诗歌高峰论坛"上。梁道本应约而至。有了前两次的交往，这次见面彼此更是如老朋友一般，少了许多客套。这个论坛我前后准备了8个多月，做了大量的联络和文本翻译工作。为了节省时间，会议的主旨发言都是事先翻译好的，这就省去了现场语言间切换翻译的时间。但由于个别报告人没有在论坛开始前将发言稿发来，现场就得安排同传翻译。虽然我自己担任了开幕式上的即兴翻译，但主旨报告部分的现场翻译，对我来说还是有点吃力，体力脑力都难以胜任。梁道本"临危受命"。基恩州立大学英文系马克·龙教授做主旨报告时，他担任了现场翻译。在此后的一些自由发言环节，我也把现场翻译的任务交给了梁道本，他都一一承担了，未有任何推卸。不管请他做什么，他都会说"好的，老师"。这让我觉得，他有点像个在中国传统文化中长成的"乖孩子"。

梁道本的高大的身材跟他颇有东方气质的性情形成了较大的反差。他讲话总是轻声细语，温文尔雅，少有美国学生的张狂。他有时甚至表现得很"可爱"。在小范围自由交流环节，会场里有两个讲台，一个给发言人，一个给现场翻译。梁道本总是像鞠躬似的、身体呈近乎90度地趴在讲台上做翻译，即使这样他的嘴离话筒还是很远。我说："道本，你不能离话筒近一点？"他顺势往地上一跪，滑稽地对我说："这样正好。"又满脸无辜地说："老师，都怪我长得太高。"的确，他跪到地板上时，话筒的高度差不多与他匹配。

在中国,梁道本有着双重身份,他首先是南京大学的一名研究生,但同时他又是一位不错的诗人与诗歌翻译家。"中美田园诗歌高峰论坛"的一个非常活动是"中美田园诗歌双语朗诵会"。作为诗人,梁道本用中英双语朗诵了自己的作品《南京九乡河》。

一栋一栋空无一人的豪华公寓
以一种来自千古的嗟叹
耸立着在半夜圆月靛蓝的天空中
无数人穿越过这地,
盖建一脉琼楼玉宇
散工后
回到了各自的寒舍

rows and rows of empty mansions
stand in an indigo sky against a full moon
sighing with a kind of ancient regret
countless people have passed through here,
building up a vein of magnificent buildings
and after work
returning to their own humble abodes

我不知道梁道本究竟是先写中文还是先写英文的,但从这首诗可以看出他对现实的独特关注。我相信他的汉语会更好,作为诗人,他会在中英两种语言之间给文学界带来更多的惊喜。

从俄勒冈大学辗转来到中国,从物理系转专业到中文系,从福州到北京,从北京到南京,由一个本科生升到研究生,年轻的梁道本已经积累了同代人少有的传奇经历。在英语与汉语之间,他的人生变得更加有张力;在美国与中国之间,他的成长变得不同寻常;在诗与远方之间,他乘着语言的翅膀飞出了独特的轨迹。

从老欧洲到新英格兰

当你强烈地感觉到语言存在时

每天生活、工作在自己的城市,似乎并不觉得语言的存在,就像我们生活在空气里,并不觉得空气的存在那样。生活在母语环境中,就像鱼游在水里,鸟栖息在枝头上,踏实而不觉知。可是,当我们强烈地意识到语言存在时,麻烦就来了。

不过,如果我们每天都生活得如鱼得水,都像枝头的鸟儿那样无忧无虑,我们的幸福离长茧子也不远了。人,有时需要把他从熟悉的土壤里拔出来一阵子;生活,有时需要把它的节奏适当打乱一下。还是回到语言吧,我们有时需要让自己体验一下张口结舌的感觉,甚至目不识丁的感觉。在语言的张力里,享受某种陌生,让自己变成一个在别的语言符号中的不同的符号,在别人的生活中做一个陌生人。所以,我们要远行就是邂逅未知,远行就是体验变化,因为远行可以让我们的幸福与烦恼多少有点弹性，而不至于时时生活在幸福中而不知道幸福，而不至于天天生活在烦恼中而只知道烦恼。

从哥本哈根到奥胡斯，从奥胡斯到欧登塞，从欧登塞到巴塞罗那，似乎并没有遇到太大的语言问题。丹麦和西班牙的公共标识的国际化，似乎都不如中国。比如，"出口"处在中国的建筑物里都是和exit同时出现的，可是，在哥本哈根的地铁里，就是看不到英文的exit，所以，从地铁出来时，我得十分小心地找Udgang（丹麦语"出口"），在西班牙同样要十分留心地找Salida（西班牙语"出口"），在说加泰罗尼亚语的巴塞罗那，则要十分留意Sortida。不过，只要懂英语，看其他西方语言多少能猜出几分，一般不会影响行动。更何况，在丹麦，只要你懂英语，简直跟在英国、美国旅行一样：几乎每一个丹麦人都能说一口流利的英语。

正当我以为只要懂英语就能畅行天下的时候，我的旅行在法国南部的小镇Tautavel被语言狠狠地卡了一下。

在佩皮尼昂市刚下火车时，我兴奋得不行，因为这是第一次双脚踩在法国的泥土上（虽然不是巴黎也不是里昂），第一次看到现实中的法语。对于一个20多年前爱法语爱到走火入魔程度的人来说，能在法国见到真实的法语，其兴奋的程度可想而知。当年，一遍又一遍地背、默单词gare（火车站），而现在我能读懂那建筑物上写着的Gare de Perpignan（佩皮尼昂火车站）时，颇有文盲看懂了自己的名字的那种兴奋感。这也是我第一次听到法国人彼此不断地说着bonjour（你好）。

可是，我的法语毕竟有20多年没有上过"油"，早已生锈了。我是下午1:30左右到Tautavel村的。一早在巴塞罗那吃的4片面包夹火腿早已烟消云散，一进村子我便急着找餐馆。可是，中午时分村子里空空荡荡的，几乎所有的商店都关门了。后来才知道，村子里开店的人，除了周末要休息外，周三还要给自己放假一天。

好不容易找到一家院子门口写着L'Etape的小馆子，走进餐馆的小院子回头一看，是一行自己认识的字："Merci de votre visiter"（欢迎您的光临）。再看院子里，正坐着三个人，一张桌子边上坐着一个白头发的老人和一个扎着红头巾的女人；另一张桌子边坐着一个形象怪异的男人，狠狠地抽着烟，面前的烟灰缸是一只贝壳。老板娘看到我戴着墨镜、拖着行李箱、戴一顶牛仔帽，更是用一种奇异的眼神打量我——这场景，恐怕只有在一些电影里才看到——一个背包客忽然闯进一个陌生的、别人的空间，在场的人本来欢声笑语，但现在忽然都停了下来，所有的目光都集中到这个背包客身上：他是谁？他从哪里来？他来我们这个小地方干什么？——这感觉太好了！这种忽然"降落"到地球上的某个角落的感觉太好了！而石头垒成的院墙里的月季花在中午时分的地中海阳光的照耀下，红得近乎透明。这让我略带紧张的情绪安静了下来：这是在法国，不是在19世纪的美国西部，不会有人拿着左轮手枪对着我。

还是吃饭要紧。从院子里走进小馆子，老板娘把餐单拿给我，可我几乎全都不认识。费了很大的劲，总算点了一盘子"东西"：一块牛肉饼上加一只煎得很嫩的、蛋黄明晃晃的鸡蛋；一堆生菜的旁边撒了一大把炸薯条，外加一大杯黑咖啡。喝了一口，觉得太苦，便端着咖啡到柜台前找老板娘，想了半天终于想起了那个法语词lait（牛奶），又想了半天才想起了sucre（糖）。切了一小块牛肉饼送到嘴里，觉得很淡，便想去跟老板娘要盐，可是，始终想不起来"盐"在法语里怎么说。

就在这时，一对母女进了院子，在我窗外的那张桌子坐了下来。她们向老板娘比画了半天，查了半天词典才点了两杯饮料。看来她们跟我一样，是在陌生语言里挣扎的"外国人"。看她们手里有《英法词典》我便走出去向她们求救："劳驾，请帮我查一下salt（盐）在法语里怎么说。"得知"盐"是sel后，终于向老板娘要到了这平凡得不能再平凡的调料。

我这才明白：语言不通可以使你吃不上饭；语言不通能让你成为一个陌生人；语言不通就会把你变得连孩子都不如。

在这个六月的阳光明媚地洒遍法国南方的葡萄园的下午，我如此强烈地感受到：语言真的存在，无论是在梦里，还是在梦外。